ZUFALL ODER SCHICKSAL
MAN TRIFFT SICH IMMER
ZWEIMAL

Ramona Franken

BOOKS on DEMAND

Ramona Franken

ZUFALL ODER SCHICKSAL –
MAN TRIFFT SICH IMMER ZWEIMAL

Roman

Auf dieser Seite steht üblicherweise das Impressum. Es enthält den Vermerk der Deutschen Nationalbibliothek (kann so übernommen werden), Angaben zum Copyright, zu Herstellung und Verlag, die ISBN, sowie das FSC®-Logo, welches durch BoD seit dem 01.09.2011 oben mittig in alle neu angelegten Bücher eingedruckt wird. (Bitte diesen Platz freilassen).

Bibliografische Information der Deutschen Nationalbibliothek:
Die Deutsche Nationalbibliothek verzeichnet diese Publikation in der Deutschen Nationalbibliografie; detaillierte bibliografische Daten sind im Internet über http://dnb.dnb.de abrufbar.

© 2016 Ramona Franken

Herstellung und Verlag: BoD – Books on Demand, Norderstedt

ISBN: 9783739228693

I.

„Hallo Christoph, sicherlich hast Du schon gehört, dass ich meinen Abschied aus der Firma nehme. Manchmal ist es einfach besser zu gehen, nach vorn zu schauen und sich nicht umzudrehen. Warum? Du kennst die Antwort bereits, auch wenn sie für dich schwer verständlich ist. Ich möchte keine Gratwanderung - weder beruflich und schon gar nicht privat. An dieser Stelle würde ich sagen, man trifft sich immer zweimal im Leben, für uns wird das mit großer Wahrscheinlichkeit nicht zu treffen. Viele Grüße Mona."

Jetzt nur noch auf „Senden" drücken. Mona seufzte und sog die Luft tief durch die Nase, als wollte sie Kraft schöpfen, um die Taste zu betätigen. Klick! Nachricht gesendet, erschien auf dem Monitor. Dann schloss sie den Deckel des Laptops und damit ein Kapitel ihres Lebens, glaubte sie. Doch das rechte Gefühl der Freude wollte sich nicht einstellen. Traurig und erleichtert zugleich schweiften ihre Gedanken zurück. Sie wusste noch genau wie alles begann.

Mona seppte durch das Internet auf der Suche nach einem neuen Job. Sie hatte nach zehn Jahren ihre alte Stelle verloren. Nein, man nennt es „die Firma hat sich gesundgeschrumpft". Richtig, so heißt es heute. Mona erhielt ihre Abfindung, Arbeitszeugnis und den berühmten Händedruck. Ende! Zehn Jahre waren innerhalb von Minuten ausgelöscht, es blieben nur gute und weniger gute Erinnerungen.

Abhaken und etwas Neues beginnen hatte Stefanie, ihre beste Freundin, versucht sie aufzumuntern.

Finanziell ging es Mona und ihrem Mann nicht schlecht und sie hätte sich eine Auszeit gönnen können. Doch nur zu Hause zu sein füllte die Frau nicht aus. Außerdem hatte die Ehe mit Fred einen tiefen Riss bekommen.

Diesem Problem wollte Mona sich nicht stellen. Es war einfacher sich einzureden, dass sich in die meisten Ehen nach einem viertel Jahrhundert die Routine einschlich. Deshalb wollte sie möglichst schnell eine neue Arbeit finden, um nicht darüber nachdenken zu müssen, warum wohl alles so gekommen ist und Fred wieder angefangen hat zu trinken.

Nur manchmal konnte sie in dem traurigen Gesicht ihrer Tochter Franziska lesen: Wie soll es weitergehen, Mama?

Fred hingegen zeigte wenig Interesse am Familienleben. Er hatte sich seine eigene Welt geschaffen, die darin bestand, zur Arbeit zu gehen, nach Hause zu kommen und sich zur Belohnung, mit einer Flasche Bier an den Küchentisch zu setzen.

Sprach Mona ihn auf sein Verhalten an, erhielt sie stets die gleiche Antwort. „Ich habe in meinem Leben genug gearbeitet und jetzt ist Pause." Traurig sah sie ihn dann an und dachte, vorbei die Zeit, als er duftend aus dem Badezimmer kam oder sie einfach mit ein einem Strauß Blumen überraschte. Damals träumten sie gemeinsam, hatten Ziele. Heute war aus gemeinsam „einsam" geworden. Jeder lebte in seiner eigenen Welt und über die Zukunft wurde kaum noch gesprochen.

Das einzige Bindeglied war Franzi und auch sie war bereits im Teenie Alter. In wenigen Jahren würde auch sie gehen und auf eigenen Füßen stehen, genau wie ihre älteren Geschwister.

„Man wirft eine Ehe nicht einfach weg!" Stefanie ermahnte sie stets, wenn Mona wieder einmal aufgeben wollte.

So fand sie eines Tages die Stellenanzeige, im Internet „Vertriebspartner gesucht". Mona las den Text: „Vertriebspartner gesucht – für den IT Bereich, zur Betreuung eines festen

Kundenstammes. Unsere Kunden sind ausschließlich Firmen, die Sie betreuen und beraten sollen. Wir bieten Ihnen moderne Ausrüstung, Fixum und Provision, außerdem werden Sie von erfahrenen Ausbildern eingearbeitet."

Klingt nicht schlecht, dachte sie. Voller Freude rief Mona ihren Mann an und erzählte ihm von der Annonce.

„Hallo Fred. Ich hoffe ich störe dich nicht bei der Arbeit. Eben habe ich eine interessante Anzeige gefunden. Es wird ein Vertriebspartner gesucht. Ich würde im Verkauf arbeiten und wäre beratend tätig. Die ersten zehn Monate zahlt die Firma ein Fixum und nach vierwöchiger Ausbildung erhält man sogar schon Provision. Es klingt eigentlich ganz seriös. Der Haken ist, ich müsste während der Ausbildung nach Frankfurt und wäre nur an den Wochenenden zu Hause. Was sagst du dazu, ob die Arbeit etwas für mich ist?"

„Du findest es heraus, indem du dich bewirbst. Nein sagen kannst du immer noch, also probiere es aus", ermutigte sie Fred.

„Okay, dann bewerbe ich mich direkt per Internet. Tschau Schatz." verabschiedete sich Mona.

„Bis heute Abend." sagte Fred.

Mona schrieb die Bewerbung, hängte ihre Unterlagen an und schickte die E-Mail ab. Bereits am nächsten Morgen lag die Antwort in ihrem Postfach.

Sehr geehrte Frau Sieben,
vielen Dank für Ihre Bewerbung. Nach eingehender Prüfung Ihrer Unterlagen möchte ich Ihnen mitteilen, dass ich mir nicht sicher bin, Ihnen eine geeignete Tätigkeit, gemäß Ihrer Qualifizierung bieten zu können.

Deshalb würde ich gern telefonisch am Donnerstag gegen 12 Uhr mit Ihnen Kontakt aufnehmen.

Mit freundlichen Grüßen
Christoph Fröhlich
Vertriebspartner/Ausbilder

Gut gelaunt las Mona die Mail und freute sich auf Donnerstag.

Endlich war es soweit. Ein wenig nervös, nahm sie den Hörer ab,

„Mona Sieben hier. Guten Tag", meldete sie sich.

„Hallo Frau Sieben, mein Name ist Christoph Fröhlich von der Firma Johann Muster. Ich freue mich, sie zu hören. Wie bereits in meiner Mail geschrieben, stellt sich die Frage, ob Ihnen eine Tätigkeit in unserer Firma ausreicht. Denn aus Ihren Unterlagen konnte ich sehen, dass Sie die letzten zehn Jahre in einer Managerposition im Einzelhandel beschäftigt waren. Des Weiteren haben Sie eine Fachberaterstelle inne. Ist das richtig?" fragte der Herr am Ende der Leitung ohne Umschweife.

Mona hörte seiner angenehmen dunklen Stimme zu. „Das ist richtig", sagte sie.

„Gut, dann würde ich Ihnen gern einiges über die Arbeit bei uns erzählen", fuhr Christoph fort.

„Wir beraten Firmenkunden rund um ihren IT-Park. Das bezieht sich auf die Hardware und natürlich auch den entsprechenden Verkauf, bei Erweiterung, Erneuerung und Reparatur. Selbstverständlich werden Sie entsprechend auf Ihren Einsatz beim Kunden vorbereitet. Sie werden neben Bestandskunden natürlich ein Hauptaugenmerk der Neukundengewinnung widmen. Haben Sie bis hierhin Fragen?"

„Nein!", antwortete Mona.

„Gut, dann würde ich gern einen Termin zur Vorstellung in unserem Hause mit Ihnen vereinbaren. Zu diesem Termin werden Sie unseren Firmeninhaber kennenlernen. Herr Muster lässt es sich nicht nehmen, mit den Bewerbern persönlich zu sprechen. Wäre Ihnen nächste Woche Donnerstag, gegen 11.00 Uhr recht?"

„Ja, das ist in Ordnung für mich. Brauchen Sie noch weitere Unterlagen von mir? Haben Sie eine genaue Anschrift der Firma für mich?", fragte Mona.

„Nein ich habe alles von Ihnen. Den Rest besprechen wir am Donnerstag. Die Adresse schicke ich Ihnen mit einer Terminbestätigung per Mail.

Frau Sieben, dann freue ich mich Sie kennenzulernen und verbleibe bis Donnerstag. Auf Wiederhören."

„Auf Wiederhören, Herr Fröhlich", beendete sie das Gespräch gut gelaunt.

Schnell wählte Mona die Mobilnummer ihres Mannes. Glücklich lächelnd berichtete sie Fred über ihr Telefonat. Dann ging sie zur Küche und kochte sich eine Tasse Kaffee.

Zufrieden mit sich selbst saß sie am Küchentisch und freute sich auf die neue Chance.

Die Küche war klein aber Monas Schmuckstück im Haus. Der Lieblingsort der Familie alle wichtigen Entscheidungen wurden früher hier am Küchentisch getroffen. Da saßen die Kinder, Fred und sie oft stundenlang und unterhielten sich.

Jetzt war sie allein. Die beiden älteren Kinder waren ausgezogen und das Nesthäkchen Franzi, war gerade im fast sechzehn Jahre. In ihren Augen waren die Eltern uralt und es war reine Zeitverschwendung mit ihnen so viele Stunden zu verbringen.

Franzi war ein liebes Mädchen, mit blauen Augen und blondem Haar. Ihre Figur war zierlich. Ab und zu wurde ihr hübsches Gesicht von ein paar dicken Pickeln entstellt. Dann verbrachte sie ganze Ewigkeiten im Bad und versuchte mit allen erdenklichen Tricks, diesen absoluten Makel zu verstecken.

Für die Mutter war dieser Prozess so alt, wie sie zurückdenken konnte. Auch sie hatte als junges Mädchen gegen diese lästigen Gesichtskrater gekämpft und später ihre nun erwachsenen Kinder. Jetzt versuchte die Jüngste, Herr der Lage zu werden und es schien noch genauso erfolglos wie früher zu sein. Diese Dinger kamen und gingen, wie sie wollten und immer zur unpassendsten Zeit.

Franzi konnte genauso gut absolut stur und trotzig sein. Eben dieses Alter, in dem man an der ganzen Welt zweifelt und alles oder nichts in Frage stellt. Die Schule betrachtete sie als notwendiges Übel und Lehrer gab es nur, um Schüler zu ärgern.

Ein Blick zur Uhr holte Mona in die Wirklichkeit zurück. Es war noch kein Essen gekocht und gleich würden Franzi und Fred nach Hause kommen. Jetzt aber los, schnell schälte sie Kartoffeln und stellte die Pfanne für die Schnitzel auf den Herd. Während das Fett schmolz, stellte sie die Kartoffeln auf und richtete einen bunten Salat an.

Kaum war der Tisch gedeckt, sah sie vom Küchenfenster den Schulbus kommen und dahinter fuhr der PKW ihres Mannes. Perfekt dachte sie.

Da betrat auch schon Fred das Haus. Mona schaute aus der Küche und rief ihren Mann ein „hallo Schatz" zu. Dann sah sie wieder nach dem Essen, damit nichts anbrannte. Während dessen kam Fred zur Küche, gab Mona einen flüchtigen Kuss und setzte sich an den vorbereiteten Tisch.

„Mona, möchtest du auch Kaffee?"

Fragend schaute er seine Frau an, dann goss er seine und anschließend Monas Tasse ein. Der Kaffeeduft durchzog die Küche und schon hörte man die Haustür erneut zuschlagen. Krachend flog sie ins Schloss.

Die Schultasche erreichte, mit beachtlicher Geschwindigkeit, geräuschvoll den Fußboden und hereinstapfte Franziska. Bereits ihr Gesicht verriet den Eltern, dass ihr Tag keinesfalls ein Beitrag zur guten Laune sei. Bestenfalls hätte das Mädchen den Talentwettbewerb zum größten Sauertopf gewonnen.

„Alles in Ordnung?" fragte die Mutter.

„Sieht es denn so aus", gab Franzi zurück, um gleich darauf weiter zu sprechen. „Die sind ja so was von mittelalterlich in der Schule. Heute, weißt du Mama, hatten wir in der vierten Stunde mit unserer Klassenlehrerin und haben über die Abschlussfahrt gesprochen. Da sagt die doch ganz im Ernst zu uns, einige Eltern hätten geäußert wir dürfen kein Handy, keinen Fotoapparat oder IPod mitnehmen und Taschengeld wäre auch auf 15 Euro für die Zeit begrenzt, weil es ja geklaut werden kann. Na geklaut kann es immer werden, dafür muss ich nicht wegfahren, habe ich zu ihr gesagt. Sie will morgen mit dir, über meine angeblich vorlaute Äußerung, bei der Klassenpflegschaftssitzung sprechen."

Während sie nun ihren ganzen Frust heraussprudelte, stach sie mit der Gabel kraftvoll ins Schnitzel und schnitt sich ein mundgerechtes Stück ab. Dabei machte das Messer ein quietschendes Geräusch auf ihrem Teller.

„Du holst erst einmal Luft und isst in Ruhe. Dann besprechen wir alles. So schlimm kann es ja nicht sein. Vielleicht sind einige Eltern nur sehr besorgt und bedenke: viele können es sich auch nicht leisten ihren Kindern viel Taschengeld zu geben. Das Geld muss erst verdient werden. Ich habe mich heute auch auf eine neue Stelle beworben und nächsten Donnerstag fahre ich nach Frankfurt zum Vorstellungstermin. Was sagst du dazu?" Fragend schaute Mona ihre Tochter an.

Kauend nickte Franzi und lächelte zurück.

„Mama, du schaffst das schon. Papa und ich kriegen das zu Hause hin. Fahr mal, schau es dir an und wenn es gut ist, dann mach es ruhig."

Während Franzi das sagte, stand sie auf, ging um den Tisch und drückte Mona ganz fest.

„Mama danke, dass Du morgen Abend mit der Ollen sprichst. Vielleicht kannst du ja mal ganz nebenbei erwähnen, dass wir keine kleinen Kinder mehr und auch noch weit vom Altenheim entfernt sind. Weißt du, wir sind so dazwischen würde ich vermuten. Vielleicht ist es eben nur noch keinem aufgefallen."

Damit gab sie ihrer Mutter einen dicken lauten Kuss und setzte sich wieder, um weiter zu essen. Die schlechte Laune verzog sich aus dem schönen alten Fachwerkhaus und alle drei ließen sich ihr Essen schmecken.

Nach dem Essen half das Mädchen ihrer Mutter, das benutze Geschirr in die Spülmaschine zu stellen. Als sich Mona zu ihrem Mann an den Küchentisch setzte, ging Franzi in ihr Zimmer, um die Hausaufgaben zu erledigen.

Die Familie wohnte schon viele Jahre in dem Häuschen, das vor weit mehr als einhundertzwanzig Jahren erbaut wurde. Mit viel Liebe, Zeit und Geld hatten sie aus dem Hexenhaus ein gemütliches Heim geschaffen.

Die alten Balken, des Fachwerks, wurden freigelegt und bearbeitet, dann wurden neue Fenster eingesetzt und überall Fußbodenheizung installiert. Egal wer die Eheleute besuchte, jeder war von der Raumaufteilung und Gestaltung beeindruckt. Denn Mona hatte das Alte erhalten und geschickt mit moderner Einrichtung verbunden.

Von der Haustür schaute man direkt in den offenen Wohn- und Essbereich. Im Esszimmer stand ein großer heller Eichentisch mit cremefarbenen Lederstühlen und an der Stirnwand prangte eine dunkle altdeutsche Anrichte. Die Wände hatte Fred weiß gestrichen und an einer Wand hinter dem Esstisch hing quer ein großer alter Spiegel, der die Optik des Raumes vergrößerte.

Rechts neben dem Esszimmer befand sich die Küche. Sie war hellblau gestrichen, die Einbauküche sowie Tisch und Stühle waren aus hellem Birkenholz. An den Fenstern hingen weiße Gardinen, die hellblau abgesetzt waren und auf dem Fensterbrett standen drei Pflanztassen mit Petersilie, Basilikum und Schnittlauch. Der frische Kräuterduft schwebte ständig durch die Küche.

Ein kleiner Flur verband Esszimmer und Wohnzimmer. Von der Diele ging eine Tür rechts ins Bad und die nächste in die Dusche, zur linken Hand gelangte man ins Arbeitszimmer. Gerade aus lag, erreichbar über drei weitläufige rundgehaltene Stufen der Wohnbereich. Ein Teil der Decke war von der Dachschräge durchzogen und die komplette Stirnwand bestand aus Fenstern und einer Glastür, in den Garten. Das Zimmer wirkte dadurch groß und hell.

Der Blick fiel direkt auf die Polstergarnitur aus Eiche und zeitlosen gehaltenen Stoffen. Genauso wie der schwere Eichenschrank und das Bücherbord hatte Mona bei der Einrichtung stets sorgfältig überlegt, was gut in das Häuschen passte.

Die alte Nähmaschine ihrer Oma fand einen Ehrenplatz am Fenster. Sie war noch voll funktionstüchtig. Bei Mona stand sie nur zur Dekoration, sie hatte ein Stück feinen Stoff darauf gelegt und ihr alter Teddy saß daneben.

Gerade so, als wäre die Näherin eben aufgestanden und würde ihre Arbeit nach der Unterbrechung wieder aufnehmen. Auch hier waren die Wände hell gestrichen und im gesamten Haus waren weiß, grau, blau und braun bemusterte Fliesen verlegt worden. Fred und sie hatten manchmal nächtelang gearbeitet, egal ob tapeziert, gestrichen oder gefliest wurde.

Jede Entscheidung haben sie gemeinsam getroffen und gerechnet: Würde das Budget reichen oder muss der Umbau pausieren? Denn bei allen waren auch die Kinder zu bedenken, für sie musste zuerst geplant werden.

Oft war die Haushaltskasse knapp, doch hatten die Eheleute Spaß und fanden immer einen gemeinsamen Weg.

Nie hatte Mona früher das Gefühl, allein zu sein, beschlichen. Sie war stolz auf ihren Mann, der mit seinen Händen so viel Schönes schaffen konnte.

Er zauberte warme Farben an die Wände, zog Holzdecken ein, legte Fliesen im Muster, das sie vorher auf ein Stück Papier malte.

Trotz allem ging er morgens fünf Uhr pfeifend und gut gelaunt zur Arbeit, um pünktlich 17 Uhr wieder lachend nach Hause zu kommen und mit ihr weiter zu planen, zu träumen und zu arbeiten.

Damals war sie sich sicher den besten Mann der Welt geheiratet zu haben und heute ist ihr nur die Erinnerung geblieben. Immer öfter dachte sie darüber nach. Wie konnte es soweit kommen und vor allem - konnte sie ihre Ehe noch retten?

Die Beiden saßen, jeder in seine Gedanken versunken, am Küchentisch und schwiegen. Dann stand Fred müde auf und holte sich eine Flasche Bier. Mona schaute ihrem Mann hinterher als der die Küche verließ und genauso saß sie, den Kopf in die Hände gestützt als er zurückkam da.

„Du wolltest ab heute mit dem Bier trinken pausieren!", erinnerte sie ihn leise.

Fred seufzte und schaute seine Frau verständnislos an, bevor er ihr antwortete: „Du kannst nur meckern. Hoffentlich klappt es mit deinem Vorstellungstermin, dann kannst du dich auf der Arbeit austoben. Ich habe Durst und außerdem hatte ich richtig Stress. Deshalb trinke ich heute noch mal ein Bier und morgen eben keins."

Verletzt und enttäuscht nahm Mona ihre Kaffeetasse, stellte sie in die Spülmaschine und wollte die Küche verlassen. Fred griff nach ihrer Hand und hielt sie zurück. Dann sagte er: „Du trinkst doch auch jeden Tag Mineralwasser und da rege ich mich nicht auf."

„Ja Fred, das ist richtig. Nur eben vom Mineralwasser werde ich nicht betrunken und es ist auch noch gesund. Was soll das, erwartest du Verständnis von mir? Bei Durst trinkst du am besten Wasser, Bier ist hier die falsche Lösung!", antwortete sie Kopfschüttelnd. Mona schob die Hand ihres Mannes, die sie früher so gern gehalten hatte, von sich und ging, den Blick zu Boden gerichtet.

Als sie aufschaute, sah sie Franziska mit einem Schulheft in der Hand, im Esszimmer stehen. Das Mädchen hatte diese unschöne Unterhaltung der Eltern wieder einmal miterlebt.

„Kann ich dir helfen?", fragte sie ihre Tochter. „Mama, ich habe die Mathehausaufgaben nicht verstanden. Erklärst du mir, das bitte mal?" Während sie sprach, legte sie ihr Schulheft und das Buch auf den großen Holztisch. Mutter und Tochter setzten sich gemeinsam an die Lösung der Aufgaben. Franzi war froh, ihre Mama abzulenken und Mona ließ sich bereitwillig darauf ein, glücklich nicht über das Alkoholproblem ihres Mannes nachdenken zu müssen.

Während die Beiden lachend ihre Köpfe über die Schularbeiten zusammensteckten, saß Fred immer noch in der Küche am Tisch, allein mit seinem Bier. Dabei fühlte er sich ausgeschlossen und unverstanden, von seiner Frau und seiner Tochter.

„Weißt du Mama," sagte Franzi „fahr mal ruhig nach Frankfurt und schau dir die Arbeit an. Den einen Tag schaffe ich schon mit Papa. Außerdem kann ich ja in mein Zimmer gehen und Saxofon spielen, wenn er mich nervt."

„Danke Franzi, das ist lieb von dir. Ich verspreche dir mich nicht länger als nötig aufzuhalten und alles andere besprechen wir, sobald ich wieder zu Hause bin. Vielleicht ist die Arbeit gar nicht so schön. Wir werden sehen, was sich ergibt."

Sie streichelte über die Hand ihrer Tochter und lächelte ihr zu. Dabei dachte sie: Eigentlich hätte ich die Fahrt mit meinem Mann besprechen sollen und nicht mit meinem Kind. Eine total verfahrene Situation. Mona drehte sich um und sah Fred in die glasigen Augen, der zu ihnen herüber stierte.

II.

Ein wenig nervös und gut vorbereitet startete Mona Donnerstag früh nach Frankfurt. Sie hatte sich besonders hübsch gemacht. Ihr anthrazitfarbener Anzug passte perfekt. Dazu trug sie ein schwarzes T-Shirt, schwarze Pumps und einen schwarzen Ledergürtel, der Schmuck war, bis auf ihren Ehering in Silber. Er bestand aus Kette, Ohrringen, Armband und Uhr.

Statt Make-up hatte sie Puderrouge benutzt, ihre schönen braunen Augen wurden nur durch schwarzen Kajal und Wimperntusche hervorgehoben. Das schulterlange dunkelbraune Haar trug sie glatt geföhnt.

Gut gelaunt stieg sie in ihren Pkw ein und tippte den Zielort in das Navigationssystem ein. Dann fuhr sie los, vor ihr lagen mehr als 350 Kilometer Fahrweg. Die Frau lenkte das Fahrzeug auf die Autobahn, lauschte der Musik im Radio und war gespannt auf die Dinge, die sie erwarteten. Pünktlich parkte sie den Wagen vor einem modernen, weiß gestrichenen, Bürogebäude mit mehreren Stockwerken. Große getönte Fensterscheiben reflektierten das Sonnenlicht und schützten so die Mitarbeiter vor der sich aufbauenden Hitze des Tages.

Als sie das Haus betrat, wurde sie von angenehmer Kühle, erzeugt durch die Klimaanlage, empfangen. Mona überlegte einen Moment, ob sie den Fahrstuhl oder die Treppe benutzen sollte. Dann entschied sie sich für den Lift in die zweite Etage. Sie hörte ihr Herz aufgeregt schlagen und wünschte sich einen Augenblick Fred wäre mit ihr gefahren und würde im Auto sitzend, ihr die Daumen drücken.

Doch da betrat sie bereits den Empfangsraum der Firma. Freundlich lächelte die Dame hinter dem Tresen sie an und fragte nach ihren Wünschen.

„Ich habe einen Vorstellungstermin bei Herrn Muster, mein Name ist Mona Sieben", antworte sie.

„Frau Sieben, einen Augenblick bitte noch! Vielleicht möchten sie solange Platz nehmen. Kann ich ihnen ein Glas Wasser oder einen Kaffee anbieten, um ihnen die Wartezeit angenehmer zu machen?" forderte die Empfangsdame sie auf.

„Ein Glas Wasser nehme ich gern."

Mona setzte sich in einen der weichen schwarzen Ledersessel, legte ihre Handtasche neben sich und blätterte in einer der Illustrierten, die auf dem kleinen runden Tisch lagen, nebenbei nippte sie an ihrem Wasserglas.

Ab und an schweifte ihr Blick durch den Raum. Er war hell und modern eingerichtet. Hinter der Theke saßen die nette Empfangsdame und noch zwei weitere junge Frauen. Die Türen der angrenzenden Büros rechts und links standen weit geöffnet und sich angeregt unterhaltende Männerstimmen drangen daraus zu ihr. Große Grünpflanzen waren die Highlights des Büros.

Eine schlanke dunkelblonde Frau, in tiefblauer Hose mit weißem T-Shirt kam auf sie zu und sprach sie an. Ihr Lächeln wirkte auf Mona zu freundlich - mit einer Spur Aufgesetztheit.

„Guten Tag Frau Sieben mein Name ist Stine Kaltofen. Ich bin die Sekretärin von Herrn Muster. Kommen sie bitte mit. Ich hoffe sie mussten nicht zu lange warten."

Mona legte ihre Zeitschrift aus der Hand, griff nach ihrer Tasche und folgte ihr. Sie gingen an dem Empfangstresen vorbei, daran grenzte ein offener Bereich, rechts stand ein großer Esstisch, von bequemen Stühlen umringt und links an der Wand befand sich eine Küchenzeile, in der nichts an Geräten fehlte, auch hier standen alle angrenzenden Bürotüren offen.

Herr Muster saß in einem elegant eingerichteten Büro, vor seinem Schreibtisch stand ein dunkler Konferenztisch mit weichen Polsterstühlen. Das grelle Sonnenlicht wurde von Jalousien ferngehalten und hüllte den Raum in Dämmerlicht.

Als Mona das Büro betrat, stand der schlanke Herr mittleren Alters im Anzug auf und kam auf sie zu.

„Guten Tag Frau Sieben. Mein Name ist Johann Muster. Ich bin Geschäftsführer und Inhaber dieser Firma. Ich freue mich sie kennenzulernen. Setzen sie sich doch bitte."

Er zeigte auf einen der Polsterstühle und ging zu seinem Schreibtisch zurück, um in seinem Sessel Platz zu nehmen.

„Danke", sagte Mona höflich und setzte sich.

„Ich hoffe sie hatten eine gute Anreise. Sind sie mit Bahn oder Pkw angereist?" fragte er weiter.

„Ich habe das Auto bevorzugt. Damit bin ich doch unabhängiger als mit der Bahn. Die Fahrt war reibungslos und es gab keine Staus", erzählte sie unbeschwert.

Sie plauderten eine ganze Weile. Herr Muster erzählte viel über die Firma, die er selber aufgebaut hatte. Am Anfang hatte er in einer Garage gearbeitet.

Mona konnte den Stolz und die Liebe die er in seine Arbeit investierte deutlich hören. Während er begeistert sprach, hatte sie Gelegenheit sich einen ersten Eindruck von ihm zu machen: sehr schlank, maßgeschneiderter Anzug, dunkle Haare, gepflegter Schnitt, blasse Haut, seine Hände ruhten beim Sprechen würdevoll auf der Schreibtischplatte vor ihm.

Dieser Mann strahlte vornehme Ruhe aus und besaß die Gabe, beim Erzählen, die Aufmerksamkeit seines Zuhörers auf sich lenken. Mona fühlte sich angenehm überrascht. Ihm war jedes, noch so winzige Detail, seiner Firma vertraut und eben beendete er seine sprachliche Führung durch alle Räume.

„Die Küche, die sie eben gesehen haben, kann von allen Mitarbeitern genutzt werden. Fast täglich wird hier gekocht und das Obst auf dem Tisch besorge ich immer frisch vom Biobauern. Denn die meiste Zeit sind die Angestellten hier im Haus tätig und ich fühle mich für sie verantwortlich. Aber nun erzählen sie mir doch auch ein bisschen über sich. Aus ihren Unterlagen habe ich gesehen, dass sie viel im Personalbereich eingesetzt waren."

Mona erzählte über ihre Arbeit, ihr Studium und natürlich ihren Austritt aus dem Konzern. Sie erklärte, dass dieser Termin heute für sie ein Neuanfang werden sollte und sie die Tätigkeit als Herausforderung sah. Die Familie hatte sich verkleinert und sie konnte nun beginnen, ihre Zukunft zu gestalten.

Herr Muster hörte ihr aufmerksam zu und fragte immer wieder.

„Wie hat ihnen eigentlich der Flughafen von Frankfurt gefallen, als sie auf der Autobahn daran vorbei gefahren sind? Sieht das Gebäude nicht aus als wäre ein Wolkenkratzer auf die Seite gelegt worden? Ich finde es immer wieder faszinierend."

Mona stach dieses Gebäude im vorüberfahren tatsächlich ins Auge. Sie hatte sich vorgenommen auf dem Heimweg noch einmal genau hinzuschauen. Jetzt erinnerte sie sich durch die Frage wieder daran.

„Ich finde das Flughafengebäude äußerst interessant und werde es mir auf dem Weg nach Hause noch einmal genauer ansehen. Diese Bauweise zieht natürlich sofort den Blick auf sich. Tatsächlich sieht es aus wie ein umgefallenes Hochhaus auf Tausendfüßler Beinen.", antwortete sie.

„Frau Sieben, ich bin begeistert und würde Ihnen gern Herrn Röhrich vorstellen, er ist verantwortlich für die Berater im mittleren Bereich Deutschlands.", sagte er höflich mit einem Lächeln, griff zu seinem Handy und wählte eine Nummer. Kurze Zeit später erschien ein Herr mit lachenden dunkelbraunen Augen und starkem Akzent.

„Hallo, ich bin der Herr Röhrich." stellte er sich mit bayrischem Dialekt vor. Er setzte sich ihr gegenüber an den Tisch und fragte. „Wie schaut`s aus Herr Muster, soll ich Frau Sieben mit ins Vertriebler Haus nehmen und etwas herumführen?"

„Einen Augenblick noch. Frau Sieben wir sollten noch über Ihre Gehaltsvorstellungen sprechen. Natürlich biete ich jedem neuem Mitarbeiter eine Unterstützung an. Dabei können Sie zwischen zwei Varianten wählen. Die Erste sieht folgender Massen aus. Sie erhalten einen Monat 5000Euro und 11 weitere 3000€. Die Zweite Variante wäre: Sie erhalten den ersten Monat 3000Euro und 11 weitere 1000€. Sollten Sie Variante eins wählen, müssen Sie die Hälfte zurückzahlen, dies entfällt bei dem anderen Vorschlag. Was möchten Sie lieber mit mir vereinbaren?"

Beide Herren schauten sie abwartend an. Der Blick den sich die beiden Männer dabei zuwarfen, erinnerte sie an einen Fuchs.

Ohne zu überlegen antwortete Mona: „Ich nehme das zweite Angebot. Geben Sie das Erste besser jemanden, der es nötiger braucht als ich." Später erst stellte sich heraus, wie richtig ihre Entscheidung war. Denn alle neu angeworbenen Mitarbeiter wurden auf ihre finanzielle Abhängigkeit geprüft.

„Sehr gut!", lachte nun Herr Muster, „Frau Sieben, das war nur ein Test. Ich wollte prüfen, ob Sie nur des Geldes wegen zu uns kommen oder ernsthaft eine Tätigkeit suchen. Wenn Sie einverstanden sind, dann würden wir uns am Dienstag nächste Woche bei Ihnen melden und Sie teilen uns mit, ob Sie unser Arbeitsangebot annehmen möchten. Ich würde mich auf eine Zusammenarbeit mit Ihnen freuen. Herr Röhrich zeigt Ihnen nun noch unsere Vertriebsabteilung. Die Damen und Herren sitzen im Gebäude nebenan, hier wäre es für uns alle zu eng. Es gibt nur ein paar kleine Unterschiede zu der Einrichtung hier.

Aber das zeigt und erklärt Ihnen alles ihr Begleiter. Ach, und Herr Röhrich vergessen Sie bitte nicht, Frau Sieben, ein paar Dosen meiner firmeneigenen Bonbons mit zu geben. Auf Wiedersehen."

Herr Muster verabschiedete sich von ihr und überließ sie dem netten Herrn im braunen Anzug.

„Also dann, lassen`s uns gehen. Vielleicht können Sie gleich ein paar ihrer künftigen Kollegen kennenlernen, Donnerstag und Freitag sind`s die Damen und Herren immer in der Zentrale zum Meeting. Ich geh vielleicht mal voraus.", forderte er sie auf und übernahm er die Führung.

Flink bewegte er sich und Schweißperlen liefen ihm vom Gesicht über den Hals ins offenstehende Hemd.

Mona folgte ihm ins Nachbargebäude, das sich von außen durch nichts unterschied. In der zweiten Etage waren alle überflüssigen Wände entfernt worden. Dadurch wirkte es wie ein einziger großer Raum, nur zwei Räume waren mit Hilfe von Glasscheiben abgetrennt. Später erfuhr sie, dass hier die Rekruten, so wurden die Neuen genannt, in Ruhe lernen konnten. Der Küchenbereich war genauso gut ausgestattet wie im Hauptgebäude. Ansonsten standen Schreibtische überall verteilt und waren nur durch Raumteiler abgetrennt.

An einigen Schreibtischen saßen Männer, mit Headsets, und telefonierten. Es war eine absolut entspannte Atmosphäre, die ihr sofort auffiel.

Als sie den Raum betraten, erhob sich ein Herr, mit weißem Hemd und Krawatte von seinem Schreibtischstuhl und kam auf sie zu.

„Ah Christoph, da bist`s ja", rief Herr Röhrich lachend.

„Das ist der Herr Christoph Fröhlich, ihr Ausbilder. Wenn`s sich entschließen bei uns anzufangen. Er ist für die Neuen zuständig." Stellte er Mona vor.

Dann wandte er sich, mit seiner tiefen warmen Stimme, an Herrn Fröhlich:

„Christoph das ist Frau Sieben, sie überlegt`s sich bis nächste Woche, ob sie bei uns anfangen tut. Du musst dich mal mit dem Johann kurzschließen."

Mona fühlte, wie ihr die Röte langsam den Hals hinauf bis in die Wangen kroch. Seit Ewigkeiten passierte ihr das zum ersten Mal. Sie konnte sich den Grund dafür nicht erklären. Denn bisher hatte sie täglich mit gut aussehenden Männern gearbeitet. Aber keiner hatte sie so angesehen wie Herr Fröhlich mit seinen dunklen braunen, beinahe schwarz strahlenden Augen. Mona fühlte sich als schaute er in ihr Herz. Herr Fröhlich schien ebenso zu empfinden, denn auch sein Gesicht überzog sich mit einer sanften Röte.

„Hallo Frau Sieben, schön sie kennenzulernen." Während er sprach, hielt er ihre Hand fest in seiner.

„Guten Tag Herr Fröhlich. Nun lernen wir uns persönlich kennen und die Stimme bekommt ein Gesicht. Ich freue   mich   ebenfalls." Damit entzog sie ihm vorsichtig ihre Hand, die er etwas länger als nötig hielt.

Stumm mit glühenden Gesichtern standen sie sich gegenüber. Herr Röhrich nahm das Gespräch wieder auf und schob Mona weiter.

„Dann wollen wir mal weiter gehen. Ich zeige ihnen noch die restlichen Räumlichkeiten und gebe ihnen die firmeneigenen Bonbons mit. Die dürfen wir keinesfalls vergessen, da legt der Chef Wert drauf. Wissens er sagt immer, wenn uns mal ein Kunde vergisst, spätestens, wenn die Bonbons alle sind, erinnert er sich wieder an uns." Bei diesem Scherz lachte er herzhaft.

Nach der Führung brachte er Mona zu ihrem Auto und verabschiedete sich freundlich von ihr.

„Also überlegen´s sich das Angebot, ich bin schon zehn Jahre hier und mir gefällt`s immer noch. Außerdem wär ich dann ihr Bereichsleiter und ich würd gern mit ihnen arbeiten. Wenn`s Fragen haben rufen`s einfach an."

Mona bedankte sich und verabschiedete sich. Sie hatte Herrn Röhrich sofort in ihr Herz geschlossen. Diese offene freundliche Art gefiel ihr gut. Ja, mit ihm würde sie gern zusammenarbeiten wollen.

Erleichtert und fröhlich ging die Frau zu ihrem Wagen zurück.

Sie öffnete die Fahrertür und Hitze schlug ihr entgegen. Das Fahrzeug hatte sich in der Sonne aufgeladen. Schnell startete sie den Motor und stellte die Klimaanlage ein. Dann begab sie sich auf den Heimweg, der Feierabendverkehr hatte bereits eingesetzt und so zogen sich die Kilometer schleppend dahin. Doch es machte ihr heute gar nichts aus, denn sie musste über vieles nachdenken. Zwischen ihre Gedanken schob sich immer wieder ein Männergesicht, lenkte sie ab und ließ sie lächeln.

Mona ärgerte sich über ihr albernes Verhalten. Sie war eine verheiratete Frau. Es war keinesfalls akzeptabel über andere Männer nachzudenken. Außerdem behinderte Ablenkung nur die Arbeit. Der attraktive Christoph Fröhlich würde ihr Ausbilder sein, nicht mehr und nicht weniger. Mona wollte sich nur auf ihren Job konzentrieren und sich ein neues Standbein aufbauen.

Zuhause warteten indessen ihre Tochter Franzi und Fred. Sie wählte über ihr Handy die Nummer ihres Mannes und setzte das Headset auf.

„Hallo Schatz", begrüßte sie ihren Mann.

„Hallo Mona. Wie lange brauchst du noch?", fragte Fred.

„Ich habe ungefähr noch 50 Kilometer, zu fahren. Also knapp eine Stunde und dann bin ich bei euch. Ist Franzi auch zu Hause? Dann können wir gemeinsam über meinen Vorstellungstermin sprechen."

„Ja, Franzi bereitet gerade das Abendessen vor. Es soll eine Überraschung für dich geben. Also bis gleich!", verabschiedete er sich von seiner Frau.

Endlich parkte Mona ihr Auto auf dem Seitenstreifen gegenüber von ihrem Haus. Sie stieg aus und musste erst einmal ihre müden Glieder strecken. Gerade in diesem Moment öffnete sich die Haustür, Fred und Franzi kamen ihr entgegen. Das Mädchen lachte ihre Mutter an und umarmte sie stürmisch.

„Endlich bist du wieder da!", rief sie.

„Na, aber ich war nur einen Tag weg und du begrüßt mich als wäre ich Jahre von dir getrennt gewesen.", scherzte Mona.

Sie legte einen Arm um ihre Tochter und drückte sie fest an sich.

Fred gab seiner Frau einen Kuss. Dann hakte er sich auf ihrer anderen Seite bei ihr ein. Gemeinsam gingen sie ins Haus. Dort wurde Mona von einem hübsch gedeckten Tisch überrascht, außerdem schwebte ihr frischer Pizzaduft entgegen.

„Hm, das riecht aber gut. Wer war der gute Geist, der hier gezaubert hat?", fragte Mona scheinbar unwissend.

„Mama setz dich. Ich habe schon alles vorbereitet. Papa komm, hilf mir und reich bitte die Teller an!", forderte sie ihren Vater auf.

Franzi öffnete den Backofen, herrlicher Pizzaduft strömte heraus und durchzog die Küche.

 Mona freute sich und schaute, ihrer geschäftig wirkenden Tochter, zu. Mit größter Vorsicht schob sie die heißen, duftenden Teigstücke auf die Teller.

Als alle Teller gefüllt waren, setzte sie sich zu ihren Eltern an den Tisch.

„Nun erzähl schon Mama und lass uns nicht so lange zappeln. Wie war es? Nimmst du die Arbeit an?", wollte ihre neugierige Tochter wissen.

Mona schob sich ein Stück Pizza in den Mund und kaute genüsslich.

„Die schmeckt aber super! Das hast du wirklich gut gemacht, ich hätte es nicht besser gekonnt.", lobte Mona das Mädchen. Fred schloss sich dem Lob seiner Frau an.

Als sie fertig gegessen hatten, begann Mona zu erzählen, zuerst von der Fahrt und dann natürlich von dem Gespräch.

„Ja, aber das Ganze hat eben einen Haken. Ich müsste für vier Wochen nach Frankfurt zur Ausbildung und wäre nur am Wochenende zu Hause. Im Anschluss daran würde ich Montag, Dienstag und Mittwoch in meinem Gebiet arbeiten und Donnerstag und Freitag wäre ich wieder in Frankfurt, zu Schulungen und Meetings. Wir wollen gemeinsam überlegen, ob diese Belastung für euch nicht zu groß ist. Denn der Haushalt muss weiter laufen. Es muss eingekauft werden und ihr müsst zu essen haben, Butterbrote für Schule und Arbeit vorbereiten. Es geputzt werden, die Blumen gegossen und der Garten braucht Pflege. Ihr müsstet ins Pflegeheim fahren und Oma besuchen und noch so vieles mehr ist zu erledigen. Ich bin mir nicht sicher, ob ihr das alles schafft", beendete sie das Gespräch.

Sie schaute die Beiden fragend an und wartete. Schweigend saßen die Drei am Tisch. Endlich nahm Franzi das Gespräch wieder auf, sah ihre Mutter an und sagte:

„Weißt du Mama, wichtig ist doch dir würde die Arbeit Freude machen. Denn du musst nach Frankfurt fahren. Ich würde damit klarkommen, wenn du erst Freitagabend zu Hause bist. Ich stehe ja jetzt auch auf, natürlich bist du morgens da, um mit mir zu frühstücken, aber für vier Wochen schaffe ich es auch mal ohne dich. Was sagst du Papa? Eigentlich kann nichts schiefgehen, Montag, Dienstag und Mittwoch kommt Anne putzen und Donnerstag, Freitag müssen wir Staubsaugen und uns um uns kümmern. Dann ist Mama schon wieder da. Also wenn du es möchtest, dann probiere es Mama."

„Ja, wenn du es mit Anna absprichst und es so klappt, wie Franzi sagt, können wir es versuchen", stimmte Fred zu.

„Gut, dann machen wir es so. Ich habe noch Zeit zu überlegen. Wir können auch erst eine Nacht darüber schlafen. Der Firmeninhaber sagte wir wollen nächste Woche zusammen telefonieren. Also können wir alles noch einmal in Ruhe durchgehen und ich spreche mit Anna. Denn sie muss es ja auch zeitlich regeln können.", stimmte Mona zu.

Spät am Abend als längst Ruhe im Haus Einzug gehalten hatte, saßen Fred und Mona im Wohnzimmer beisammen und unterhielten sich über die bevorstehende Veränderung. Fred hatte wie so oft die Flasche mit Bier vor sich.

Mona schaute ihren Mann traurig an. Sie sah, den Verfall der sich seines Körpers bemächtigte, schuld daran war der übermäßige Alkoholkonsum. Seine Haut wirkte grau und schlaff und sein schöner schlanker Körper war zusammengefallen und gebrechlich. Sogar die einst strahlenden blauen Augen schauten wässrig und glanzlos drein.

Welche verheerende Wirkung Alkohol hatte. Der Schaden, den dieses Zeug anrichtete, war nicht wieder gut machbar. Gnadenlos vernichtete dieses Gebräu jeden Menschen, der ihm zum Opfer fiel. Nicht genug, dass der Trinker ihm erlag, auch die Familie, Angehörige, der Partner und die Kinder wurden von den Folgen betroffen.

Diese Gedanken liefen durch Monas Kopf, wie ein Film und sie wusste, über dieses Thema mit Fred zu sprechen hatte wenig Sinn. Doch heute musste sie es zur Sprache bringen. Denn sie wollte sich auf ihren Mann verlassen, wenn sie die Woche über nicht da sein würde.

„Fred", begann sie leise zu sprechen und wandte ihr noch immer hübsches Gesicht, das keine Anzeichen von Falten hatte, ihrem Mann zu.

„Wie stellst du es dir mit dem Trinken vor, wenn ich nicht da bin?"

„Was du immer meckerst. Ich werde es schon schaffen, mach dir mal keine Sorgen darüber. Dann trinke ich abends kein Bier, außerdem ist von zwei oder drei Flaschen noch keiner betrunken oder?"

„Das kann schon richtig sein. In diesen Dingen kenne ich mich nicht so aus. Nur es reicht mir nicht mehr, dass du mir Versprechungen machst, die du doch nicht halten kannst, willst oder wie dem auch sei. Wir sind schon viele Jahre verheiratet und du versprichst, mir die letzten zehn Jahre immer wieder, dass du mit dem Trinken aufhörst. Bisher hast du es nicht geschafft. Trinkst du mal einen Tag nichts holst du es am nächsten Tag sofort nach."

„Mona, du bist einfach nicht ausgeglichen und ich hoffe du nimmst die Arbeit an. Dann wird es wieder ruhiger bei uns zu Hause werden. Ständig nörgelst du an mir rum. Kümmere dich um dich selbst und lass mich in Ruhe. So macht es keine Freude von der Arbeit heimzukommen", erwiderte Fred jetzt ungehalten.

Mona schluckte die aufsteigenden Tränen hinunter. Sie hatte es geahnt, dass dieses Gespräch genauso unfruchtbar sein würde, wie die Unzähligen vorangegangenen. Deshalb griff sie zu den gleichen Mitteln wie er. Sie wollte nicht mehr traurig und verletzt sein und die Schuld bei sich suchen. Mona war wütend und entschlossen heute, jetzt sofort, reinen Tisch zu machen. Sie schaute ihm fest in die Augen und sagte mit fester Stimme.

„Erstens hast du mir das auch die letzten zehn Jahre, bei meiner Tätigkeit vorgehalten und jetzt schickst du mich weg, damit ich nicht sehe, wie viel du abends von diesem Fusel in dich rein schüttest. Ständig suchst du die Schuld für deine Sucht bei mir, versuch es zur Abwechslung mal bei dir selber. Weißt du eigentlich wie erbärmlich es ist, mit anzusehen wie du immer mehr verfällst. Alle unsere Freunde ziehen sich zurück. Außer denen, die genauso gern trinken wie du - äußerst praktisch. Auf dieses Leben kann ich gern verzichten. Fred klappt es wieder nicht, dass du ohne dieses Zeug auskommst und hier die Verantwortung übernehmen kannst, werden sich unsere Wege trennen. Ich habe es einfach satt, mich immer wieder von dir belügen zu lassen. Geh zum Arzt und lass dir helfen. Das ist keine Schande und du bist wahrlich kein Einzelfall."

Mona hatte sich in Rage geredet und ihre Wangen glühten vor Scham und Wut. Unfassbar, wie viel Kraft es sie kostete so mit ihrem Mann zu sprechen. Doch noch viel schlimmer waren der Schmerz, den sie fühlte und dieses Traurigkeitsgefühl. So als hätte sie eben einen wichtigen Teil von sich zu Grabe getragen. Fred indessen schaute sie nur sprachlos an, was war nur in seine sonst so zufriedene Frau gefahren, die immer lachte und einen durchaus ausgeglichenen Eindruck erweckte. Er schluckte und sah sie total verschreckt an. Dann sagte er.

„Mona, ich verspreche dir dieses Mal wird es klappen. Du kannst dich auf mich verlassen. Fahre in Ruhe nach Frankfurt und probiere, ob dir die Arbeit gefällt. Wenn du mir nicht glaubst, kannst du ja Franziska fragen, ob ich in deiner Abwesenheit getrunken habe. Doch du wirst sehen, ich schaffe das."

„Ich hoffe es für dich und uns alle. Denn es ist deine letzte Chance. Klappt es wieder nicht Fred, werde ich gehen und Franziska nehme ich mit. Ich habe so schon kein gutes Gefühl, sie mit dir allein zu lassen.", ermahnte sie ihren Mann eindringlich.

So viele Jahre hoffte sie jedes Mal, wenn Fred ihr versprach sich zu ändern, dass es stimmte und wurde immer wieder enttäuscht. Anfangs schämte sie sich vor den Verwandten und Freunden, sie gab sich sogar die Schuld für seine Trunksucht und suchte die Fehler. Mona wollte nicht mehr über dieses Thema reden oder nachdenken und schon gar keine Entscheidung treffen. Deshalb versuchte sie es immer öfter totzuschweigen und sich möglichst nicht mehr damit zu beschäftigen.

Montagmorgen klingelte das Telefon. Mona meldete sich wie immer mit: "Sieben". Da vernahm sie eine bekannte Stimme.

„Hallo Frau Sieben. Hier ist Christoph Fröhlich. Wie geht es Ihnen?"

„Danke der Nachfrage, Herr Fröhlich, aber heute ist erst Montag, wollten wir nicht morgen telefonieren. Ich hätte mich auf jeden Fall gemeldet."

Während sie mit Herrn Fröhlich sprach, lief ihr wieder ein warmer Schauer über den Rücken und sie fragte sich, wie machte er das bloß.

„Ich weiß, Frau Sieben. Doch ich wollte ihnen gern mitteilen, dass wir uns für sie, unter allen Bewerbern, entschieden haben. Sie könnten zum Ersten des nächsten Monats, mit drei weiteren neuen Mitarbeiten, bei uns anfangen. Wie gefällt ihnen dieser Vorschlag?"

Mona lachte in das Telefon und sie hörte das Lachen von ihrem Gesprächspartner. Dann antwortete sie:

„Gut, ich freue mich. Herr Fröhlich, ich habe noch einige Dinge zu erledigen. Sie kennen dass ja, Gewerbe anmelden, Finanzamt, Bank und Steuerberater. Haben sie vielleicht ein paar Ansprechpartner zwecks Unterkunft für mich und benötigen sie noch etwas an Unterlagen von mir?"

„Ich werde Frau Kaltofen bescheid sagen und sie wird mit Ihnen Kontakt aufnehmen. Denn Sie weiß besser, wie in den Personalangelegenheiten zu verfahren ist. Ich weiß nur wir benötigen Ihre Steuernummer, die Gewerbeanmeldung und ihre Kontodaten. Ob das alles ist, kann ich nur vermuten. Naja Stine weiß das besser und kann Ihnen alles mailen. Wir sehen uns dann am Ersten. Sollten Sie noch Fragen haben, zögern Sie nicht mich anzurufen."

Damit verabschiedete er sich. Mona lächelte noch, als sie den Hörer auflegte.

Am Abend besprach sie noch einmal alles mit ihrem Mann und ihrer Tochter. Dann vergingen die Tage wie im Flug. Sie meldete ihr Gewerbe an und erhielt eine neue Steuernummer. Dann sprach sie bei ihrem Steuerberater vor und ließ alle Unterlagen prüfen.

Denn sie wollte so wenig als mögliche Fehler machen und damit in der Startphase zu ihrem neuen Geschäft behindert werden.

Täglich prüfte sie ihre Emails, doch es war kein Eingang von Stine Kaltofen zu vermerken.
Eine Woche, bevor Mona zu ihrer neuen Tätigkeit aufbrach, rief sie deshalb in der Firma an. Doch weder Herr Fröhlich noch Frau Kaltofen waren zu sprechen. Etwas verwundert sprach sie mit einem netten Herrn, der ihr keine Auskunft darüber geben konnte, wann denn ihr erster Ausbildungstag begann.
Mona suchte sich mithilfe des Internets ein nahegelegenes Hotel und buchte für eine Woche, Übernachtung und Frühstück.
Dann druckte sie eine Wegbeschreibung von Hotel bis Firmensitz aus und stellte erleichtert fest, dass die Entfernung nur etwa 450 Meter betrug.
Abends erzählte sie wie immer Fred und Franzi von den Ereignissen des Tages und gemeinsam legten sie fest, dass Mona sobald sie feststellen würde, dass mit der Arbeit etwas nicht stimmte, sofort nach Hause kommen sollte.

III

Mit gemischten Gefühlen verabschiedete sie sich Sonntagnachmittag von ihrem Mann und ihrer Tochter. Sie drückte Franzi fest an sich und musste ihre Tränen herunter schlucken. Denn sie wollte dem Kind den Abschied nicht noch unnötig schwer machen. Dann stieg sie in ihr Auto, startete das Navi und fuhr los.

Die Autofahrt zog sich schleppend dahin. Viele Urlauber hatten die Rückreise angetreten. Die Sommerferien näherten sich dem Ende, besonders überfüllt war die Autobahn umso näher sie dem Flughafen kam. Im Minutentakt konnte sie durch die Frontscheibe die Flieger starten und ankommen sehen. Mona war von diesem Spektakel fasziniert, wie gleichmäßig und elegant die Maschinen ankamen und sich in den Himmel erhoben, um zwischen den blauen Wolken zu verschwinden.

Endlich erreichte sie das Hotel. Mona war müde und ausgelaugt, mehr als eineinhalb Stunden hatte sie länger auf der Autobahn gebraucht. Sie checkte ein und begab sich auf ihr Zimmer. Dort ließ sie sich auf ihr Bett fallen, drückte auf Wiederwahl und sagte ihrem Mann, dass sie angekommen sei. Sie versprach noch einmal anzurufen, sobald sie ausgepackt und zu Abend gegessen hatte.

In dieser Nacht schlief sie tief und traumlos. Noch lange bevor der Wecker schellte, war sie wach, duschte, zog sich an, frisierte ihr Haar und legte leicht Rouge und Wimperntusche auf. Dann ging sie zum Frühstück. Im Gastraum saßen bereits mehrere Gäste, die sich lautstark unterhielten. Die Kellnerin zeigte ihr den Weg zum Frühstücksbüfett.

Mona nahm sich ein Brötchen, Rührei, Tomate, Butter und Marmelade. Dann suchte sie sich einen freien Tisch, eine Kanne mit Kaffee war bereits platziert. Sie setzte sich und begann zu essen. Völlig ohne Hektik und Nervosität wollte sie den Tag beginnen. Der erste Tag zu einem neuen Lebensabschnitt.

Nachdem sie gefrühstückt hatte, begab sie sich zu Fuß zur Firma. Denn Zeit hatte Mona genügend eingeplant und so konnte sie sich noch ein wenig die Umgebung in der sie nun für vier Wochen tätig sein würde anschauen.

An dem langen Tisch saß bereits eine junge Frau, die sie interessiert, beim Betreten des Raumes musterte. Dann erhob sie sich und streckte ihr die Hand entgegen.

„Hallo ich bin Mandy. Sicherlich gehörst auch du zu uns neuen Rekruten. Ich bin dafür, dass wir uns duzen. Denn hier sagen alle „du" zueinander. Es ist dir doch recht?"

Mona bejahte die Frage und stellte sich nun ihrerseits vor. Im Laufe des Vormittags trafen noch Daniel und Jens ein. Als alle komplett versammelt am Tisch saßen, kam Stine Kaltofen, unter ihrem Arm trug sie eine Menge Papiere geklemmt.

„ Wer ich bin, wisst ihr ja schon. Da euer Ausbilder noch einen externen Termin hat, werde ich eure Einführung in die Firma vornehmen. Wir werden gemeinsam von Raum zu Raum gehen und ich werde euch die jeweiligen Mitarbeiter der Abteilungen vorstellen. Dann stellt ihr euch kurz vor."

Sie hatte die Papiere vor sich gelegt und zeigte mit der rechten Hand auf den angrenzenden Raum, der durch eine Glaswand abgetrennt war.

„Hier werdet ihr die nächsten Tage beziehungsweise Wochen verbringen und lernen. Ihr trefft euch jeden Morgen 8 Uhr, abends ist immer jemand im Hause länger da, der euch mit raus nimmt."

Demonstrativ wanderte ihr Blick in die Runde. Sie las in den Gesichtern der Neuen ob auch alles verstanden wurde. Denn hier wog die Betonung der Worte „abends länger" schwer. Stine spielte ihre Macht genüsslich aus.

„Ihr erhaltet von mir jetzt die ersten Durchlauflisten. Davon werdet ihr noch weitere bekommen, die von euch bearbeitet werden müssen. Im Anschluss an jede Übung lasst ihr die Listen von eurem Ausbilder oder der zuständigen Person gegenzeichnen. Ach ja, wir duzen uns hier alle, ich bin die Stine. Ich denke das ist euch recht."

Nachdem sie die Vier in den Nachbarraum geführt hatte, verschwand sie, mit einem „bis später" auf den Lippen.

Etwas bestürzt sahen sich die Neuen an und es entstand einen Moment betretenes Schweigen. Dann übernahm Mandy das Wort an die Anderen.

„Na gut. Dann wollen wir mal anfangen. Ich bin die Mandy und komme aus Berlin. Bevor ich hierher kam, habe ich im Hotelgewerbe gearbeitet. Durch einen Bekannten, der schon länger für die Firma tätig ist, wurde ich geworben."

„Hast du deine feste Anstellung für den Job aufgegeben?" fragte Jens.

Stolz bejahte Mandy, mit jugendlicher Naivität.

„Ich bin sogar mit dem Flieger von Berlin bis Frankfurt gekommen und die restlichen Kilometer mit dem Taxi. Es hat mich eine ganz schöne Menge Geld gekostet. Beim Vorstellungsgespräch hat mich Johann gefragt, ob ich mir die Fahrt leisten kann oder ob er mich unterstützen soll. Ja, und vor einer

Woche hatte ich schon meinen unterschriebenen Vertrag. Stine hat mir sogar eine Auflistung aller Übernachtungsmöglichkeiten in der Umgebung mitgeschickt. Ihr habt doch sicherlich alle den gleichen Vertrag wie ich? Ich meine die Vereinbarung über die Aufbauhilfe?"

Daniel bejahte die Frage. Er erzählte im Anschluss, dass er bereits im Vertrieb für eine Handyfirma tätig war und somit schon Erfahrungen sammeln konnte. Auch er hatte von Stine eine Auflistung über Hotels, Pensionen und möblierten Zimmer erhalten.

Bereits vor Tagen hatte er günstig ein Zimmer gefunden und so konnte er während der gesamten Ausbildungszeit hierbleiben.

Er sprach von seiner Familie, der Freundin und ganz nebenbei erwähnte er, dass er noch keine Zeit hatte eine Ausbildung zu machen.

„Aber, dass ist jetzt auch nicht mehr wichtig. Denn ich werde hier eine Menge Asche verdienen.", beendete er den Satz.

Jens kam aus den neuen Bundesländern und war in der Firma seiner Frau tätig. Sie waren auf der Suche nach einer Mietwohnung in Niedersachsen. Dort wohnten bereits
 einige seiner Familienmitglieder und so wollten sie die Arbeit seiner Frau dorthin verlegen.

Er war etwa in Monas Alter und strahlte Erfahrung aus. Einen Platz zum Übernachten hatte er in einer WG gefunden. Auch Jens hatte das Adressenmaterial von Stine mit samt seinen Vertrag zu geschickt bekommen.

Als letzte erzählte Mona woher sie kam. Sie sagte, dass sie keine Anschriften bezüglich Unterkunft und auch keinen Vertrag zu geschickt bekommen habe. Im Gegenteil, sie hatte sich um alles selber gekümmert. Etwas eigenartig war das schon und Mandy, Jens und Daniel stimmten ihr zu.

Alle Vier kamen gut miteinander zurecht. Sie waren eine zusammengewürfelte Mischung und es entstand eine unkomplizierte nette Unterhaltung. Sie halfen sich gegenseitig bei der Bearbeitung des Durchlaufplanes und arbeiteten sich durch Ordner mit Leitfäden, Anleitungen, Ratschlägen, Abläufen und Vorschriften.

Am Nachmittag erschien wieder Stine und auch Johann schaute vorbei. Er steckte seinen Kopf zur Tür herein und erkundigte sich mit dem ihm eigenen Dialekt:

„Na wie schaut`s aus? Wenn ihr Fragen habt, kommt einfach zu mir. Es ist einfacher wir besprechen alle Unklarheiten direkt sonst vergesst ihr es und hinterher habt ihr zu viele Lücken. Die Leitfäden und Anleitungen wurden alle in der Firma ausgearbeitet und wir sind ständig bemüht alle Neuentwicklungen einzubauen."

Mona lächelte zurück, sie war von der einfachen unkomplizierten Art des Firmeninhabers beeindruckt.

„Wir kommen schon klar und sonst fragen wir. Es sind wirklich alle hier sehr hilfsbereit und haben uns ihre Unterstützung angeboten. Danke" erwiderte sie seine Frage.

„Dann ist ja alles in Ordnung. Vergesst nicht Obst zu essen und nehmt euch auch zu trinken. Es ist wichtig ausreichend mit Vitaminen und Flüssigkeit versorgt zu sein, damit ihr gut lernen könnt. Außerdem bin ich stolz darauf die Sachen frisch vom Biobauern zu holen."

Mit diesen Worten verließ er die Gruppe und Stine nahm sich ihrer an.

„Morgen werde ich euch eure überarbeiteten Verträge vorlegen, sofern ihr sie noch nicht erhalten habt. Ich glaube das ist nur bei dir Mona der Fall. Doch auch Daniel und Jens müssen noch die

Verträge unterschreiben und die fehlenden Unterlagen abgeben. Wie weit seid ihr heute mit der ersten Liste gekommen. Es war ja nicht allzu viel oder?"

Stine ging dabei um den Tisch und schaute sich die Listen jedes Teilnehmers an. Zufrieden nickte sie mit ihrem Kopf und hakte die einzelnen erledigten Punkte ab. Dann gab sie die Folgelisten aus.

„So ich verabschiede mich für heute. Wir sehen uns morgen früh 8 Uhr hier in diesem Raum, dann wird auch Christoph da sein. Er übernimmt eure Ausbildung und ich werde mich wieder meiner Tätigkeit als Assistentin von Johann widmen. Wie gesagt, bin ich eigentlich auch gar nicht für euch zuständig."

Mit ihrem aufgesetzten Lächeln verließ sie den Raum. Nachdenklich schaute Mona ihr hinter her. Aus unerklärbaren Gründen hatte sie kein gutes Gefühl bei dieser immer lächelnden Frau.

Durch die Glasscheiben sah sie Stine an der Kaffeemaschine stehen und sich mit einer Kollegin unterhalten. Dabei wendete sie den Kopf und zeigte auf die Neuen, die sich wieder in ihre Checklisten vertieften. Als Stine Monas Blick begegnete, drehte sie sich abrupt um und ging.

Es war bereits 19 Uhr als Jens, Daniel, Mona und Mandy das Bürogebäude verließen. Draußen war es noch immer drückend heiß. Sie fühlten die Wäsche an ihren Körpern kleben, der Schweiß lief ihnen über die Stirn und ein Gefühl der Mattigkeit umgab sie.

„Dann bis Morgen.", verabschiedeten sie sich und jeder ging zu seinem Auto. Außer Mona, sie brauchte nur die wenigen Minuten zu Fuß zum Hotel zu gehen.

Als sie endlich in ihrem Zimmer ankam, schloss sie zuerst die Vorhänge an den Fenstern und sperrte damit die noch warmen Strahlen der Sonne aus. Dann ging sie zum Kühlschrank, nahm eine Flasche Wasser heraus und trank. Die kühle Flüssigkeit lief ihr die Kehle hinunter. Trotz allem fühlte sie keine Erfrischung, sie hatte eher das Gefühl sowie sie trank verdampfte die Flüssigkeit direkt über ihre Haut.

Erschöpft von der Hitze und der ungewohnten Tätigkeit, ließ sie sich auf ihr Bett fallen. Mona streckte sich aus und schon fielen ihr die Augen zu. Sie driftete in einen traumlosen Schlaf, bis das Handy klingelte und sie in die

Wirklichkeit zurückholte. Erschreckt suchte sie nach dem Störenfried und meldete sich.

„Hallo, Sieben", sagte sie verschlafen.

„Hallo Mama. Wie geht es dir? Wir haben uns schon Sorgen gemacht, weil du nicht angerufen hast." Hörte sie die Stimme ihrer Tochter wie durch eine Nebelwand.

„Ach Franzi, ich bin eingeschlafen. Es war schon 19 Uhr, als wir das Büro verließen, den ganzen Tag war es so warm und wir haben gesessen und gelernt. Das bin ich gar nicht mehr gewöhnt. Ich wollte mich nur ein bisschen auf das Bett setzen und verschnaufen. Wie spät ist es eigentlich, ich habe noch gar nichts zu Abend gegessen und duschen muss ich auch noch."

„Es ist 21.30Uhr, Mama.", antwortete Franzi.

„Oh weh, dann werde ich heute auch nichts mehr zu essen bekommen. Denn die Küche ist nur bis 20Uhr besetzt. Naja ich habe noch meinen Apfel und eine Banane von gestern, das reicht mir. Ich bin sowieso zu müde, um essen zu gehen. Was machst du Franzi, alles in Ordnung zu Hause?"

„Es geht schon. Ich schaffe das mit Papa, bis du zurückkommst. Wie war denn dein erster Tag?" fragte das Mädchen neugierig.

„Ja es ist eben alles noch sehr neu für mich und dadurch natürlich auch sehr interessant. Morgen kommt unser Ausbilder. Er hatte heute Kundentermine und dadurch hat uns eine Kollegin betreut. Weißt du sie, hat das Lächeln ins Gesicht tätowiert. Egal wann und wo du sie siehst, sie lächelt. Die Firma ist sehr schön, neu und modern und alle Mitarbeiter sind höflich. Hoffentlich bleibt es so, nicht das Es nur ein schöner Schein ist."

Mona musste lachen, bevor sie weiter sprach.

„Nicht dass ich morgen wach werde und es war alles nur ein Traum", erzählte sie ihrer Tochter.

„Ja aber dann wäre es besser du wirst zu Hause wach. Ich habe dich lieb Mama und schlaf gut. Vergiss nicht Papa anzurufen, der wartet schon. Bis morgen."

„Bis morgen und träume schön. Ich habe dich auch lieb", verabschiedete sich die Mutter.

Dann wählte sie schnell Freds Handynummer. Fred meldete sich sofort, denn er hatte bereits auf den Anruf seiner Frau gewartet.

„Hallo Schatz", begrüßte er sie.

„Hallo Schatz, tut mir leid das Ich erst jetzt anrufe. Es war schon spät, als wir vom Büro kamen. Ich habe mich nur eben auf mein Bett gesetzt und muss wohl direkt eingeschlafen sein."

„Wie sind denn deine Kollegen und macht es dir überhaupt Spaß", fragte Fred.

Es ist schon sehr schön hier. Aber auch anstrengend, naja, wie immer wenn man neu ist. Meine Kollegen sind nett und die drei Neuen auch, zwei sind ganz jung und Jens und ich eben älter."

Mona erzählte ihren Mann den ganzen Tagesablauf bis ins kleinste Detail. Zum Schluss sagte sie ihm noch, dass alle außer ihr bereits von Stine Vertrag und Unterlagen erhalten haben.

„Ach, das brauchst du nicht über zu bewerten. Ich glaube nicht, dass das etwas bedeutet. Vielleicht sind die anderen nicht so selbstbewusst wie du und dein Chef wollte nur behilflich sein. Den Vertrag bekommst du doch morgen sowieso also mach dir nicht so viele Gedanken. Nun schlaf gut und melde dich morgen, auch wenn es spät wird. Sonst mache ich mir Sorgen. Bis dann Schatz", verabschiedete er sich von ihr.

„Danke fürs zu hören. Schlaf du auch gut Schatz", beendete Mona das Gespräch.

Dann fuhr sie sich mit den Händen über ihr müdes Gesicht und ging ins Bad.

Frisch geduscht kam sie nur mit einem Handtuch bekleidet ins Zimmer zurück. Sie schaltete den Fernseher ein und seppte durch die Programme. Dann zog sie ihr Nachthemd an, band ihr unbändiges Haar lose zusammen und goss sich ein Glas Mineralwasser ein. Mona öffnete den Kühlschrank und nahm sich Banane, Apfel und eine Serviette. So ausgerüstet setzte sich auf ihr Bett, schaute den bereits laufenden Film und verzehrte dabei ihr Abendessen.

Für den nächsten Tag nahm sie sich vor, ein paar Dinge einzukaufen. Damit sie etwas zu essen, auf Vorrat hatte, wenn es wieder einmal spät wurde. In der Mittagspause konnte sie zum nahe gelegenen Supermarkt laufen. Denn die Pause war eine volle Stunde und so hatte sie etwas Bewegung an der frischen Luft.

Spät wurde es jeden Abend und manchmal noch viel später. Denn es war erst der Anfang. Fast täglich sollte die Frage im Raum stehen, dass die Rekruten über das Wochenende bleiben, um zu lernen. Für Mona stand vom ersten Tag an fest: das Wochenende gehört meiner Familie, ich bleibe nicht, ich fahre nach Hause.

Mona schlief jede Nacht tief und fest. Durch das Fenster drang das helle Licht des Mondes und ein paar Sterne funkelten am Himmel. Von all dem bekam sie nichts mit, denn Mona war schon längst im Land der Träume angekommen.

Im Traum sah sie einen Mann er stand am Meer und wartete auf sie. Dann streckte er beide Hände nach ihr aus und rief sie. Sie lief auf ihn zu, konnte seine Worte nicht hören, denn das Meer rauschte zu laut. Ihre Füße hinterließen tiefe Spuren im feuchten Sand und endlich erreichte sie ihn. Da vernahm sie seine Stimme.

„...siehst du alle Flüsse münden im Meer", sagte er.

Genau in diesem Augenblick klingelte der Wecker. Erschreckt fuhr Mona auf und schaute zur Uhr. Schon 6 Uhr, sie musste aufstehen.

Völlig verschwitzt ging sie ins Bad um zu duschen. Anschließend ließ sie sich ihr Frühstück schmecken.

Als sie sich auf den Weg zur Firma machte, fühlte sie sich ausgeruht und frisch. Sie betrat das Bürogebäude mit einem Lächeln auf den Lippen. Bekleidet mit schwarzer Hose und weißem Shirt, die Handtasche über der Schulter stieg sie die Treppe empor. Eine Frau die Selbstsicherheit ausstrahlt und mit sich zufrieden ist, ihr strahlendes Gesicht steckte schnell die Kollegen an.

Freundlich begrüßte sie auch ihre drei neuen Mitstreiter und Daniel fragte sie sofort.

„Du strahlst so, was ist mit dir los?"

„Ich habe keinen Grund Trübsal zu blasen. Es geht mir einfach gut. Habt ihr auch gut so gut geschlafen?"

„Naja geht so", brummelte Jens und schaute etwas traurig aus, als er weiter sprach. „Ich bin nicht so gern von meiner Frau getrennt. Alleine schlafen ist nichts für mich. Außerdem gibt es in der WG kein Frühstück. Wie ist es denn bei euch, habt ihr schon etwas gegessen?"

Mandy und Daniel hatten auch kein Frühstück, nur Mona konnte im Hotel frühstücken. Mandy war es in der Pension eindeutig zu teuer und bei Daniel war gar nicht die Möglichkeit zum Essen gegeben.

Ab Morgen wollten sich die Drei Brötchen beim Bäcker auf dem Weg zur Arbeit kaufen. Bis zur Mittagspause mussten sie mit Obst auskommen.

Sie widmeten sich wieder ihren Listen. Heute stand kneten auf dem Programm. Jeder erhielt eine Schüssel, in der sich Knete befand und sollte daraus einen Verkaufsvorgang herstellen. Das Thema dazu war Kundengewinnung.

Schnell entstand zwischen Mandy und Jens eine heftige Diskussion darüber, was man kneten sollte. Diese Gelegenheit nutzte Daniel, der vom ersten Moment an besonderes Vertrauen zu Mona aufgebaut hatte, um mit ihr zu flüstern.

„Mona, ich muss dir unbedingt etwas erzählen. Ich habe gestern nicht hier geschlafen, sondern bin zu meiner Freundin gefahren und dort habe ich etwas im Internet gegoogelt."

Mona hob den Kopf von ihrer Arbeit und schaute ihn an. Dann antwortete sie leise:

„Wie wollen wir das machen? Ich glaube nicht, dass wir heute irgendwo allein sprechen können."

In diesem Moment öffnete sich die Tür und Christoph kam, mit einem strahlenden Lächeln, herein.

„Guten Morgen alle zusammen. Ihr müsst entschuldigen, dass ich gestern nicht da war. Doch außer meiner Tätigkeit bei euch agiere ich noch als Berater und Verkäufer im Außendienst. Bis Freitag letzte Woche hatte ich Urlaub und so ist einiges liegen geblieben. Das muss ich jetzt aufarbeiten. Deshalb, Mona, konnte ich deine Email nicht beantworten. Ich war mir aber sicher, du schaffst das auch allein."

Bei seinen letzten Worten schaute er sie an. Gleichzeitig wurden beide Gesichter von einem roten Farbton überzogen. Mona hielt kurz den Atem an. Sein Blick hatte wieder die gleiche Wirkung wie bei ihrer ersten Begegnung auf sie. Ein heißer Schauer jagte durch ihren Körper und sie hoffte inständig, dass niemand im Raum ihren lauten Herzschlag hören konnte.

Christoph schien es nicht anders als ihr zu gehen. In seinen Augen konnte sie für einen kurzen Augenblick Fassungslosigkeit lesen. Schnell versuchte er die Situation zu überspielen. Doch statt seinen Blick von ihr abzuwenden starrte er sie weiter an.

Mandy sah Christoph mit strahlenden Augen an und fragte nach seinem Urlaub. Deutlich konnte Mona in ihren Augen lesen, wie dieser Mann sie faszinierte. Diesen Blick kannte die erfahrene Frau bereits. Ihre Gedanken wirbelten durch den Kopf, dieser Mann ist auch einfach attraktiv.

Er stand entspannt an den Türrahmen gelehnt, sein Gesicht noch mit der natürlichen Urlaubsbräune überzogen. Die dunkelbraunen Augen wirkten fast schwarz und sein volles Haar, bereits mit grauen Strähnen durchzogen, war kurz geschnitten. Anzughosen, weißes Hemd und Krawatte passten wie maßgeschneidert zu seiner großen schlanken Gestalt. Eben genau der Typ Mann, der für kleine Mädchen interessant ist, dachte sie, als sie Mandys Gesicht sah.

Plötzlich verstand Mona auch, warum Mandy ihr festes Anstellungsverhältnis aufgegeben hatte. Christoph zog sie an, wie eine Motte das Licht. Armes Mädchen hoffentlich verbrennst du dir bei diesem Spiel nicht die Flügel, dachte die Frau. Dann wanderten ihre Augen zu dem Mann, der noch immer relaxt, im Türrahmen stand und es schien ihr als ahnte er nicht das Geringste von Mandys Gefühlen. Zumindest ließ sich aus seinem Verhalten nichts darauf schließen.

Mona seufzte und riss sich von ihren Gedanken los. Sie ermahnte sich selbst: konzentriere dich auf dein Leben, du hast Probleme genug.

Christoph ging indessen um den Tisch und sah sich die Knetarbeiten jedes Einzelnen an. Als er neben Mona stand und sich zu ihr herunter beugte, machte sie seine Nähe schwindelnd und mit zu viel Kraft zerdrückte sie die Figur in ihrer Hand.

Doch er lächelte ihr freundlich zu, ganz Herr der Situation, und fragte:

„Was wolltest du mit der zerquetschten Figur darstellen?"

Wütend über sich selbst gab sie zur Antwort.

„Einen erfolglosen Verkäufer."

Dann begann sie erneut zu kneten, sie stellte einen Kunden und einen Berater dar die sich die Hände reichten und ein erfreutes Lachen war ihnen ins Gesicht geschrieben. Beide waren mit dem guten Geschäftsabschluss zu frieden.

Daniel war bereits mit der Übung fertig, während Mandy und Jens noch eifrig arbeiteten. Christoph war zwischenzeitlich gegangen, er wollte aber bald zurück sein. Das Wort bald sollte für die Vier in nächster Zeit eine ganz neue Bedeutung erhalten.

Die Mittagspause rückte näher, doch ihr Ausbilder erschien nicht. Alle waren nun fertig und warteten darauf, dass die Knetdemo abgenommen wurde, denn für heute standen noch drei weitere Knetarbeiten an.

Stine kam in den Raum und sah, dass die Rekruten untätig waren, sie fragte deshalb sofort nach dem Grund.

„Was ist los mit euch? Habt ihr die Liste vollständig bearbeitet?"

„Nein wir warten auf Christoph, damit er unsere Übung bewertet. Dann können wir mit der Nächsten beginnen.", sagte Mandy.

Verständnislos schaute Stine sie an und verschwand.

„Ich glaube das war die falsche Antwort", sagte Daniel.

„Die ruft jetzt sofort Christoph an und das gibt dicke Luft.", ergänzte Jens.

„Na und, dann sollen die uns nicht ständig allein lassen. Wir machen hier eine Ausbildung, wurde uns gesagt, doch im Moment sieht es für mich eher wie ein Selbststudium aus!", gab Mandy verärgert zur Antwort.

„Mona schaute in die Runde und dann auf die Uhr, danach sagte sie an die Anderen gewandt.

„Wollen wir nicht erst einmal Mittagspause machen. Christoph hat bestimmt einen wichtigen Grund um uns fern zu bleiben. Ich gehe zum Supermarkt und kaufe etwas für heute Abend ein. Gestern gab es nur etwas Obst zu essen. Doch wenn es abends spät wird, hätte ich gern Nahrhaftes im Kühlschrank. Außerdem ist im Markt eine Bäckerei und ich kann mir ein belegtes Brötchen holen."

Ihrem Vorschlag schlossen sich die Anderen an. Gemeinsam machten sie sich auf den Weg.

Die Pause war fast zu Ende als Daniel endlich Gelegenheit hatte allein mit Mona zu sprechen.

„Weißt du was ich im Internet gefunden habe?", fragte er sie direkt.

Mona schüttelte den Kopf verneinend.

„Ich habe gelesen, dass der Firmeninhaber einer religiösen Sekte angehören soll, die in Deutschland nicht gern gesehen ist. Wusstest du das? Vielleicht sind die deshalb so nett zu uns. Ob wir auch bekehrt werden sollen."

Nun musste Mona lächeln.

„Wir leben im 21. Jahrhundert, Daniel ich glaube das ist weit hergeholt. Wer will dich zu etwas bekehren, wenn du es nicht willst. Es ist jedem seine Sache, an was er glaubt, solange er damit nicht gegen Gesetze verstößt und andere belästigt.", antwortete sie ruhig.

Daniel bestand auf seinen Überlegungen, dass hier etwas im Argen lag. Dann wechselte er plötzlich das Thema.

„Mona kann ich dich was fragen? Weißt du ich lebe im Moment von der Unterstützung meiner Mutter. Glaubst du, ich könnte Johann fragen, ob er mir im ersten Monat 5000€ geben kann und am besten wäre die eine Hälfte davon schon jetzt und die andere am Ende des Monats."

„Das wirst du Johann schon selber fragen müssen. Vielleicht gehst du direkt nach der Pause zu ihm, bevor er sich in seine Arbeit vertieft. Er hat ja gesagt wir können mit allen Sorgen und Problemen zu ihm kommen. Versuch es einfach!", ermutigte sie ihn.

Auch nach der Mittagspause erschien Christoph nicht. Dafür kam Stine und schaute sich die Arbeiten an. Keine einzige Knete fand ihre Zustimmung und so entmutigte sie die Neulinge. Sorgfältig wählte sie ihre Worte, mit denen sie den Anfängern das Gefühl vermittelte, dass sie bisher alles falsch gemacht hätten.

Damit sollte eine neue Sicht auf die Denkprozesse der Rekruten geschaffen werden. Mandy, Daniel, Jens und Mona verstanden dieses Spiel jedoch nicht und schauten sich völlig irritiert an.

Nachdem sie völlig demoralisiert waren, wurden sie Schritt für Schritt wieder aufgebaut. Sie wurden abhängig und dies war ihnen zu anfangs nicht bewusst. Immer begierig auf ein Lob ihrer Ausbilder.

„Ich bin ja nicht für euch zuständig, aber ich muss mich eben um euch kümmern, denn Christoph hat keine Zeit. Aber mal ehrlich lest eure Aufgabe noch mal und dann überlegt ihr, was ihr damit ausdrücken sollt. Ich kann es bei keinem von euch erkennen. Ruft mich wenn ihr fertig sein", mit diesen Worten verschwand sie.

Im Raum blieben die Vier allein zurück und schauten sich ratlos an. Keiner von ihnen wusste, was falsch war, was man verändern konnte oder was sie nicht verstanden hatten. Untätig schauten sie sich an. Kurz darauf erschien eine andere Kollegin. Margit sah die Gesichter und fragte sofort, was den passiert sei. Auch sie schaute sich die Arbeiten an und befand sie für gut. Dann nahm sie einen Stift und unterschrieb die Listen.

Lachend sagte sie, als sie den Raum verließ: „So und nun macht weiter. Lasst euch nicht so schnell entmutigen."

Gegen 18 Uhr machten sie Feierabend. Alle waren erschöpft und frustriert und so hing jeder seinen eigenen Gedanken nach, froh bald allein in seiner Unterkunft zu sein.

Jens wollte in Ruhe mit seiner Frau und Mandy mit ihrem Freund telefonieren. Daniel schaute Mona an, als sie an seinem Auto vorbeigingen. Er hielt sie an ihrem Arm fest und flüsterte geheimnisvoll:

„Mona ich fahre wieder nach Hause zu meiner Freundin, sollte ich etwas später kommen, dann stecke ich im Stau fest. Ich will noch ein bisschen recherchieren, du weißt ja, was. Bis morgen und Danke."

„Bis morgen und fahr vorsichtig. Denke daran, wir sollen während der Woche nicht nach Hause fahren. Also pass auf dich auf." Dann drehte sie sich um und ging. Als er mit seinem Auto an ihr vorbei fuhr, winkten sich beide zu.

Es war das letzte Mal, dass sie Daniel sah. Denn am nächsten Tag warteten alle vergebens. Er hatte nicht angerufen weder bei ihnen noch in der Firma. Die Frühstückspause war gerade vorbei, da betrat Johann den Raum. Ohne lange zu zögern, nahm er sich einen Stuhl und setzte sich zu den Neuen. „Ich würde gern mit euch sprechen", begann er ernst. „Sicherlich habt ihr euch bereits gefragt, wo Daniel ist. Stine hat mit ihm Kontakt aufgenommen und er hat ihr gesagt, dass er nicht mehr mit uns arbeiten möchte. Das steht jedem frei und es gibt auch einen Grund für seine Entscheidung. Sicherlich ist es euch bekannt, denn es steht im Internet, das ich einer anderen Glaubensrichtung angehöre. Es ist kein Geheimnis und ich stehe zu meiner Bestimmung. Ich halte mich an die gesetzlichen Vorgaben, werde ständig kontrolliert und überprüft.

Damit kann ich leben, denn im Laufe der Jahre gewöhnt man sich daran. Ich will niemanden dazu bekehren und respektiere anders glaubende Menschen. Sollte jemand der Meinung sein unter diesen Umständen lieber nach Hause zu fahren, werde ich seine Meinung akzeptieren."

Er erzählte, wie er die Firma gegründet hat und sie expandiert hat, sogar weit über die Ländergrenzen. Dann hatte er fast alles verloren, schuld waren seine Abwesenheit und die Fehlentscheidungen seiner Vertreter.

Johann suchte nach Lösungen und musste einige harte Rückschläge einstecken. Die Kraft während dieser Zeit hätte ihm seine Familie und seine Religion gegeben, um die Firma zu dem zu machen, was sie heute ist.

Er versuchte nicht die Neuen für seinen Glauben zu bekehren, er hoffte auf ihr Verständnis und beteuerte es wiederholt. Dennoch schilderte er die Glaubensgemeinschaft in den schönsten Farben und ließ nicht aus zu erwähnen, dass bereits sein Sohn eine Eliteausbildung im Alter von sieben Jahren genoss. Denn für die Sekte gab es das Kindheitsalter nur bis sechs Jahre, dann war man erwachsen und wurde auch so behandelt.

„Ich trenne strickt Arbeit vom Privatleben. Mehr erwarte ich auch nicht von meinen Mitarbeitern. Solltet ihr damit ein Problem haben, dann sagt es gerade heraus."

Bei diesen Worten schaute er in die Runde. Doch alle drei erwiderten seinen Blick und schüttelten die Köpfe.

Mona saß still und schaute Johann direkt ins Gesicht. Sie konnte keine Lüge darin erkennen und trotzdem regte sich in ihrem Innern eine Stimme, die sie zur Vorsicht mahnte.

„Johann, ich habe keine Probleme mit anderen religiösen Glaubensrichtungen, solange meine eigene akzeptiert wird und niemand versucht, mich in eine andere Richtung zu lenken. Wie stelle ich mir meine Arbeit hier nun vor, gibt es noch andere Mitarbeiter in deiner Firma, die deine Ansicht teilen. Ich wüsste gern, woran ich bin und da ich ehrlich sagen kann, ich bin Christin, erwarte ich die gleiche Ehrlichkeit von meinen Kollegen. Ist das so in Ordnung für dich?", konfrontierte sie ihn direkt.

Auch Jens und Mandy schlossen sich ihrer Meinung an. Johann bestätigte ihr, dass noch drei weitere Kollegen seiner Religion angehören und in der Firma tätig seien.

Damit wurde das Thema abgehakt und jeder wandte sich wieder seiner Tätigkeit zu.

Mona war trotz allem vorsichtig und wollte sich am Abend mit Fred besprechen. Doch länger hatte sie keine Zeit den Gedanken zu verfolgen. Denn die Tür öffnete sich erneut und Christoph erschien. Erleichtert schauten ihn alle an. Von diesem Mann ging eine unerklärbare Ruhe aus, die sofort mit ihm den Raum ausfüllte. Er vermittelte ein Gefühl der Geborgenheit und Wärme.

Wie macht er das nur, fragte Mona sich zum wiederholten Mal. Sie sah ihn an und fragte sich, wie weit konnte man ihm trauen oder war auch hier Vorsicht geboten. Immer wieder ertappte sie sich dabei, wie ihre Gedanken zu ihm wanderten. Dem Mann ging es nicht anders, denn sie konnte seinen Blick fühlen, selbst dann, wenn er hinter ihr stand. Seine Augen brannten wie die Sonne auf ihrem Rücken.

„Ab sofort werdet ihr immer ab 17 Uhr in das Vertriebler Haus wechseln. Ihr habt es bereits kennengelernt als ihr zum Vorstellungstermin in der Zentrale gewesen seid. Ich bin auch dort und wir können beginnen den Leitfaden zum Kundengespräch auswendig zu lernen. Ist das in Ordnung für euch?", fragte er die Gruppe.

Alle nickten und packten wortlos ihre Utensilien zusammen. Dann folgten sie Christoph ins Nachbarhaus.

Von nun an tickte das Ausbildungsleben anders. Christoph kannte keinen Feierabend und kein nach Hause gehen. Oft waren sie bis 21.30 Uhr im Betrieb. Müde und abgespannt kamen sie in ihren Unterkünften an.

Manchmal rief Mona nur kurz zu Hause an, sagte dass Sie im Bett liege und schlief sofort ein.

Die erste Woche verging wie im Flug und Mona sehnte den Freitag herbei, um endlich ins Auto zu steigen und die Heimreise anzutreten. Sie wollte nur in die Geborgenheit ihrer Familie flüchten und bei ihrem Mann Kraft für die kommende Woche tanken.

Endlich Freitagnachmittag, der Tag auf den Mona schon die ganze Woche gehofft hatte. Sie starrte Christoph völlig fassungslos an, als er sich von ihr verabschiedete und zu ihr sagte:

„Mona überlegt euch einmal, ob ihr nächstes Wochenende nicht besser hierbleibt, um zu lernen. Ich vermute es wird sonst knapp für euch die Ausbildung in der vorgeschriebenen Zeit zu schaffen."

„Was soll das heißen?", fragte Mona entsetzt.

Mandy stand sprachlos hinter ihr.

„Nichts, nur dass ihr eben etwas aufholen müsstet. Am Mittwoch werdet ihr im Telefonat geprüft. Das bedeutet für euch, Neukundentelefonat und Folgetelefonat, werden durch den Gebietsbereichsleiter oder Johann geprüft."

„Wie stelle ich mir das vor, Christoph? Weißt du, es überfällt mich der Gedanke du willst uns das Wochenende vermiesen.", erwiderte Mona nun schroff.

Christoph veränderte schlagartig seinen Gesichtsausdruck und zauberte sein charmantes Lächeln hervor.

„Nein so war es keinesfalls gemeint. Fahr erst einmal ganz in Ruhe nach Hause zu deiner Familie und wir besprechen alles am Montag. Ihr seid wirklich gut, nur wir müssen etwas schneller werden beim auswendig lernen. Vielleicht sage ich meine Kundentermine ab und bleibe bei euch. Dann packen wir das Thema gemeinsam an. Und jetzt wünsche ich euch eine gute Heimfahrt."

Als Mona im Auto saß, dachte sie: nur noch nach Hause. Lieber Gott, lass mich schnell zu Hause sein. Sie stellte das Navigationsgerät ein und schaltete den IPod an. Dann drehte sie die Musik zu ohrenbetäubenden Lärm auf und fuhr los.

IV

Mona parkte das Auto, nahm ihren Koffer und dann sah sie ihre Tochter, sie kam direkt auf sie zu gelaufen.

Beide flogen sich in die Arme, sie wussten nicht, ob sie vor Freude lachen oder weinen sollten.

„Hallo Schatz, wo ist denn Papa?", fragte Mona.

„Hallo Mama, Papa ist in der Küche und bereitet das Abendessen vor. Ich bin so froh, dass du wieder da bist.", antwortete Franzi.

Sie hakte sich bei ihrer Mutter ein und gemeinsam gingen sie ins Haus. Franzi erzählte, ohne Luft zu holen, sie war einfach nur glücklich ihre Mutti bei sich zu haben.

In der Küche stand Fred, sie sah ihn an und wusste sofort, er hatte wieder getrunken. Enttäuscht und wütend über sein Verhalten, schaute sie ihn an. Fred kam auf sie zu und gab ihr einen Begrüßungskuss. Doch Mona wendete den Kopf ab, Ekel machte sich in ihr breit. Da schoss ihr ein Bild, wie ein Blitz in den Kopf. Sie sah einen gepflegten Mann im Anzug, wie er völlig relaxed im Türrahmen stand und ihr zu lächelte.

„Hallo Schatz!", lallte ihr Fred entgegen.

„War die Fahrt anstrengend oder konntest du gut durchfahren?"

„Danke Fred, die Autobahn war frei. Wie geht es dir? Seit ihr ohne mich gut zurechtgekommen", fragte sie mit erzwungener Höflichkeit.

Franzi sah die traurigen Augen ihrer Mutter und streichelte ihr über den Rücken.

Nach dem Abendessen ging Franzi in ihr Zimmer und wünschte ihren Eltern vorher noch eine gute Nacht. Sie konnte den enttäuschten Anblick ihrer Mutter nicht ertragen. Mona ging später noch in das Zimmer ihrer Tochter, setzte sich zu ihr auf die Bettkante und fragt sie:

„Ist Papa die ganze Woche schon so drauf? Ich meine das Trinken, Franzi."

„Ja, aber sag nicht, dass ich dir das gesagt habe, sonst meckert der mich an, dass ich eine Petze bin. Mama, weißt du was, ich habe dich lieb, und wenn du wieder da bist, aus Frankfurt schmeißen wir Papa raus. Der säuft eh nur und meine Freunde lachen schon darüber. Vorige Woche hat so eine dumme Tussi gesagt, ich bin das Kind eines Säufers. Es war so schlimm für mich."

Mona streichelte über Franzis Kopf und drückte sie fest an sich.

„Hältst du noch durch, bis die Ausbildung fertig ist, oder soll ich besser bei dir bleiben?"

„Nein kein Problem, dass schaffe ich schon.", erwiderte das Kind.

Schweren Herzens gab Mona ihrer Tochter einen Kuss und ging wieder ins Wohnzimmer zu ihrem Mann. Fred hatte es sich bequem gemacht und vor ihm stand eine Flasche Bier und der Aschenbecher. Darin qualmte eine seiner selbst gedrehten Zigaretten vor sich hin. Er war so angetrunken, dass er es gar nicht mehr merkte, dass die Kippe nicht ausgedrückt war.

Mit einem raschen Blick auf ihn sagte sie nur kurz.

„Gute Nacht ich geh ins Bett. Es war ein langer Tag. Wir können Morgen zusammen sprechen."

Fred sah sie mit seinen wässrigen Augen an, seine Stimme war laut, gereizt und verletzend.

„Dann schlaf gut. Ich dachte wir hätten mal wieder Sex, aber da habe ich mich wohl getäuscht."

„Ja, du hast dich getäuscht. Denn Sex hätte ich zwar auch gern. Aber dafür bist du heute zu betrunken und ich habe keine Lust ständig deine Fahne in meinem Gesicht zu spüren. So etwas ekelt mich höchstens an."

Mona drehte sich um, ließ ihren Mann sitzen und ging ins Bett.

In dieser Nacht träumte sie von einem Mann, mit dunkelbraunen Augen, der mit ihr lachte und einfach nur aufmerksam war. Es gab keine wilde Leidenschaft und heimliche Küsse. Nein, er war nur für sie da, hörte ihr zu, brachte sie zum Lachen und war nicht betrunken.

Am nächsten Morgen war sie bereits früh wach. Mona duschte, zog sich an und begann ihre Hausarbeit zu erledigen. In dieser Zeit lief die Kaffeemaschine durch. Sie nahm sich eine Tasse von dem duftenden schwarzen Gebräu und beschäftigte sich weiter.

Dabei musste sie immer wieder an ihren Traum denken und es meldete sich ihr schlechtes Gewissen. Mahnend rief es ihr zu: Mona es heißt in guten und in schlechten Zeiten, eine Ehe wirft man nicht einfach weg. Schließlich sagte sie sich selbst: du bist keine gute Frau, wenn du einen anderen Mann im Kopf hast. Also sei vernünftig und kämpfe um deine Familie.

Mit diesen Gedanken sprach sie kurze Zeit später mit ihrem Mann. Sie redete Fred ins Gewissen und versuchte es mit allen ihr zur Verfügung stehenden Argumenten.

Mit allen guten Vorsätzen verließ sie am Sonntag ihre Familie. Als sie Franzi zum Abschied drückte, liefen Beiden dicken Tränen über das Gesicht.

„Es ist nur eine Woche Franzi. Wenn es nicht geht, rufst du mich an und ich komme sofort heim. Versprich es mir!", mahnte die Mutter.

Schweren Herzens fuhr Mona los, und als sie außerhalb der Sichtweite war, weinte sie bitterlich. Sie lenkte ihren Wagen an die erste Raststätte und gab sich ihren Tränen hin. Der Gedanke ihre Tochter allein mit Fred zu lassen, bereitete ihr Unbehagen. Immer wieder liefen heiße Tränen über ihr Gesicht und hinterließen ihre Spuren, aus einer Mischung von Wimperntusche und Kajalstift, auf den Wangen. So verweint und aufgewühlt kam sie, im Hotel an und checkte ein. Die junge Frau am Empfang schaute prüfend in ihr Gesicht, verhielt sich aber diskret und gab ihr den Schlüssel für das gleiche Zimmer wie in der Woche zuvor.

Mona trug ihren Koffer nach oben und packte ihre Wäsche aus. Dann saß sie einfach auf dem Bett und starrte in die Luft. Noch immer war sie sich nicht im Klaren, ob die Entscheidung richtig war, wieder nach Frankfurt zu fahren. Doch eins wurde Mona immer bewusster, es musste sich etwas verändern. Vor ihrem inneren Auge beschwor sie lebhafte Bilder hervor, die ihre Fantasie anregten. Sie schimpfte sich eine Rabenmutter. Plötzlich schoss ihr ein rettender Gedanke, wie ein Blitz durch den Kopf. Sie rief ihre beste Freundin Stefanie an, die wusste gewiss einen Rat.

Schnell wählte sie die Nummer und atmete erleichtert auf, als sie die vertraute Stimme hörte.

„Hallo Stefanie, können wir reden? Ich habe ein Problem", sprudelte es aus Mona heraus. Mona erzählte ihrer Freundin alles, dabei fühlte sie wie ihr eine Last von den Schultern genommen wurde. Stefanie hörte zu und unterbrach sie nicht, bis Mona von allein verstummte.

Dann tröstete sie Mona und sprach ihr Mut zu. Sie erklärte ihr, dass Fred, auch wenn er trinkt, noch nie böse oder verantwortungslos gegenüber Franzi gewesen ist. Die andere Sache war eben seine Trunksucht und hier musste Mona eine Entscheidung treffen, doch die konnte ihr niemand abnehmen.

„Ich denke, du meisterst diese Woche erst einmal deine Prüfung und überlegst am Wochenende dein weiteres Handeln. Vielleicht kommst du auch nach Hause und Fred hat seine Lektion gelernt oder du bist nur durch den ganzen Stress etwas angespannt. Überstürze nichts, versprich es mir!", riet die Freundin ihr.

„Du hast wahrscheinlich Recht. In Ordnung. Bis bald und danke fürs zu hören.", verabschiedete sich Mona.

Die Tage vergingen wie im Flug, und umso näher der Prüfungstermin rückte, desto gereizter wurde die Stimmung zwischen den Rekruten. Täglich gab es Meinungsverschiedenheiten zwischen Jens und Mandy. Ständig verbesserten sie sich, jeder wollte Recht haben.

Jens kritisierte Mandys Unerfahrenheit und das junge Mädchen ließ sich nichts von ihm gefallen.

Aus der anfänglichen Hurrastimmung war Gereiztheit und Streitlust geworden. Mona wurde plötzlich zum Schiedsrichter ihrer Kollegen. Diese Situation lastete schwer auf ihr. Dazu kamen die Sorgen um ihre Familie und allem voran Franzi.

Langsam wurden ihre Nerven auf eine starke Zerreißprobe gestellt.

Christoph setzte sich täglich ab dem späten Nachmittag zu ihnen und übte den Leitfaden mit ihnen. Es war wie im Kindergarten, denn er las Satz für Satz den Text vor und sie mussten es im Chor wiederholen. Dann sprach jeder einzeln den Satz nach und so zog es sich durch den gesamten Gesprächsleitfaden.

Sagte einer von ihnen ein Wort falsch, wurde es von den anderen falsch wiederholt. Geistige Brandstiftung nannte Jens es immer und schimpfte, wenn er es sich wieder einmal so eingeprägt hatte.

Sie fühlten sich als würde ihr Verstand ausgelöscht, um dann neu programmiert zu werden. So beherrschten zwar am Ende der Übung alle das Kundengespräch, doch es klang wie ein monotoner Vortrag, völlig ohne Leben.

Mandy versuchte immer wieder euphorisch zu wirken, aber auch sie zweifelte langsam an sich. Manchmal sagte sie, sei es als hätte die Sprache eine neue Bedeutung und alles dreht sich nur noch um Produktivität und Geld.

Durch die Glasscheiben konnte Mona auf den Schreibtisch von Christoph sehen und sie bemerkte immer wieder, dass er sie beobachtete. Manchmal begegneten sich ihre Blicke und sie lächelten sich zu.

Christoph war ein aufmerksamer Zuschauer, seinen Blicken entging nichts. Sobald Mona ihre Sitzposition veränderte, schaute er zu ihr und stand sie auf um sich ein Glas Mineralwasser zu holen, traf er sie zufällig auf dem Weg zur Küche.

Er suchte ständig ihre Nähe und damit das Gespräch mit ihr.

Doch auch die anderen Rekruten wurden eingehend unter die Lupe genommen. Alle wurden angehalten sich nicht über Kollegen zu unterhalten sofern sie nicht anwesend seien. Dieses Verhalten sei störend in der Gruppe. Fortan stand an erster Stelle schlechte Kritik, schlechtes Verhalten sowie schlecht über die Firma zu sprechen den Ausbildern oder Johann zu melden.

Das Klima unter den Rekruten litt und die Luft zwischen ihnen wurde immer spannungsgeladener.

Mandy suchte ihrerseits die Nähe zu Christoph und es fiel ihr nicht auf, dass er in ihr nur die Auszubildende sah.

Mona versuchte jeder Komplikation aus dem Weg zu gehen und vermied jede Begegnung mit ihm.

Doch mitunter fühlte sie seine Blicke forschend auf ihr liegen.

Der Tag der Prüfung stand unmittelbar bevor.

Mona war die Erste, die ihren Gebietsbereichsleiter anrufen sollte und das Telefonat, mit allen Einwänden, mit ihm zu führen. Marcel fungierte dabei als Kunde. Er würde bewerten, ob der Verkäufer bei der Telefonakquise, den Neukundentermin erhalten würde.

Mona war nervös, als sie die Nummer wählte, dann sagte sie ihren Text. Es entwickelte sich ein Frage- und Antwortspiel zwischen beiden. Am Ende verabschiedete sie sich und Marcel sagt zu ihr:

„Ja, Mona, dass hast du super auswendig gelernt, aber das warst nicht du selbst. Ich glaube nicht, dass du mit dieser Variante des Telefonats einen Termin beim Kunden erhältst. Du musst noch etwas üben und wir probieren morgen noch einmal. Ist das in Ordnung?"

Nicht nur Mona erging es so, sondern auch Mandy und Jens fielen durch die Prüfung. Die Frau fühlte, wie sich Wut in ihr ausbreitete und ihre Motivation sank auf den Nullpunkt. Mandy weinte und Jens wollte gerade packen und nach Hause fahren.

Genau zu diesem Zeitpunkt erschien Christoph, passend um die verzweifelten Seelen zu retten.

„Was ist denn hier passiert? Ihr seht aus als hättet ihr euren besten Freund beerdigt. Was sagt Marcel denn, wie ist es mit der Prüfung?", wollte Christoph wissen.

Mona verlor die Geduld und voller Wut schleuderte sie, ihm unschöne Worte entgegen:

„Weißt du Christoph, wir sind alle durchgefallen. Marcel hat gesagt wir haben gut auswendig gelernt, doch verkaufen können wir so niemandem etwas, weil wir wie eine Tonbandstimme klingen. Doch das wusstest du ja im Voraus, denn ich beispielsweise habe es dir mehrfach gesagt, dass ich nie in Wirklichkeit so sprechen würde.

Du magst vielleicht zum Lachen in den Keller gehen, aber ich bin nicht so. Die ganze Woche verbiege ich mich, um so zu sein, wie du willst, ich lache nicht mehr und klinge wie die Servicestimme des Telefoncomputers. Drücken Sie jetzt die zwei!", äffte sie nach.

„Mona", sagte Christoph streng, „du gehst jetzt eine Runde um den Block und zählst die Bäume. Dann kommst du wieder."

Mandy und Jens schauten erstaunt zu Mona, sie waren entsetzt über ihren Gefühlsausbruch. Denn sonst war die Frau stets beherrscht und distanziert.

„Mandy und Jens ihr beiden übt weiter, und zwar mit etwas Wiedererkennung, in euren Stimmen", forderte er sie auf. Er selber machte sich auf den Weg zu seinem Telefon und rief Marcel an.

In der Zwischenzeit kam Mona zurück. Doch ihr Gesichtsausdruck verriet noch keine Besserung. Christoph schaute sie an und erkannte noch immer den Zorn, der wie ein Feuer in ihr brannte.

„Nun Mona?", fragte er sie.

„Ich weiß nicht, was du willst, aber ich habe mit meinem Mann telefoniert und er hat gesagt, wenn ich denke es macht keinen Sinn soll ich nach Hause kommen. Genau das werde ich jetzt auch tun. Denn ich bin nicht so alt geworden um die Erfahrung zu machen, durch die Prüfung zu fallen. In meinem Alter ist dies eine völlig überflüssige Erfahrung, die brauche ich einfach nicht.", erwiderte sie.

Christoph schaute sie überrascht an, mit seinen dunklen Augen, die nun fast schwarz aussahen. Diese Wendung wollte er keinesfalls und er musste sie aufhalten. Mona durfte nicht fahren.

„Du gehst noch eine Runde und diesmal hörst du nicht in dich hinein. Schau in die Baumkronen und genieße das Grün der Blätter. Dann kommst du zurück!", forderte er sie auf.

Er hoffte, sie würde auf ihn hören und nicht einfach wegbleiben. Doch sagen konnte er es ihr nicht. Nur sein Blick klebte an ihr, bis sie im Aufzug verschwand.

Die Frau konnte seinen Blick fühlen, wie er auf ihrem Rücken brannte, und war froh endlich aus seiner Sicht zu verschwinden. Hin und her gerissen zwischen Wut, Enttäuschung und Verzweiflung nahm sie den Weg zum nahegelegenen Wald.

Die Luft war warm und sie schaute zu den Baumwipfeln empor, so wie er es von ihr verlangt hatte. Sonnenstrahlen bahnten sich den Weg durch die Blätter, tanzten auf ihrem Gesicht und um sie herum. Die Stille hüllte sie ein und sie atmete den Duft des Waldes. Für einen kurzen Moment vergaß sie alles um sich herum, sie stand nur da, reglos, ein Teil des Waldes und genoss diese Ruhe.

Nichts störte sie, nichts belastete sie, keine Sorgen. Einmal keine Verantwortung tragen, alles Vergessen und nur sie

selbst sein können, krochen die Gedanken wie kleine Dunstschleier durch ihren Kopf und formten sich zu einem geheimen Wunsch.

Grausam wurde sie zurück geholt in die Wirklichkeit, aus ihren Träumereien gerissen, durch das Gebell eines kleinen Hundes, der geradewegs über den Waldweg auf sie zugelaufen kam.

„Entschuldigung", rief die junge Joggerin ihr zu.

Sie trug einen bereits total verschwitzten Sportdress mit passender Hose. Als sie an Mona vorbeilief, nahm ihr der Geruch aus einem Gemisch von Schweiß, Deo und Waschmittel für kurze Zeit den Atem und ein würgendes Gefühl machte sich in ihr breit.

Mona musste mit der aufsteigenden Übelkeit kämpfen und drehte sich weg. Dann schnappte sie wie ein Fisch im Trockenen nach Luft.

Super, jetzt bin ich wieder klar im Kopf, dachte sie. Mit der Wirklichkeit kamen auch die Gefühle wieder. Sie fühlte sich zu diesem, für sie rätselhaften Mann, teilweise auf geheimnisvolle Weise hingezogen und gleichzeitig abgestoßen. Derartige Emotionen waren ihr fremd, ein Schauer überlief ihren Körper und ließ sie frösteln.

Seufzend machte sie sich auf den Rückweg. Es wäre am besten du gibst auf und fährst nach Hause, mahnte eine Stimme in ihr. Lass dich nicht auf diese Spielchen ein, du findest einen anderen Job. Zu Hause wartet deine Familie und dort wirst du gebraucht, tu dir den Ärger hier nicht an, hörte sie in ihrem Inneren die Stimme.

Doch da war noch eine andere Stimme, die ihr zurief: gehe nicht. Du schaffst das hier, bleib bei mir.

Total verwirrt betrat Mona das Firmengebäude und stieg die Stufen empor. Absichtlich hatte sie nicht den Fahrstuhl benutzt, um noch etwas Zeit zu gewinnen. In der Hoffnung auf einen rettenden Gedanken, öffnete sie die Bürotür.

Christoph hatte während ihrer Abwesenheit die Tür keinen Moment aus den Augen gelassen. Er war überglücklich als Mona endlich wieder zurückkam. Die Frau konnte die Erleichterung und Freude in seinen strahlenden Augen lesen. Sie sah ihn an und es wurde ganz warm in ihrem Herzen, gleichzeitig brachte er sie noch mehr durcheinander.

Schnell stand er auf und kam auf sie zu, er nahm sie bei der Hand und stumm schauten sie sich an. Keiner von ihnen bemerkte die Blicke der anderen Neulinge, als sie sich minutenlang in die Augen schauten.

Plötzlich räusperte sich jemand hinter ihnen und erschreckt ließen sie die Hände los und schauten verlegen zu Boden.

Der schöne Augenblick war verflogen. Monas Gesicht wurde flammend rot. Schuldbewusst schaute sie in Richtung Jens und Mandy, die sie anstarrten. So etwas darf nie wieder passieren, schimpfte sie mit sich selbst und doch war sie in diesem winzigen Augenblick unendlich glücklich.

Christoph war von dieser Frau total fasziniert, sie war klug und schön und in ihm wurde das Gefühl sie zu besitzen immer stärker. Doch er wusste auch zwischen ihnen, gab es viele Hindernisse.

Würde Mona bei ihm bleiben, wenn sie seine Welt kennen würde? Außerdem war sie verheiratet, er hatte längst den Verdacht, dass mit ihrer Ehe etwas nicht stimmte, es gab ihm aber nicht das Recht diese Familie zu zerstören.

Manchmal beobachtete er sie und sah, dass sie mit ihren Gedanken weit weg war. Ein trauriger Blick lag dann in ihren schönen braunen Augen und ein ernster Zug legte sich um ihren Mund. Die sonst so weiblichen weichen Gesichtszüge verhärteten sich jedes Mal. Genauso herzlich konnte sie Lachen und dann strahlte sie vor Glück und Unbeschwertheit. In diesen Momenten erwärmte sich sein Herz und er hätte sie am liebsten immer so gesehen.

Sie verließen spät in der Nacht das Büro und Mona fühlte sich unendlich erleichtert. Schnell als wäre sie auf der Flucht eilte die Frau in das Hotel, nur nicht umdrehen und zurückschauen. Denn sie wusste am Fenster stand der Mann, der um Haaresbreite ihr Leben durcheinandergebracht hätte, schnell weg von ihm. Im Gehen verabschiedete sie sich von den anderen Beiden und rief ihnen zu:

„Bis morgen und schlaft etwas schneller. Denn wir müssen um sieben Uhr die Prüfung wiederholen. Ihr habt ja gehört, was Marcel gesagt hat."

Als sie endlich in ihrem Zimmer war, warf sie ihre getragenen Sachen auf das Bett und ging unter die Dusche. Die warmen Wasserstrahlen liefen über ihr Gesicht und an ihrem Körper herab. Reglos stand sie einfach da, mit geschlossenen Augen, und sie spülte die Aufregung der letzten Stunden von ihrem Körper.

Mitten in der Nacht erwachte sie. Denn sie glaubte den Atem einer anderen Person dicht an ihrem Hals wahrgenommen zu haben. Mona knipste das Nachtlämpchen an und setzte sich auf.

Sie schaute sich im Zimmer um. Doch sie konnte nichts entdecken. Lange Zeit lag sie wach und dachte über den vergangenen Tag nach. Schließlich forderte die Müdigkeit ihr Recht und der Schlaf trug sie fort, in eine andere Welt.

VI

Christoph hatte in dieser Nacht kaum ein Auge zu gemacht. Er dachte ständig an die Frau mit den scheuen braunen Augen. Die Erkenntnis, sie beinah verloren zu haben, machte ihn nervös.

Doch wie würde es weitergehen, sollte er ihr einfach sagen, wie er empfand. Sofort kamen ihm Zweifel, die an seiner Seele nagten.

Würde Mona ihn überhaupt akzeptieren, wenn er ihr die Wahrheit sagte, dass er zu der gleichen Religion gehörte wie Johann und alle anderen in der Firma ebenfalls oder würde sie packen und einfach verschwinden, auf nimmer wiedersehen.

Er hatte sich vor vielen Jahren, für diesen Weg entschieden, als er sich von Gott verlassen gefühlt hatte und allein war.

Damals war ihm dieser Schritt richtig erschienen und sein überdurchschnittliches Bildungsniveau hatte ihm den Weg in die Religion der Sekte erleichtert.

Das Ziel dieser Anhängerschaft war, der Glaube an das unsterbliche Wesen jedes Menschen, welches vor Millionen von Jahren in seiner Funktionsweise beschädigt worden war, wieder herzustellen. Auf diese Weise sollte das Leben jedes Einzelnen, sein geistiges und körperliches Wohlbefinden gesteigert werden und er mehr finanziellen Wohlstand erreichen.

Christoph blickte prüfend in sein Spiegelbild. Er sah einen gepflegten Mann, der mithilfe vieler Schulungen seiner Glaubensgemeinschaft alles, was er sich jemals gewünscht hatte, erreicht hatte.

Er fühlte sich gesund und fit, hatte einen gut trainierten Körper, verdiente eine Menge Geld und war bis vor kurzer Zeit sehr zufrieden mit sich und seinem Leben.

Genau bis zum dem Zeitpunkt als Mona in sein Leben platzte. Eine verheiratete Frau, die alles durcheinanderbrachte und infrage stellte.

Sein Blick schweifte durch seine Wohnung, mitten in der Frankfurter Innenstadt und trotzdem schön gelegen.

Vom Balkon sah er den Main fließen und abends, wenn die Sterne vom Himmel blinkten, glänzte das Wasser wie flüssiges Silber und zog träge seinen Weg zum Meer.

Ein Lächeln huschte über sein Gesicht. Als kleiner Junge hatte er im Sachkundeunterricht einmal nicht aufgepasst, und als der Lehrer ihn fragte, wohin denn die Flüsse fließen, antwortete er alle Flüsse fließen ins Meer und dort werden sie salzig gemacht.

Immer wenn er von seinem Balkon auf den Fluss schaute, dachte er an diese Erinnerung aus seiner Kinderzeit.

Die Räume, seiner Wohnung, waren modern und elegant eingerichtet, diese Arbeit hatte er einer Innenarchitektin überlassen, er selbst fühlte sich mit dieser Position überfordert.

Manchmal glaubte er, es fehle etwas darin, lange konnte er nie darüber nachdenken. Denn ihm fehlte dafür die Zeit, er beschäftigte sich meist mit seiner Arbeit und der Glaubensgemeinschaft.

Für Hobby war dadurch wenig Raum, früher ging er segeln, er liebte das Meer, im Laufe der letzten Jahre hatte sich dies verändert.

Und ausgerechnet jetzt erschien diese Frau. Um sich abzulenken, zog er seine Joggingsachen an und machte sich auf den Weg.

Sein Weg führte ihn durch die Innenstadt, dieser Metropole, und obwohl es noch früh am Tag war, pulsierte bereits das Leben.

Er sah die Kinder der Nacht, die sich mit jedem Schuss zum Regenbogen katapultieren, und hoffen dort ein besseres Leben zu finden.

Ihre ausgemergelten Hände, die zitternd den selbst gedrehten Joint zum Munde führen.

Ein kleiner schmutziger Junge, der mit nackten Füßen durch die Regenpfützen lief und hungrig in jede Schaufensterauslage der Bäckereien schaute. Seine obdachlose Mutter saß mit einer Flasche Schnaps nicht weit von ihm auf einer Parkbank.

Ein junges Ding, das tiefunglücklich sein mit Pickeln überzogenes Spiegelbild im Schaufenster betrachtete.

Und Menschen, überall unzählige Menschen, die zur Arbeit eilten, auf Parkplätzen, in Bahnhöfen, im Omnibus, auf dem Flughafen, im Aufzug oder dem Wartezimmer beim Arzt – jeder mit sich selbst beschäftigt, ob grüblerisch dreinschauend oder telefonierend mit dem Handy. Die Stadt wurde täglich überflutet von Menschen,

ein Gewimmel und Gedränge wie im Bau der Ameisen und trotz all der Geschäftigkeit dieser Kreaturen ist jeder allein, so wie er.

Völlig durchgeschwitzt erreichte er seine Wohnung und er war sich im Klaren, ohne eine Frau an seiner Seite ist auch er allein, all sein Geld konnte ihn nicht die Wärme und Geborgenheit geben. Plötzlich betrachtete er seine schöne Wohnung mit anderen Augen, ihm war bewusst, was ihm darin fehlte.

Er schlüpfte in seinen Anzug und machte sich auf den Weg zum Büro.

Um die gleiche Zeit war Mona auf dem Weg zur Arbeit. Im Geist ging sie noch einmal ihren Telefonleitfaden durch. Heute wollte sie es anders machen, auf ihre Art und sie war sich sicher die Prüfung zu bestehen.

Nach und nach kamen auch die Anderen. Mona indessen rief Marcel an und startete ihre Prüfung mit dem Kundentelefonat.

„Einen schönen guten Morgen. Mein Name ist Mona Sieben für die Firma Johann Muster.", sprach sie in den Hörer. Dann lauschte sie der Stimme des fingierten Kunden. Sie lachte mit dem Herr Hoffmann am anderen Ende der Leitung, bevor sie weitersprach.

„Sie kennen unsere Firma nicht? Nun, dann sage ich ihnen gern mehr als 100 gute Gründe uns kennenzulernen. Denn bereits große Unternehmen im Bereich Technik oder Produktion arbeiten seit Jahren mit uns zusammen. Herr Hoffmann, ich sage Ihnen, wie ich es normalerweise mache. Ich besuche den Kunden und zeige ihm das Produkt. Dann kann er sehen, was daran das Neue ist. Alle Informationen zu dem kostenlosen Service und natürlich die Preise für andere Produkte bleiben bei Ihnen, sie können sich alles in Ruhe anschauen und prüfen.", ruhig und freundlich klang ihre Stimme, während sie sprach.

„Herr Hoffmann passt es ihnen besser kommende Woche am Montag oder Dienstagnachmittag, sagen wir gegen 15 Uhr in ihrem Haus?", fragte sie und beendete damit das Gespräch.

Marcel war am anderen Ende der Leitung von ihrer charmanten bestimmenden Art begeistert. Lachend sagte er:

„Du hast das super gemacht. Ich bin voll und ganz zufrieden. Viel Glück ab heute bei der Telefonakquise und solltest du Fragen haben, komm und sprich mit mir. Viel Spaß beim Telefonieren."

Mona strahlte noch als sie Mandy und Jens von ihrem Erfolg berichtete. Heute bestehen die Beiden ihre Prüfung. Dann erhält jeder seinen Schreibtisch zu gewiesen und los geht es.

Nach einer paar Stunden hatten sie ihre ersten Erfolge zu verzeichnen, wobei Mandy eindeutig die Beste ist und um einiges hervorsticht. Immer wieder standen andere Vertriebler um sie herum und lauschten ihren

Gesprächen, sie überprüften, ob die drei Neuen sich an den Telefonleitfaden halten.

Christoph schaute mehrfach vorbei und berührte ganz nebenbei Monas Schulter.

Die Berührung seiner Hand brannte wie Feuer. Mona musste sich ernsthaft auf den Gesprächspartner am Telefon konzentrieren, um nicht den Faden der Unterhaltung zu verlieren.

Am Nachmittag war ihr erster Tag am Telefon endlich geschafft. Mandy nahm ihre Handtasche, als plötzlich das Handy darin vibrierte.

„Super Leistung, du hast drei Termine mehr gemacht als Jens und Mona. Ich lade dich zum Essen ein. Aber nichts den Anderen sagen. Christoph"

Etwas überrascht las das junge Mädchen die SMS. Dann begannen ihre Augen zu strahlen, sie schaute Mona und Jens an und sagte:

„Ich gehe heute Abend essen und wisst ihr mit wem? Christoph hat mich eben eingeladen. Eigentlich soll ich euch die Nachricht nicht zeigen, aber ihr seid ja meine Freunde und verratet mich nicht."

Sprachlos lasen Mona und Jens den Text, im Display des Handys. Sie wechselten kurz ein paar Blicke, sodass Mandy es nicht bemerkte, dann wünschten sie ihr viel Spaß und gingen mit ihr zum Fahrstuhl.

„Endlich einmal eher Feierabend!", verabschiedeten sich die Beiden.

Jens wollte noch mit seiner Frau telefonieren. Denn er litt sehr unter der Trennung.

„Weißt du", sagte er und schaute Mona traurig an.

„Die WG ist nicht schlecht aber eben Männerwirtschaft. Da wird jeden Abend Bier getrunken und überall geraucht. Du hast gar keine Privatsphäre mehr. Ich brauche meinen geregelten Ablauf und will mich noch etwas unterhalten, so ganz in Ruhe den Tag ausklingen lassen, dass ist da unmöglich. Ganz zu schweigen von den Nächten, da krachen die Türen, jeder kommt und geht lautstark in und aus dem Haus. Ich würde lieber mit meiner Frau kuscheln und schmusen. Sogar zum Telefonieren setze ich mich ins Auto, sonst sitzt jeder dabei und muss seinen Kommentar abgeben."

Mona schaute ihn mitfühlend an und antwortete.

„Ich werde heute auch in Ruhe mit meinem Mann und meiner Tochter telefonieren. Mal sehen, was ich dann noch mache. Vielleicht gehe ich ein bisschen Laufen, ich habe mir extra meine Sachen dafür mitgebracht, vorausgesetzt ich bin nicht zu müde. Bis morgen und schlaf gut."

Währenddessen ging Christoph schlecht gelaunt durch das Büro, auf der Suche nach Mona und den anderen. Doch außer Mandy traf er keinen mehr an.

„Hallo Christoph", sprach sie ihn erwartungsvoll an und ihre großen Augen lagen gespannt auf seinen Lippen.

„Wo sind denn die Anderen", fragte er sie etwas barsch. Erschreckt schaute sie ihn an und antwortete:

„Jens und Mona sind bereits gegangen. Marcel hat gesagt, wir können Feierabend machen. Ich habe nur auf dich gewartet, um zu fragen wo und wann wir uns zum Essen treffen?"

„Ach ja, hätte ich fast vergessen. Kennst du die Hemingway Lounge in der Stadt, direkt am Main? Wie wäre es mit 20 Uhr?"

„Prima, ich werde pünktlich sein", strahlte sie ihm entgegen.

Christoph schäumte innerlich vor Wut. Denn er wollte Mona treffen, mit ihr reden und nun war sie ihm entkommen, wie ein Fisch war sie seinem Netz entwischt.

Doch er musste sich erst einmal beruhigen und mit Mandy essen.

Was ist, wenn Mona die SMS gesehen hat, die er an Mandy geschrieben hat, schoss es ihm durch seinen Kopf. Na das, wird wohl in Erfahrung zu bringen sein, dachte er sich.

VII

Mona schnürte ihren Laufschuh zu. Dann verließ sie das Hotel und schlug die Straße Richtung Wald ein. Sie hörte leise Musik von ihrem IPod und ihr Lauftempo passte sich dem Rhythmus der Klänge an. Allmählich entspannte sich ihr Körper und der Druck des Tages fiel von ihr ab.

Kurz bevor die Straße in den Waldweg mündet, kam ihr ein dunkler BMW entgegen. Christoph war auf dem Weg nach Hause und seine Gedanken kreisten immer noch um Mona, als sie ihm urplötzlich entgegen kam. Er erkannte sie sofort, obwohl sie ihr Haar zusammengebunden hatte und Joggingsachen trug.

Mona dagegen nahm keinen Anschein von dem Wagen, der neben ihr hielt, sie lief weiter zum Takt der Musik und schien ganz in ihrem Gedanken versunken.

„Mona", rief Christoph ihr hinterher.

Doch die Frau hörte sein rufen nicht, denn sie lauschte den Klängen der Lieder.

Christoph stutzte kurz, dann setzte er sich in Bewegung. Es blieb ihm nicht viel Zeit, bevor sie auf dem Waldweg einbog und verschwand. Deshalb rannte er so schnell er konnte hinter ihr her, als er sie endlich einholte, berührte er sie mit der Hand an der Schulter. Abrupt blieb die

Frau stehen, drehte sich zu ihm und wollte bereits losschimpfen, als sie ihn erkannte. Mona nahm den Kopfhörer vom Ohr und schaute ihn an.

Dann fragte sie erschreckt.

„Ist etwas passiert oder warum läufst du mir nach?"

Christoph wusste nicht, ob er vor Wut loswettern sollte oder ob er sich freuen sollte, sie noch zu sehen. Sie sah hinreißend aus, ihre Wangen waren vom Laufen gerötet und ein paar widerspenstige Locken hatten sich aus dem Haarknoten gelöst. Ihre Brust hob und senkte sich beim Atmen. Am liebsten hätte er sie angefasst, ihre warme Haut gestreichelt und mit seinem Mund ihre Lippen gestreift.

Doch ihre Augen sprühten ihm Funken entgegen, keinesfalls vor Freude sondern vor Zorn über die Unterbrechung.

„Warum hast du dich nicht verabschiedet?", fragte er schroff.

„Erstens habe ich das getan, doch du warst wie so oft nicht an deinem Platz und zweitens war mir nicht klar, dass wir uns persönlich von dir verabschieden müssen. Wie du bemerkt hast, gab es jemanden der dir gesagt hat, dass wir gegangen sind", antwortete sie unfreundlich.

„Mona so geht das nicht. Lass uns zusammen eine Kleinigkeit essen und wie vernünftige Menschen reden", bat er sie.

Essen, das war Monas Stichwort, wütend schaute sie zu ihm auf und schleuderte ihm entgegen.

„Genau du solltest dich beeilen, Mandy wartet sicher schon."

Nach diesen Worten drehte sie sich um, ließ ihn stehen und verschwand auf dem Waldweg.

Die Luft war warm und der Duft von frischer Erde, Farnen und Tannennadeln strömte ihr entgegen. Sie konzentrierte sich auf den Klang der Musik und den Waldweg. So lief sie ohne Gefühl für die Zeit und vergaß allen Stress und alle Sorgen. Mona entspannte und erfreute sich an der friedlichen Umgebung des Waldes.

Christoph stand wie versteinert da. Derartige Gefühlsausbrüche kannte er schon lange nicht mehr, so trafen ihn Monas Worte wie ein kalter Regenschauer. Aber in einem hatte sie Recht, er musste sich beeilen. Denn im Restaurant wartete Mandy.

Am nächsten Tag lag eisiges Schweigen über den Rekruten und Christoph. Im Aquarium, dem Büro aus Glas, saßen wie gewöhnlich die Neuen und lernten ihren Leitfaden. Mandy hing ihren eigenen Gedanken nach und vermied peinlichst mit den beiden anderen zu sprechen.

Mona ging jeder Begegnung mit ihrem Ausbilder aus dem Weg und unterließ es ihn anzusehen. Sie wusste genau, welche Gefühle seine Augen in ihr auslösen konnten. Heute war Freitag sie würde nach Hause fahren und in den Armen ihres Mannes glücklich sein. Fred würde ihr Kraft geben für die letzte Woche.

Mandy war schlecht gelaunt. Jens flüsterte Mona zu, sie hätte wahrscheinlich eine Abfuhr erhalten. Für ihn war heute endlich das Wochenende in Sicht und er freute sich auf seine Frau. Zwei Tage und Nächte nur kuscheln und schmusen, erzählte er Mona. Ständig schaute er zur Uhr, ob sie nicht bald fahren könnten. Denn es zog ihn Heim.

Christoph schaute immer wieder von seinem Schreibtisch auf und suchte Monas Blick, doch vergeblich. Seine Nerven wurden auf eine harte Probe gestellt.

Am Nachmittag betrat er den Glaskasten, das Büro in dem die Drei den Leitfaden für das Kundengespräch wieder mühsam auswendig lernten, und teilte ihnen mit.

„Ihr werdet eine Woche länger in Frankfurt bleiben müssen. Denn eure Ausbildung zieht sich weitere fünf Tage hinaus."

Schockiert richteten sich alle Blicke auf ihn.

„Warum", kam es einstimmig aus ihren Mündern.

„Ihr habt noch zu viel auswendig zu lernen und müsst auch noch ein paar Knetübungen ausführen. Des Weiteren solltet ihr mehr Kundentermine haben, ausreichend für eine ganze Woche, das heißt also mindestens 18 Termine, pro Tag sechs."

Mona schaute ihn prüfend an und sagte nichts. Still saß sie mit ihrem Ordner auf dem Schoß vor ihm. Auf keinem Fall würde sie sich dazu hinreißen lassen, etwas zu erwidern.

Mandy hingegen schossen die Tränen in die Augen und sie schluckte schwer daran.

„Ihr könnt natürlich auch über das Wochenende bleiben und lernen. Aber das steht euch frei. Am Montag kommt außerdem eine neue Mitarbeiterin. Sie wird gemeinsam mit euch lernen."

Christoph ließ seinen Blick über die Runde wandern und verharrte in Monas Augen. Wieder beschlich sie der Eindruck, als würde sie von ihm hypnotisiert. Sein Anblick war ständig als schätzte er sie ab oder er unterzog sie einem Check-up. Sie konnte ihre Vermutungen noch nicht genau definieren.

„Ich fahre nach Hause. Meine Tochter und mein Mann warten auf mich. Sollten wir eine Woche länger bleiben müssen, werde ich es am Wochenende mit meiner Familie besprechen und dann gemeinsam mit ihnen entscheiden, ob ich weitermache oder nicht", entgegnete sie ihm mit festem Blick in seine Augen.

Danach widmete sie sich ihrem Ordner.

Jens und Mandy nahmen seine Worte traurig und schweigend zur Kenntnis. Sie hatten nicht genügend Mut, ihre eigene Meinung zu vertreten.

Christoph verließ den Raum und schon wurden ihre Stimmen wieder laut. Wütend äußerten sie sich darüber.

Nach einiger Zeit läutete das Telefon im Raum und Mandy nahm den Hörer ab.

Dann sah sie Mona an und sagte.

„Du sollst zu Christoph kommen. Er ist in der Küche."

Mona begab sich auf die Suche nach ihm. Er war damit beschäftigt, einen Apfel zu waschen. Krachend biss er ein Stück der roten Frucht ab. Der Saft lief an seinen Fingern herab. Schnell griff er nach einer Serviette.

Mona sah ihm einfach zu.

Endlich wandte er sich ihr zu und sagte:

„Lass uns ein Stück gehen. Wir sollten miteinander sprechen."

Die Ruhe und Stärke, die mit einer Selbstverständlichkeit von ihm ausgestrahlt wurden, brachten Monas Vorsätze wieder zum Wanken. Ihr Verstand signalisierte ihr direkt Warnung und mahnte zur Vorsicht.

Nicht schon wieder dachte sie sich. Ich will nicht so von dir angezogen werden. Sie konnte sich ihm nicht entziehen. Gut, dass er nichts von dem Sturm in meinem Inneren weiß.

Christoph ahnte wirklich nichts von ihren Gefühlen. Denn es ging ihm genau wie ihr und er war auf der Hut, um seine Emotionen nicht preiszugeben.

Gemeinsam verließen sie das Büro und gingen ein Stück die Straße entlang Richtung Wald.

„Mona ich wollte nicht, dass du mit deiner Prüfung Schiffbruch erleidest. Aber es ist ja noch einmal gut gegangen. Was hast du eigentlich genau in deiner Anstellung früher gemacht?"

„Wie kommst du jetzt darauf? Ich war hauptsächlich für Einstellungen, Kündigungen und Ausbildung zu ständig. Aber ich habe auch neue Zweigstellen eröffnet oder geschlossen und habe das Unternehmen im Arbeitsrecht vertreten.", erzählte sie ihm.

„So viel Macht hattest du also. Du kannst dir auch hier ein neues Standbein schaffen. Die Kollegen sind alle nett, helfen dir und ich natürlich auch. Du darfst nur nicht immer weglaufen wollen und aufgeben.", erwiderte er nachdenklich.

Sie gingen nebeneinander her und vermieden es sich anzusehen. Jeder war sich bewusst so nah beieinander und allein, konnte nicht gut für sie sein.

„Christoph weißt du, was ich schon immer wissen wollte. Wie kommt es das dich nichts aus der Ruhe bringen kann? Du bist schon beinahe überirdisch geruhsam. Als hättest du deinen persönlichen Frieden gemacht und die Harmonie entströmt deiner Mitte. Ich hingegen bin ganz anders, ich sage sofort direkt was ich denke und es fällt mir schwer, mich zu verstellen. Wo hast du das gelernt", fragt sie nun gerade heraus. Während sie sprach, blieb sie stehen und schaute zu ihm auf.

Christophs Augen verdunkelten sich sofort, als sich ihre Blicke trafen. Einsam standen sie auf dem Waldweg, niemand störte die Zweisamkeit. Seine Finger berührten ganz leicht ihre Wange und er antwortete.

„Vertrau mir."

Eine heiße Woge schwappte durch ihren Körper und ließ ihr Herz für einen Schlag aussetzen. Schnell entzog sie sich ihm. Doch ihre Augen verrieten ihm, was ihr Mund verschwieg.

Mona drehte sich um stapfte zurück, verärgert über sich und die Reaktionen, die er in ihr auslöste. So etwas hatte sie seit Jahren nicht erlebt, warum also jetzt? Nein, sie wollte keine Aufregung und keine Komplikationen, davon hatte sie bereits genug in ihrem Leben. Schnell weg, Rückzug ist die beste Verteidigung, dachte sie.

Christoph stand noch an der gleichen Stelle und schaute ihr nach. Er war in Begriff sein Herz an sie zu verlieren. Wie herrlich weich ihre Haut sich angefühlt hat, stundenlang hätte er sie am Liebsten berührt. Nun würde sie wieder wegfahren, für ein ganzes langes Wochenende, dachte er sehnsüchtig.

VIII

Endlich war es soweit. Jens, Mona und Mandy verabschiedeten sich voneinander und machten sich auf den
Heimweg.

An einer Kreuzung wenige Kilometer vor der Autobahn
stand auf der linken Spur neben Mona, ein kleiner roter
Sportwagen. Die junge Frau hatte das Radio laut aufge-
dreht, dass Mona die Musik noch deutlich hören konnte. Ihr Kopf wiegte sich zum Rhythmus der Klänge. Als
die Ampel umschlug, fuhr sie mit quietschenden Reifen
davon, um kurz vor Mona auf die rechte Fahrbahn zu
wechseln. Mit viel zu hoher Geschwindigkeit jagte sie,
über die rechts und links mit Bäumen gesäumte Straße.
Leichtsinnig setzte sie ihr und das Leben der anderen
Autofahrer auf's Spiel.

Als Mona die Verkehrsschilder an der Autobahnauffahrt
erblickte, sah sie gleichzeitig blinkendes blaues Licht
und hörte das Signalhorn der Krankenwagen, der sich
mit rasender Geschwindigkeit von hinten näherte. Sie
stoppte ihren Wagen am rechten Fahrbahnrand und ließ
die Lebensrettung passieren.

An eine Weiterfahrt war momentan nicht zu denken, der Verkehr staute sich sofort. Weiträumig sperrte die Polizei die Straße. Mona saß in ihrem Auto und überlegte ob sie nicht, während sie wartete, zu Hause anrufen sollte.

Der Fahrer des Pkws hinter ihr war bereits ausgestiegen und lief in Richtung Unfallort. Polizei, Feuerwehr und Krankenwagen waren hoch konzentriert im Einsatz und mit Bergungs- und Rettungsarbeiten beschäftigt. Mona blieb im Auto sitzen, sie wollte nicht zu der Menge Schaulustiger gehören.

Sie hatte das Fenster heruntergekurbelt und wartete. Plötzlich hörte sie die Gesprächsfetzen der Leute, die von den Unfallhelfern zurückgeschickt wurden. Wütend über die Unterbrechung ihrer Fahrt unterhielten sie sich, gerade äußerte sich einer zum Unfallopfer, er sagte es sei die Kleine im roten Flitzer, die an der Ampel an allen vorbeiraste.

„Selbst schuld!", sagte ein anderer.

„Diese jungen Dinger, schnelle Autos, laute Musik und keine Ahnung vom Fahren!", gab ein Dritter seinen Kommentar.

„Ja, da gebe ich dir recht. Hauptsache die Mucke dröhnt und rasen. Die dürften gar keinen Führerschein in die Hand bekommen. Die Leidtragenden sind wir. Aber das ist immer so. Erst arbeitest du den ganzen Tag und dann wirst du, durch so verantwortungsloses Verhalten davon abgehalten nach Hause zu fahren", stimmte der Erste wieder ein."

Mona lief bei dieser Unterhaltung ein eiskalter Schauer über den Rücken. Als wäre der Unfall nicht schon schlimm genug, den das Mädchen anscheinend mit ihrem Leben bezahlt hatte, mussten die Drei neben ihrer Beifahrertür dazu solche egoistische Kommentare abgeben. Am liebsten wäre sie ausgestiegen und hätte ihnen gehörig ihre Meinung gesagt.

Um sich abzulenken, nahm sie ihr Handy aus der Handtasche, stellte die Freisprechanlage ein und rief Franzi an.

„Hallo Franzi", begrüßte sie ihre Tochter.

„Mama bist du schon losgefahren? Ich freu mich auf dich. Hoffentlich bist du bald zu Hause."

Am Klang der Stimme ihrer Tochter hörte sie Freude und Erleichterung.

„Ist alles in Ordnung bei dir", fragte sie deshalb vorsichtig.

„Mama du sagst aber nichts Papa, versprich es mir. Papa hat die ganze Woche getrunken. Jeden Abend war er voll und dann musste ich ihm versprechen, dass ich dir nichts davon sage. Er sagte ich sei eine Petze und daran schuld, dass ihr euch ständig streitet."

Während Franzi redete, konnte sie deutlich das Schniefen hören, mit dem ihre Tochter die Tränen unterdrücken wollte. Bittere Enttäuschung über ihren Mann keimte in ihr und einmal mehr fragte sie sich, war die Entscheidung richtig nach Frankfurt zu gehen. Bin ich eine schlechte Mutter, weil ich an mich gedacht habe und nicht an mein Kind.

„Franzi ich verspreche dir, nichts von unserer Unterhaltung dem Papa zu sagen. Leider ist hier gerade vor meinen Augen ein schrecklicher Unfall passiert und ich weiß noch nicht, wann die Straße freigegeben wird und ich weiterfahren kann". Tröstete sie ihre Tochter.

Sie erzählte ihr von dem Unfallopfer. Dann sprachen sie über die Arbeit und die Prüfung. Traurig teilte sie ihrer Tochter mit, dass die Ausbildung noch eine Woche länger andauern soll.

Franzi machte ihrer Mutter Mut weiter zumachen, sie sagte.

„Mama du willst doch jetzt nicht aufgeben, Du hast so viel geschafft und an Zeit, Nerven und Geld investiert. Mach dich nicht verrückt wegen mir. Ich halte die zwei Wochen noch aus, wenn der mich anschreit, gehe ich einfach in mein Zimmer und mache die Tür zu."

Mutter und Tochter telefonierten beinah eine ganze Stunde. Dann verabschiedeten sie sich. Franzi konnte bereits ein wenig lachen, als sie sagte.

„Vergiss nicht Papa anzurufen und ihm zu sagen, dass du dich verspätest. Ich kann es ihm das schlecht mitteilen, sonst meckert der mich gleich an, wenn er hört, wir haben telefoniert."

„Ich habe dich lieb und danke dafür, dass du die Stellung so gut für mich hältst", verabschiedete sich die Mutter.

Dann holte sie tief Atem und wählte neu, dieses Mal die Nummer ihres Mannes.

„Hallo Schatz", wurde sie von Fred begrüßt.

Bereits nach den ersten Sätzen konnte sie hören, dass er wieder getrunken hatte.

Sie erzählte ihm genau wie ihrer Tochter, dass sie durch den grausigen Unfall aufgehalten wurde und nicht sagen konnte, wann sie ankommt.

Mona sprach über die Arbeit und die Verlängerung und dass sie Zweifel hatte, die Ausbildung weiter zu führen.

Fred ermutigte sie weiterzumachen, genau, wie es vorher ihre Tochter getan hatte. Doch beide hatten verschiedene Hintergründe, die ihr handeln bestimmten.

Franzi wollte, dass ihre Mutter glücklich ist. Fred hingegen wusste seine Frau hatte dann weniger Zeit ihn zu kontrollieren und er konnte ungestört seiner Trinkerei nachgehen.

Mona verabschiedete sich von ihrem Mann. Sie ließ sich nicht anmerken, dass sie wusste, er hatte wieder getrunken.

Da gab die Polizei die Straße frei und sie konnte die Fahrt fortsetzen. Die Zeit, während die Frau unterwegs war, wollte sie nutzen, um ungestört Bilanz zu ziehen, über ihre Ehe, ihr Leben und wie es weitergehen sollte.

Sie fuhr auf die Autobahn, stellte den Tempomaten ein und passte die Musik leiser Lautstärke an. Während sie den Verkehr beobachtete, ließ sie gleichzeitig Bilder aus längst vergangenen Zeiten ihrer Ehe vorbeiziehen.

Die meiste Zeit war ihr Leben mit Fred voller Leidenschaft und Glück. Heute dagegen als sie sich von ihm am Telefon verabschiedete war nichts, kein Gefühl der Sehnsucht endlich zu dem geliebten Mann nach Hause zu kommen, hatte sich in ihr ausgebreitet.

Im Gegenteil als sie das Lallen in seiner Stimme vernahm, machte sich Ekel in ihr breit und ließ sie würgen. Mona seufzte, sollte es das Ende ihrer Ehe sein. War alles umsonst, ihre gemeinsame Zeit, die Kinder, alles was sie sich aufgebaut hatten? Verband sie außer den Kindern und dem Haus nichts mehr?

Fred hatte auch früher gern mal ein Glas getrunken, nur nicht in diesen Maßen. Angefangen hatte es, als kurz nacheinander seine Brüder gestorben sind. Dann hatte er seine Schwester bewusstlos gefunden, der Zustand wurde durch übermäßigen Alkoholkonsum hervorgerufen. Statt vernünftig zu werden und die Notbremse im Eilzug seines Lebens zu ziehen, begann er nun erst recht zu trinken.

Sein Vater war bereits bis zu seinem Tode als Trinker bekannt und allen seinen Kindern hatte er dieses unheilvolle Geschenk mitgegeben.

Vielleicht hatte Fred, die Trinkerei nur einfach jahrelang besser im Griff und wusste er würde Frau und Kinder verlieren, sobald er sich dieser Sucht hingibt.

Irgendwann war es dann passiert und nun konnte er mit eigener Kraft nicht mehr aufhören. Dieses schreckliche Zeug hielt ihn mit eisernen Krallen im Würgegriff und solange Fred nicht einsah, dass er abhängig war, konnte niemand ihm helfen. Da halfen keine guten Worte, kein Bitten und genauso wenig Streit und Vorwürfe.

Alkoholiker wussten nicht, dass Sie abhängig waren. Erst wenn sie alles verloren hatten und ganz allein waren, schafften manche den Absprung, aber eben nicht alle. Mona fragte sich immer wieder ob, sie Schuld hatte und suchte den Fehler bei sich. Schlimm war für sie, dass Franzi mit in diese Sache hineingezogen wurde. Sie hätte es gern vermieden, doch das bedeutete, sie müsste ihren Mann verlassen.

Einerseits wollte sie nicht, dass ihr Kind dieser Situation ausgesetzt war und andererseits würde sie sich scheiden lassen, müsste Franzi ohne Vater aufwachsen.

Da war der Gedanke Trennung, der sich in letzter Zeit immer wieder rücksichtslos einen Weg in ihr Hirn bahnte. Unsicher und mit dem Gefühl allein gelassen zu sein, sanken ihre Schultern im bequemen Autositz zusammen. Plötzlich war sie nicht mehr stark und selbstbewusst und trug schwer an Verantwortung und Last.

Da hörte sie wieder die Stimme, tief und voll Wärme war ihr Klang. Von weiter Ferne rief sie ihr zu. „Vertrau mir."

Gern hätte sie nachgegeben, sich einfach fallen lassen. Mona schüttelte den Kopf, als könnte sie die Gedanken so verscheuchen, die durch ihren Kopf geisterten und nur für Verwirrung sorgten.

Andersherum sollte es sein, sie wollte doch nach Hause fahren und bei ihrem Ehemann Kraft und Erholung tanken, um den Versuchungen im Job gewachsen zu sein. Jetzt wollte sie aber gerade in die Arme eines anderen flüchten, um den Alkoholattacken von Fred zu entfliehen.

Sie musste ganz schnell einen Schlussstrich ziehen, bevor sie die Kontrolle verlor. Das Wichtigste in ihrem Leben waren immer die Kinder gewesen und Franzi brauchte sie noch. Als Mutter hatte sie Verantwortung für ihre Kinder übernommen und daran musste sie bei jeder Entscheidung denken.

Also weg mit den Gedanken an Christoph und wildes Herzklopfen. Wäre sie ungebunden und frei, könnte sie sich mit diesen Träumereien beschäftigen. Doch für eine Beziehung ohne Zukunft war keine Zeit und Schwierigkeiten hatte Mona zur Genüge.

Sie fasste einen wichtigen Entschluss, sie würde Fred verlassen. Sobald sie ihre Ausbildung beendet hatte, würde

sie für Franzi und sich eine Wohnung suchen und gehen. Sie konnte das Kind nicht der ständigen Belastung aussetzen, die ihr täglich vor Augen schwebte.

Vor dieser Entscheidung hatte sie sich immer gedrückt, jahrelang war es gut gegangen, warum also jetzt? Mona hatte schon Probleme genug.

Mona wusste längst, dass Fred dem Mädchen nicht nur einmal Alkohol angeboten hatte. Irgendwann würde es klappen und sie würde trinken. Der Weg in die Abhängigkeit war leicht und schnell.

Sollte Fred, den Absprung schaffen, wäre es kein Problem zu seiner Familie zurückzukehren. Sie bedauerte ihr schönes Haus zu verlassen, doch wenn es der Preis wäre, würde sie ihm bezahlen.

Vorläufig durfte niemand etwas davon erfahren. Sonst würde Fred betteln, bitten und mit falschen Versprechungen locken, dass er sich ändert. Er würde es sogar schaffen ein paar Tage nichts zu trinken, um dann um so mehr von dem Fusel in sich hineinzuschütten.

In diesem Zustand würden dann Wutausbrüche, Beschimpfungen und Drohungen folgen. Mona kannte diese Ausbrüche alle bereits und sie hatte es leid.

Jetzt ist Schluss und das endgültig.

Nachdem sie diese Klarheit erreicht hatte, konnte sie viel ruhiger die letzten Kilometer ihres Heimweges zurücklegen.

Fred war genauso betrunken, wie sie es erwartet hatte. Er merkte nicht, dass Mona seine Küsse mit Ekel ertrug. Jedes Mal wenn sein nach Alkohol und Tabak stinkender Atem ihr Gesicht streifte, musste sie nach Luft ringen und das aufsteigende Gefühl zu erbrechen nieder kämpfen.

Alles seine Haut, seine Wäsche, ja der ganze Körper verströmte den Geruch von Tabak und Fusel, dazu gesellten sich der schwankender Gang und die lallende Aussprache, welch armselige Erscheinung.

Mona machte gute Miene zum bösen Spiel und schluckte die immer wieder kehrenden Tränen hinunter. Sie wartete, bis er auf dem Sofa eingeschlafen war, und ging dann schnell zu Bett. Dadurch war sie seinen plumpen und groben Annäherungen nicht auch noch ausgesetzt.
Fred war nicht grob, weil er gewalttätig war, nein auf keinen Fall. Er hatte seine Bewegungen im Rausch nicht unter Kontrolle. So konnte es passieren, dass er Mona ungewollt Schmerz zu fügte.

Vorher schaute sie noch nach ihrer Tochter. Franzi lag bereits tief in ihre Kissen gekuschelt und schlief. Ein Lächeln lag auf ihrem hübschen Gesicht, wovon sie wohl träumte, fragte sich Mona. Leise schlich sie aus dem Zimmer und begab sich traurig in ihr Bett. Dort ließ sie ihren Tränen freien Lauf, die wie so oft in den letzten Monaten, heiß über ihre Wangen strömten.

Mona nutzte das Wochenende, um mit ihrer Tochter zu sprechen. Denn sie hätte die Arbeit sofort aufgegeben und wäre zu Hause geblieben. Doch wollte sie für den Fall der Trennung von Fred, nicht von ihm abhängig sein und dies bedeutete, sie musste die Ausbildung schaffen und auf eigenen Füssen stehen.

Die letzte Woche in Frankfurt stand bevor. Das letzte Mal verabschiedete sie sich von Franzi und Fred, mit der Gewissheit falls sie die Abschlussprüfung meisterte, würde sie ab Montag in ihrer Umgebung tätig sein. Dann könnte sie sich selber um Franzi kümmern und eine Wohnung suchen, sie würde ausziehen und ein neues Leben anfangen, nur sie und ihr Kind.
Fred hatte nichts verstanden oder konnte es nicht mehr. Mona hatte aufgegeben, um ihre Ehe zu kämpfen.

IX

Christoph war sie vorige Woche möglichst aus dem
Weg gegangen. Es war schwer für sie, denn er suchte
ihre Nähe immer wieder.

Die neue Kollegin hieß Mathilda, wurde aber von allen
nur Hilda gerufen, und war ein angenehmer Mensch.
Ständig brachte sie Mona zum Lachen und löcherte sie
mit allen möglichen Fragen.

Einmal erzählte sie von ihrem vorherigen Job als Makle-
rin, wie sie eine Kundin nachgeahmt hat. Dabei zog sie
ihre Oberlippe über den Zähnen nach oben, als hätte sie
Hasenzähne und riss ihre Augen auf. Just bei dieser
Vorführung kam die besagte Kundin herein und fragte
voller Anteilnahme ob Hilda einen Geburtsfehler an
ihrem Mund hätte. Hilda war die Situation natürlich
wahnsinnig peinlich. Doch ab sofort wurde sie immer
wieder von allen Kollegen daran erinnert und nachge-
äfft.

Mona lachte bei dieser Demonstration so herzhaft, dass
ihr die Tränen liefen. Christoph steckte seinen Kopf
durch die Tür, er wurde durch das Lachen angelockt.

Stumm schaute er Mona an, noch nie hatte er sie so
glücklich gesehen. Gern hätte er sie in seine Arme gezogen. Schmerzhaft erkannte er, dass dieser Gedanke rei-
nes Wunschdenken war. Schade.

Am Dienstagnachmittag kam Piet ins Büro zu den Rekruten. Piet war die rechte Hand ihres Gebietsbereichsleiters Marcel. Seine Körperformen erinnerten Mona immer wieder an Obelix. Als sie sich das erste Mal bei diesen Gedanken ertappte, musste sie sich ein Lächeln verkneifen.

Piet legte bei all seinen Auftritten Wert darauf, dass er mit seiner Anwesenheit den Raum füllte. Heute wollte er den Neulingen zeigen, was Small Talk beim Kunden heißt.

„So meine Damen und der Herr, dann wollen wir uns einmal mit der Thematik auseinandersetzen. Denn ohne Small Talk läuft nichts beim Kunden, das eigentliche Geschäft ist danach Nebensache.", betonte er.

Dabei machte er es sich mit seinem voluminösen Körper in Bürosessel bequem, dass dieser quietschte. Sein Hemd spannte über dem Bauch und die Hosentaschen standen unter Spannung, seiner Leibesfülle.

Jede Bewegung seines Körpers verursachte den Nähten seiner Kleidung Schmerzen und stellte sie auf eine Zerreißprobe.

„Jens wie würdest du das Gespräch beim Kunden beginnen? Wollen wir es den Mädels denn mal vormachen", fragte er mit gönnerhaftem Blick.

Dem kleinen Mann wich alles Blut aus seinem Gesicht und er versuchte, die vor Schreck verloren gegangene Sprache, wieder zu finden.

Da sprang Mona ein. „Piet ich möchte es gern einmal versuchen. Lass mich mit dir Üben", bat sie.

„Na denn mal los, Mädchen", sagte er, dabei wackelte er vor Lachen mit dem Bauch.

Mona dachte, bloß gut, dass er meine Gedanken nicht lesen kann, und machte ein ernstes Gesicht. Ihr Kopf Kino spielte jedoch Obelix im Maßanzug.

Hilda hatte das schelmische Aufblitzen in ihren Augen gesehen und musste nun ihrerseits ein Schmunzeln unterdrücken.

Wie erwartet, brach Piet die Übung nach kurzer Zeit ab. Er sagte nichts für ungut aber du wärst bei mir durchgefallen und könntest mir nicht einmal die Tageszeitung verkaufen.

Mona hatte sich daran gewöhnt. So lief es immer ab, zuerst kam jemand, um sie abzuhören oder mit ihnen zu üben. Dann wurden sie komplett demotiviert, in alle Einzelteile zerlegt, so fühlte es sich immer an.

Alle Illusionen wurden kaputtgemacht und dann erschien wie Phönix aus der Asche, ihr rettender Engel, Supermann Christoph.

Wahrscheinlich war diese Art der Ausbildung von der Firma so gewollt. Ihr war dieses Vorgehen nach den ganzen Wochen gleichgültig geworden. Einmal mehr dachte sie, mehr Schein als sein.

Anfangs kam Mona schlecht damit zu Recht, doch im Laufe der Zeit nahm sie es zur Kenntnis und hakte diese Masche einfach ab. Schlimm empfand sie an dieser Situation nur, die scheinheilige freundliche Art, mit der man den Rekruten suggerierte: du bist schlecht.

Diesen Kurs, du hast fast alles richtig verstanden, aber bist trotzdem durchgefallen, konnte Monas Lebensschiff nicht fahren.

Sie lebte bis dato in der realen Welt und hatte immer wieder die Erfahrung gemacht, es gibt nicht fast schwanger, sondern nur schwanger oder nicht. Das ist die Wirklichkeit.

Genau wie bei einer Geschwindigkeitskontrolle der Polizei gab es nur zu schnell oder nicht. Ein Verstoß wurde schmerzhaft in Geldstrafe ausgedrückt. Sie sind beinah mit vorgeschriebener Geschwindigkeit gefahren, von derartigen Vorgehensweisen, hatte sie noch nichts gehört, dass der Raser dann nicht bezahlen musste. Das ist die Realität, so ist das Leben, mit seinen Facetten.

So verstand sie auch Prüfungen. Bewertet wurde der Jetzt- Moment egal ob der Prüfling, beteuerte ich mache es sonst immer so.

Fällt man bei Versagen durch die Prüfung hat man nicht bestanden. Beinah oder fast bestanden hört sich vielleicht gut an, aber ist im Leben wenig hilfreich, dachte Mona bei sich.

Mandy saß ängstlich auf ihrem Stuhl und hoffte nicht angesprochen zu werden. Doch genau das hatte Piet, bereits wahrgenommen und da er Mona nicht zum Weinen bringen konnte, suchte er sich ein leichteres Opfer.

„Komm Mandy, probiere du es mal!", forderte er sie auf. Mandys Wangen färbten sich Purpur rot und sie war sichtlich nervös.

Doch dafür hatte Obelix kein Verständnis. Seiner Meinung nach konnte das Geschäft platzen, bei der verzärtelten Vorgehensweise eines Verkäufers und ein Händler, der nichts veräußert stirbt, sagte er immer.

„Guten Tag, schön dass wir uns kennenlernen.", stotterte Mandy los.

Dann setzte sie sich ihren vermeintlichen Kunden gegenüber und legte ihren Laptop auf den Tisch.

„Schauen wir doch einmal was ich ihnen mitgebracht habe", sprach sie weiter und wurde schon unterbrochen.

„Das ist gar kein Small Talk", polterte Piet los, als hätte er zu viel Zaubertrank intus.

„Du bist ja noch schlechter. Jetzt zeige ich euch mal, wie das geht. Ihr müsst mit eurer bloßen Anwesenheit den Raum füllen und ihr bestimmt das Gespräch, nicht der Kunde."

Dann legte er los. Mona sollte der Kunde sein und sie spielte ihre Rolle gut.

Sie ließ sich auf seine Fragen ein und log ihm das Blaue vom Himmel herunter. Am Ende des Gesprächs sagte Piet selbstsicher.

„So wird das gemacht. Jetzt weiß ich alles und der Kunde vertraut mir. Danach geht ihr zum Geschäft über, gibt es noch Fragen. Mandy du solltest unbedingt noch üben und nächste Woche nicht zum Kunden gehen."

Piet ging und ließ eine weinende Mandy zurück.

In diesem Moment kam Christoph, als hätte er geahnt, dass seine Hilfe gebraucht wurde.

Monas Herz begann wieder zu hüpfen, doch sie kämpfte dagegen an. Sie wollte ihre Gefühle unter Kontrolle haben und sich nicht verwirren lassen.

Seine braunen Augen bahnten sich trotz allem den Weg in ihrem Herz, stellte sie insgeheim fest. Sein Augenspiel wirkte wie der Sonnenstrahl, der sich seinen Weg durch dichte Baumkronen bahnte und den Boden erwärmte.

„Was ist denn hier los", fragte er in die Runde.

Jens sah auf seinen Leitfaden und antwortete nicht. Mona fiel auf, dass er den ganzen Tag noch nichts gegessen hatte und es war bereits Mittag vorüber.

Mandy wischte die Tränen ab und schluchzte weiter vor sich hin.

„Piet war bei uns und hat Small Talk mit uns geübt, das war alles", übernahm Mona die Antwort für alle und sah Christoph an.

Er konnte die stumme Anklage in ihren Augen lesen.

Hilda hielt sich aus dieser Unterhaltung heraus. Sie war die Neue und ihre Ausbildung dauerte noch an.

Außerdem hatte Mona schon mehrfach bemerkt, wie vertraut sie mit Christoph umging, wenn sie sich unbeobachtet fühlten. Hatten alle Rekruten endlich Feierabend und machten sich gemeinsam auf den Weg in ihre Unterkünfte, blieb sie stets länger im Büro.

Mona hatte die beiden durch Zufall gesehen, als sie vom Joggen kam, und sie gemeinsam das Büro spät abends verließen. Doch das ging sie nichts an und sie wollte keinen Gedanken daran verschwenden.

Sie musste ihr eigenes Leben in den Griff bekommen, sagte sie sich immer wieder und brauchte vor allem keine Komplikationen.

„Christoph, wann wirst du mit uns endlich Small Talk üben? Es kann nicht richtig sein, das Piet uns in Teilen unserer Ausbildung prüft, die wir gar nicht bearbeitet haben. Außerdem wäre es dein Part gewesen, uns darauf vorzubereiten, sofern ich den Ausbildungsplan richtig gelesen habe. Mandy weint, Jens sagt überhaupt nichts mehr. Das ist doch mal eine super Bilanz oder?" Eiskalt wies sie den Mann in seine Schranken.

Christoph ließ sich durch Monas Angriff nicht aus seiner gewohnten Ruhe bringen. Er blieb beherrscht, schaute sie an und sagte.

„Gut, dann machen wir das jetzt. Was hat Piet euch denn gezeigt?"

Völlig relaxt lehnte er, wie so oft in den Tagen vorher, im Türrahmen und wartete auf eine Antwort. Auch heute trug er seine schwarze Anzughose und ein weißes Hemd mit Krawatte. Niemand sagte etwas und Mona bereute es bereits, sich zu diesem Wortwechsel hinreißen zu lassen. Ihre Gedanken verselbstständigten sich zu einer Reise und sie ließ es zu.

Das junge Mädchen tat ihr leid. Manchmal fühlte sie sich für Mandy verantwortlich, als wäre sie ihr Kind.

Mandy kam mit der derzeitigen Situation überhaupt nicht zu Recht.
Der Monat war vorüber, Geld hatte noch keiner von ihnen gesehen. Die Ausgaben waren trotz allem vorhanden, die Rechnungen für Unterkunft und Kost mussten getilgt werden, auch das Auto fuhr nicht mit Luft, von Berlin bis Frankfurt war es eine ganz schöne Strecke.
Außerdem hatte sich das junge Mädchen dieses Auto extra angeschafft, als sie die Arbeit als Handelsvertreter aufnahm. Es war schon ein paar Jahre alt und brauchte einige Liter Benzin. Erschwerend kam dazu, in den Ferien waren die Preise an den Tankstellen besonders hoch und meist musste Mandy unterwegs noch einmal auffüllen.

Langsam ging Mandy finanziell die Puste aus. Als Selbstständiger hatte sie sich direkt privat krankenversichert und durch das Arbeitsamt war ihr die Existenzgründerzulage für drei Monate versagt worden. Sie erhielt eine Sperrzeit, in der sie nicht unterstützt wurde.

Mona verstand sowieso nicht, warum eine Frau, die in einem unbefristeten Arbeitsverhältnis stand, sich zu einem Wechsel der Tätigkeit überreden ließ. Sie hatte Mandy einmal darauf angesprochen und es gab keinen Grund, der nachvollziehbar gewesen wäre. Weder Unzufriedenheit im Job noch zu wenig Geld oder schlechte Arbeitsbedingungen waren für ihre Entscheidung maßgeblich. Mandy hatte sich von den Versprechungen das große Geld leicht zu verdienen verlocken lassen.

Zu allem hatte Mandy letzte Woche am Freitag, kurz bevor alle heimfahren, wollten eine bittere Erfahrung gemacht. Diese Medizin war lehrreich und hatte ihr Verhältnis zu Mona grundlegend verändert.

Denn Mandy hatte bereits alle Unterlagen eingepackt, als Christoph erschien und mit ihnen üben wollte. Er zeigte ihnen verschiedene Druckertypen und erklärte dabei Druckleistung, Reparaturen und Funktionsweisen. Dieser Mann lebte nur für seine Arbeit und er erwartete die gleiche Euphorie von den restlichen Mitarbeitern. Insgeheim hatten die drei Neuen manchmal darüber gescherzt, ob er sich vielleicht ein Feldbett der Bundeswehr organisiert hatte und auch noch direkt neben seinen Schreibtisch schlief.

Heute war niemanden zum Lachen zumute.
Die Zeit lief und Mandy schaute ständig zur Uhr. Sie hatte Christoph extra vorher in Kenntnis gesetzt, dass ihr Freund Geburtstag hatte und sie pünktlich los wollte, um noch vor Mitternacht zu Hause zu sein. Sie hätte ihren Schatz gern noch gratuliert, bevor der Tag zu Ende war und jetzt stand sie da und schaute traurig, wie der Zeiger unbarmherzig vorwärtsschritt. Mit jeder Minute wurde die Möglichkeit geringer ihn zu überraschen.

Christoph übersah die Angelegenheit und nahm sich alle Zeit der Welt für seine Erklärungen. Da platzte Mona der Geduldsfaden.

„Christoph merkst du nicht, dass Mandy fahren möchte. Ihr Freund hat Geburtstag, wie du bereits weißt und die Entfernung bis Berlin wird nicht unerheblicher. Es hat sich nichts geändert, sie muss pro Kilometer 1000 Meter zurücklegen und nicht weniger. Solltest du der Auffassung sein, wir müssen jetzt noch unbedingt etwas lernen, was nicht schon längst hätte geschehen sein, dann bleibe ich. Doch lass sie endlich fahren. Niemanden ist geholfen, wenn sie total übermüdet und mit viel zu hoher Geschwindigkeit einen Unfall verursacht."

Überrascht wendete er sich Mandy zu.

„Selbstverständlich fahr ruhig. Ich hatte deinen Termin völlig vergessen", entschuldigte er sich.

Glücklich umarmte sie Mona.

„Danke", hauchte sie ihr dabei unbemerkt ins Ohr.

Mona schob sie lächelnd von sich.

„Fahr vorsichtig und schicke mir bitte eine SMS, sobald du angekommen bist. Dann kann ich alte Frau ruhiger schlafen.", scherzte sie.

Jens nutzte ebenfalls die Gunst der Stunde und verschwand. Als Mona und Christoph allein waren fragte sie ihn mit ernstem Gesicht.

„Christoph verhältst du dich absichtlich so oder merkst du nichts mehr?"

Ganz nah stand er vor ihr und sie konnte die Wärme seines Körpers spüren. Inständig hoffte sie, dass er ihren Herzschlag nicht hören konnte, so laut hämmerte es in ihrer Brust.

Seine braunen Augen schauten auf sie herab und seine Finger streichelten ganz sanft von ihrer heißen Wange abwärts über ihren Hals. Mona war wie gelähmt, sie konnte sich der Intimität dieses Augenblickes nicht entziehen. Ihr Kopf verweigerte jeden rationalen Gedanken, sie schaute ihn nur an und ließ es geschehen.

Das Geräusch der sich öffnenden Fahrstuhltüren holte sie in die Wirklichkeit zurück. Sie schauten sich an, jeder von ihnen wusste wie es um den anderen stand und keiner sagte ein Wort.

Mona nahm schnell ihre Unterlagen und verabschiedete sich. Dann eilte sie zu ihrem Auto. Wie so oft fühlte sie sich zu diesem Mann hingezogen und gleichzeitig gab es etwas, dass sie ängstigte. Sie kam mit diesen Gefühlen einfach nicht zurecht. Außerdem wusste sie, zu Hause wartet ihre Familie und sie durfte dieser Verlockung, war sie auch noch so groß, nicht nachgeben.

So vergingen die Tage, bei denen sie immer wieder an Christoph denken musste. Oft ertappte sie ihn, wenn er sie heimlich beobachtete.

Nun war bereits der letzte Dienstag in ihrer Ausbildung und morgen würden sie die letzte Prüfung absolvieren. Im Anschluss daran erfolgte nur noch Telefonakquise. Jeder der Rekruten sollte täglich sechs Kundentermine wahrnehmen können und sich damit Woche für Woche einen festen Stamm an Neukunden aufbauen. Niemand sprach mehr über vorhandene Bestandskunden. Längst waren diese dem Gebietsleiter oder anderen Mitgliedern der Gemeinschaft zugeordnet worden. Zu dieser Zeit wussten die Rekruten noch nicht, dass sie nur noch verschlissen werden sollten.

Mona freute sich auf die Zeit beim Kunden. Der Kontakt zu den Menschen hatte ihr schon immer Freude gemacht. Sie liebte das persönliche Gespräch, die Nähe, nichts konnte dies ersetzen, schon gar kein Telefonat.

Die Telefonate waren für sie jedes Mal eine neue Überwindung. Es gab durchaus nette Gespräche und sie versuchte stets, jeden Partner am Ende der anderen Leitung als Freund zu behandeln.

Doch mitunter gestaltete es sich als äußerst kompliziert. Denn durch die Überflutung mit Telefonwerbung und anderen hässlichen Dingen waren die Firmen genervt.

Selbst die einst nette Sekretärin konnte sich zu Vorzimmerfirewall entwickeln und ohne ein Wort bereits nach der Begrüßung den Hörer auflegen.

Alles Erfahrungen, die für Mona neu, teilweise unverständlich und auch schmerzhaft waren.

Mona wurde schreckartig bewusst, dass sie den Mann, der unverändert an der Tür lehnte, anstarrte und sie riss sich aus ihren Gedanken. Der geistige Rückblick brachte sie aus dem Gleichgewicht und sie verlor für einen kurzen Moment die innere Balance.

„Gut üben wir", antwortete sie schnell.

Christoph unterdrückte ein Schmunzeln. Er hatte sie die ganze Zeit nicht aus den Augen gelassen. An was sie wohl so intensiv gedacht hat, zuckte es in seinem Kopf.

„Mona fängst du vielleicht an. Würdest du überhaupt Small Talk beim Kunden empfehlen. Nachdem du mir erzählt hast, du liest Bücher von bekannten und erfolgreichen Autoren, scheint es mir eher unwahrscheinlich. Diese Verkaufstrainer gehen auf direktem Weg zum Kunden und nehmen sich nach Geschäftsabschluss die Zeit über andere Dinge zu sprechen."

„Ja, ich würde auch lieber den Kunden von Anfang an als meinen Geschäftspartner behandeln und erst nach dem Abschluss zu allgemeinen Gesprächsthemen übergehen. So haben wir beide das Gefühl, wenn ich den Kunden verlasse, ein für beide Seiten gutes Geschäft abgeschlossen zu haben. So wie du es eben gesagt hast und so wie es natürlich in Büchern belegt wurde. Im Rahmen der Ausbildung werde ich natürlich Small Talk versuchen."

„Es wäre gut, du zeigst mir wie Piet es euch vorgemacht hat und daran knüpfen wir an."

Mona nickte und schaute sich auf Christophs Schreibtisch um. Sie sammelte Informationen, um sich einen Gesprächsfaden zu basteln.

Auf dem Schreibtisch standen zahlreiche Auszeichnungen für den besten Verkäufer und seine Beförderung in den Club der Besten. Ein Foto an der Wand zeigte ein Segelboot.

Gut, dachte sie sich, viel Persönliches ist es nicht außer seiner Arbeit. Mona erinnerte sich daran, dass Christoph das Wort Feierabend längst aus seinem Wortschatz gestrichen hatte.

Sie schlüpfte in ihre Rolle als Verkäuferin und begann: „Guten Tag, Herr Fröhlich."

„Ein schönes neues Gebäude ist ihr Arbeitsort. Wie lange sind sie hier schon ansässig, wenn ich sie so direkt fragen darf. Denn die Firma besteht schon sehr lange, habe ich gelesen."

Christoph beantwortete alle ihre Fragen und ließ sich auf ein unverfängliches Gespräch ein.

Nach und nach fiel es Mona immer leichter die Unterhaltung zu führen, sie sprach flüssig und konnte sogar mit ihrem Kunden lachen.

Am Ende lachten beide, denn es hatte ihnen Spaß gemacht.

„Christoph hast du mich bei dem Gespräch eigentlich manchmal angelogen", fragte sie am Ende geradeheraus.

Überrascht sah er Mona an.

„Warum sollte ich dich belügen? Wie kommst du auf diese Idee"; fragte Christoph sichtlich interessiert.

„Ich habe, als Piet mit uns übte, ihn die ganze Zeit angelogen. Denn ich fand seine Art mich auszufragen unangenehm und aufdringlich. Es geht ihn gar nichts an, ob ich Sport treibe, ob ich Kinder habe oder was mein Mann beruflich macht."

Christoph verzog seinen Mund zu einem breiten Grinsen.

„Gut, wie hast du es gemacht. Erkläre es mir", forderte er sie auf.

Mona atmete tief ein und ein spitzbübisches Lächeln zog über ihr Gesicht. Sie schaute kurz zu Hilda, die bereits schmunzelte. Christoph verfolgte mit seinem Blick die beiden Frauen und ihm entging nicht, wie sie sich verständigten.

„Gut, wir nehmen an, du seiest der Kunde. Unser Gespräch verliefe dann in etwa so. Herr Fröhlich bei der ganzen Arbeit, die sie hier bewältigen, bleibt ihnen dann noch Zeit für einen Ausgleich. Ich glaube, ich habe mal etwas über sie in einer griechischen Sage gelesen. Denn sie haben einen durchtrainierten Körper wie Adonis. Wussten sie überhaupt, dass Adonis die Rose der Aphrodite geweiht hat. Er fand, die Göttin sei genauso so schön wie die Königin der Blumen."

Nun prusteten alle vor Lachen los.

Christoph hatte Mühe seine sonst beherrschte Art zu behalten. Hilda schossen die Tränen vor Lachen aus den Augen und sie versuchte, ihr Gesicht hinter den Ordnern zu verstecken.

Mona lachte und ihr fröhliches Wesen steckte alle an. Die traurige Stimmung war wie weggeblasen.

„Nur das mancher glaubt, er wäre Adonis und in Wirklichkeit heißt er Anton", damit spielte Hilda auf Piet an. Er war so von sich selbst überzeugt, dass es schon widerlich war.

„Genauso übertrieben und aufdringlich war das Gespräch mit Piet", ergänzte Mona die Aussage von Hilda.

„Weißt du, ich finde der Kunde sollte von uns respektvoll behandelt werden. Denn wir erwarten das gleiche Verhalten uns gegenüber. Kommt er dahinter, dass wir uns in sein Vertrauen eingeschlichen haben, ist jedes Folgegeschäft nicht mehr möglich", vertrat Mona ihren Standpunkt vor ihm.

In diese wunderbare entspannte Stimmung platzte Piet. Überrascht sah er in die Runde und deutlich war in seinem Gesicht der Schock sichtbar, wieso lachen alle und keiner weint mehr?

„Vergesst nicht heute Abend 20 Uhr, treffen wir uns im Restaurant, es wird Zeit, dass ihr Rekruten in unsere Gruppe aufgenommen werdet. Christoph, du hast sicherlich Verständnis dafür und lässt sie heute pünktlich gehen.", wandte er sich an den Ausbilder.

Damit schloss sich die Tür wieder. Sofort erhob sich Christoph und sagte warnend:

„Ihr denkt daran, morgen findet eure letzte Prüfung statt. Macht jetzt weiter ich bin gleich zurück."

Die Zeiger der Uhr rückten bereits auf 18.30 Uhr vor und langsam mussten sich die Vier auf den Weg machen, um pünktlich zu sein. Christoph war noch immer nicht zurück.

„Was machen wir", beratschlagten sie.

Mona hatte den kürzesten Weg, also wäre es am einfachsten sie sucht Christoph und sagt ihm Bescheid. Indessen können Mandy, Jens und Hilda bereits fahren. Mit einem Seufzer gab Mona nach.

„Ihr habt ja Recht, fahrt schon los. Ich brauche noch nicht mal das Auto zu bewegen, die paar Meter schaffe ich zu Fuß und bin dann immer noch pünktlich."

Während die Anderen gingen, begab sie sich auf die Suche. Doch sie musste nicht weit gehen, denn Christoph kam ihr geradewegs entgegen gelaufen.

Sie nahm die Treppe hinunter und er herauf. Bereits sein Gesichtsausdruck verriet ihr allzu deutlich, er war schlecht gelaunt.

„Was ist mit dir", fragte Mona besorgt.

Christoph fühlte sich ertappt. Meine Güte! Konnte diese Frau Gedanken lesen?

„Nichts ist mit mir. Warum fragst du?", versuchte er sich zu verstellen.

„Jetzt zitiere ich mal den großen Ausbilder der Firma Muster. Man darf nicht lügen. Denn dadurch entstehen falsche Informationen, die mitunter schwer wieder zu beseitigen sind. Warum tust du es und hältst dich nicht an deine eigenen Regeln", fragte sie und schaute ihn eindringlich an.

Mona sah wie er sich wand, ein Fisch am Angelhaken hätte es nicht besser gekonnt. Sie wartete und ließ ihm Zeit seine Gedanken zu sortieren.

„Mona, ich möchte nicht, dass du zu diesem Treffen gehst.

Ich werde nicht dabei sein und auf euch achtgeben können. Morgen ist die letzte Prüfung und die Gefahr ist groß, dass ihr sie in den Sand setzt. Du weißt sicherlich, wie Alkohol wirkt."

Christoph ahnte nicht, dass gerade in Bezug auf Promille und deren Auswirkungen Mona bestens informiert war, hatte sie doch das lebende Beispiel dafür täglich zu Hause vor Augen.

Unbewusst hatte er die Frau, die er beschützen wollte, verletzt.

Das weiche lächelnde Gesicht wurde plötzlich hart, und eisig klang ihre Stimme, als sie antwortete.

„Ich brauche keinen Aufpasser, das habe ich schon immer allein geschafft und so wird es bleiben. Alkohol war noch nie ein Problem für mich. Zu dieser Art von Veranstaltungen habe ich niemals ein Glas getrunken."

Mona drehte sich auf dem Absatz um, ließ Christoph stehen und ging einfach.

In ihm tobte die Eifersucht, gern wäre er ihr nachgeeilt und hätte sie zur Rede gestellt, was dieses Verhalten bedeutete. Außerdem hatte sie ihn schon wieder stehenlassen. Diese Frau machte es sich zur Gewohnheit, einfach zu gehen und ihren Kopf durchzusetzen.

Er stand noch eine ganze Weile und schaute in den leeren Flur. Als könnte er dort ihre Spuren erkennen.

Mona war indessen im Lokal angekommen. Mandy und Hilda hatten ihr einen Platz frei gehalten. Sie bestellte sich eine Cola und nippte an ihrem Glas. Die Stimmung war ausgelassen und fröhlich.

Ab und zu musste Piet sich durch seine Anekdoten hervorheben, aber wirklich interessierte die niemanden, hatte Mona den Eindruck. Denn auch die Kollegen, die bereits einige Jahre mit ihm zusammen arbeiteten, hörten ihm gar nicht zu.

Mona fiel auf, dass es nur Kollegen gab, die entweder viele Jahre zusammenarbeiteten oder ganz neu waren, das heißt erst ein paar Monate dabei waren. Sie nahm sich vor, morgen Christoph danach zu fragen.

Hilda hob ihr Cola Glas und prostete ihr zu.

„Auf eure Prüfung, dass morgen alles glatt geht."

„Danke, du bist ein echter Schatz, Hilda. Wie machst du es bloß, so selbstsicher und unbeschwert mit den Kunden zu telefonieren? Mir fallen die Terminierungen am Telefon noch ganz schwer", fragte Mona.

Diese Frage hatte sie schon lange beschäftigt, doch nie hatte sich die Gelegenheit, ergeben Hilda danach zu fragen.

„Ich war vor einigen Jahren mal ziemlich am Ende und wollte eigentlich aufgeben. Meine große Liebe hatte eine andere Frau geheiratet, Geld hatte ich auch keins und im Job lief auch nichts. Da hat mich ein Bekannter zu einem Treffen, in seinen Verein, mitgenommen und ich konnte dort verschiedene Kurse besuchen. Bei diesen Lehrgängen lernte ich mein Verhalten zu ändern und so bin ich jetzt. Aber du kannst das auch so gut, du bist ein Naturtalent. Außerdem sei nicht böse aber Christoph möchte nicht, dass ich darüber spreche."

Hilda wechselte das Gesprächsthema und ließ sich auch später nicht mehr darauf ein.

Der Abend verging schnell und Mandy, Hilda und Mona verabschiedeten sich.

Nur die noch anwesenden Herren und Jens wollten etwas bleiben und später ein wenig um die Häuser ziehen. Jens hatte bereits zu tief ins Glas geschaut und dabei die bevorstehende Prüfung vergessen.
Am nächsten Morgen sollte Mona eine traurige Überraschung erleben.

XI

Auf dem Weg zur Firma sah sie Jens aus seinem Auto steigen und sie wollte schon rufen. Ihr fiel auf, sein Hemd war verknautscht und die Haare ungekämmt. Hatte er im Auto übernachtet?

Jens öffnete die Kofferraumklappe und zog sich seinen Anzug an. Dann putzte er sich mit dem Zeigefinger, als Zahnbürstenersatz, seine Zähne. Er holte einen Kamm aus der Tasche und kämmte sich.

Mona schaute entsetzt zu.

Jens bemerkte sie und winkte sie zu sich. Zuerst entstand peinliches Schweigen.

„Was ist mit dir?", fragte Mona in die Stille hinein.

„Na was soll schon sein, das siehst du doch oder nicht? Du bist klug genug um eins und eins zusammen zuzählen. Ich schlafe schon seit einer Woche im Auto und Geld habe ich keins mehr. Gestern Abend wollte ich mich nicht bloß stellen lassen und habe meinen letzten Fünfziger drauf gemacht. Ich esse seit Tagen nichts und trinke nur Kakao, weil der kostenlos ist, genauso wie das Obst. Hast du schon Geld überwiesen bekommen", fragte Jens gerade heraus.

Mona verneinte und schüttelte mit dem Kopf.

Langsam kam zwischen beiden die Unterhaltung in Gang und so erfuhr Mona den Verlauf des Abends, als sie sich bereits verabschiedete hatte.

Gemeinsam waren die Männer losgezogen und in einem Lokal angekommen, dessen Wirtin sie kannten. Einer der
 Kollegen erzählte Jens zu später Stunde, wie die Arbeitswelt in der Realität aussah. Unter sechzig Stunden pro Woche gäbe es nichts. Denn der erste Kundentermin liegt auf acht Uhr morgens, pro Termin eineinhalb Stunden, ergibt bei sechs Terminen mit An- und Abfahrt mindestens eine Arbeitszeit bis 17 Uhr.

Zu Hause musst du dann die Arbeit am Laptop noch erledigen und deine Emails checken. Aber du musst auch jede Woche donnerstags und freitags nach Frankfurt zu Schulungen und Meetings, Fazit: kein Familienleben mehr.

Der Mitarbeiter hatte Jens erzählt, dass fast alle Beschäftigten zu der Gemeinschaft der Sekte gehörten und er seit einiger Zeit auch.

Diese Vereinigung wurde in Deutschland durch Behörden beobachtet und hätte keine leichte Arbeit, in anderen Ländern sei deren Wachstum erheblich schneller.

Sie würden Menschen helfen, die sich in Krisensituationen befänden. Über verschiedene Lehrgänge oder Kurse würden sie ihre Lebenssituation verbessern.

Durch diese Schulungen erreichten, die so rekrutierten eine bessere Lebensqualität und erzielten hohen finanziellen Wohlstand.

Mona lief ein eiskalter Schauer über den Rücken, als sie seinen Ausführungen lauschte. Wie oft hatte sie sich bereits gefragt, woher diese Ruhe und Selbstbeherrschung kam, die Christoph und noch einige andere Mitarbeiter ausstrahlten. Jetzt verstand sie plötzlich Hildas Andeutung von gestern Abend.

Sollten wirklich alle zu diesem Verein gehören und auf ihre Fragen, nur mit Ausflüchten geantwortet haben, um ihre Neugierde zu wecken?

Die Frau fühlte sich benutzt und einmal mehr war sie enttäuscht von diesen Menschen.

„Und ich habe mich manchmal gefühlt als würden sie mich studieren wollen. Weißt du, als wäre ich ein Außerirdischer und sie könnten mich nicht verstehen", vertraute sie sich Jens an.

„Mona ich habe bereits vorgestern mit meiner Frau gesprochen und sie hat gesagt, ich soll nach Hause kommen. Wir wohnen vorläufig bei ihrer Tochter. Denn unsere Wohnung mussten wir aufgeben. Irgendwie geht es immer weiter", sagte er und Traurigkeit lag in seiner Stimme.

Mona wusste gar nicht, dass er die gemeinsame Wohnung aus finanziellen Gründen aufgeben musste. Nun erfuhr sie die Hintergründe der Entscheidung, die zu seiner Tätigkeitsaufnahme als Handelsvertreter geführt hatten.

Ihr wurde schlagartig klar, wie gut es war finanziell unabhängig zu sein. Im Gegensatz zu Jens war Mona bisher stets im Angestelltenverhältnis tätig gewesen. Er dagegen war bereits einige Male als Selbstständiger unterwegs und das in den verschiedensten Bereichen. Derzeitig war er als Geringverdienender bei seiner Frau beschäftigt.

Doch wie überall waren die Mitbewerber eine starke Konkurrenz, auch in diesem Bereich und deshalb hatte er sich bei der Firma Johann Muster beworben.

Die Industrie unterlag wirtschaftlichen Schwankungen und die Verbraucher sparten und verglichen Angebote viel genauer als früher.

„Meine Frau hat ein Angebot unseres ehemaligen Vorlieferanten. Die Firma will uns ein Büro anmieten und so hätten wir schon mal eine Menge Kosten gespart. Vielleicht ergibt sich eine neue Möglichkeit für uns den finanziellen Engpass zu überwinden", sprach er weiter.

„Mona geh deiner Bestimmung nach, und wenn du das Gefühl hast, das hier ist der falsche Weg, dann schmeiß es hin. Ich glaube nicht, dass du hier glücklich wirst. Für mich ist heute hier Schluss, ich gehe jetzt mit dir rein und werde Christoph meine Kündigung des Handelsvertretervertrages vorlegen", sagte er.

Damit schloss Jens das Fahrzeug ab und gemeinsam gingen sie ins Büro.

Jens nahm den direkten Weg zu Christoph und legte seinen Laptop und die Kündigung vor.

Der Ausbilder nahm die Unterlagen entgegen, dann verabschiedete er sich von ihm.

Jens umarmte Mona und Mandy und wünschte ihnen viel Glück für die Prüfung.

Als er gegangen war, schauten sich Mona und Mandy an. Sie sagten kein Wort.

In der Mittagspause gingen sie zum nahegelegenen Einkaufszentrum. Erst als sie dort ankamen, unterhielten sie sich über das Vorgefallene.

Mandy sprach leise und schaute sich vorsichtshalber um, als hätte sie den Eindruck belauscht zu werden.

„Mona, was sagst du denn zu diesen Vorgängen. Erst geht Daniel und jetzt auch noch Jens. Nur wir sind noch übrig, es ist unheimlich."

„Ich weiß noch nicht, was ich über die Situation denken soll. Doch in einem hat Jens Recht. Keiner hat bisher Lohn bekommen, denn es heißt ja Unterstützung zur Absicherung des Lebensunterhaltes oder hast du schon eine Überweisung erhalten", fragte sie geradeheraus.

Mandy schüttelte mit dem Kopf und sah die Freundin ratlos an.

„Ich brauche das Geld unbedingt, du weißt ja, wie meine finanzielle Situation aussieht. Meine Mutti hat uns schon ein bisschen geborgt aber meine Eltern haben selbst nicht viel."

„Wir wollen heute erst mal sehen, wie die Prüfung wird und dann sprechen wir noch einmal", ermutigte sie Mona.

„Aber wir reden nur noch, wenn wir allein sind. Denn sollte Jens die Wahrheit gesagt haben, können wir niemandem trauen. Nicht das Wir auch in den Verein eintreten sollen", flüsterte sie.

Am späten Nachmittag fanden die Frauen endlich die Möglichkeit mit Christoph zu sprechen. Der Tag war gut gelaufen und Marcel war sehr zufrieden mit Mona.

Für Mandy lief es nicht so gut. Doch Mona ermutigte das junge Mädchen immer wieder, nicht aufzugeben.

Egal was Mandy am Telefon versuchte, sie konnte keinen Termin bei den Kunden festmachen. Dazu kam, eine starke Erkältung, die Mandy die Arbeit erschwerte. Ihre Stimme wurde leiser und husten unterbrach oft das Telefonat.

Gegen 15.00 Uhr warf sie das Handtuch und fuhr mit Fieber und Schüttelfrost in die Pension.

„Morgen bist du wieder fit. Geh am besten in die Apotheke und hol dir etwas gegen Grippe. Dann legst du dich ins Bett und schläfst dich aus!", mit diesen Worten streichelte sie ihr über die Schulter und schob sie sanft durch die Tür.

Mona rief die letzten Firmen an und hatte bereits ein paar Termine gelegt. Dann nahm sie ihre Unterlagen und ging vom Schreibtisch zurück in den Glaskasten. Dort saß Hilda und lernte an ihrem Kundentelefonat.

„Du sollst sofort Piet anrufen. Er hätte schon mehrfach versucht euch zu erreichen.", empfing Hilda sie.

„Wie sollte er mich denn erreichen, wenn ich die ganze Zeit die Firmen abtelefoniere. Ich rufe ihn an", antwortete sie genervt.

Sie ging zu einem der vielen Schreibtische und wählte seine Nummer.

„Hallo Piet", sprach sie in den Hörer.

„Hallo Mona, schön das Du dich mal meldest." Seine Stimme triefte vor Sarkasmus.

„Was kann ich denn für dich tun", fragte Mona.

„Entschuldige, dass ich mich für euch interessiere, ich bin ja nur euer Chef", sagte er boshaft.

„Wo ist denn Mandy", fragte er weiter.

„Mandy ist krank und sie ist in die Pension gefahren. Sie hatte Fieber und Schüttelfrost. Die Kunden konnten sie beim Telefonieren nicht mehr verstehen."

„Dann rufe ich sie jetzt an.", sagte er, bestimmend wie immer.

Mona stellte sich Piet wieder als Obelix, den Racheengel, vor, ehe sie ihm antwortete.

„Sicherlich wird sie das Handy leise gestellt haben und schläft fest. Ich glaube nicht, dass sie dich hört", versuchte sie Mandy wiedermal zu beschützen.

„Das interessiert mich nicht oder wie will sie ihre Termine schaffen", fragte er herzlos. Sichtlich genervt verabschiedete sie sich von ihm. Im Gedanken schimpfte sie ihn einen Rohling.

Hilda schaute sie mitfühlend an. „Wollen wir mal mit Christoph telefonieren", fragte sie Mona.

Doch da läutete bereits das Telefon und Christoph war in der Leitung.

Mona war überhaupt nicht erstaunt. Denn diese Methode kannte sie bereits.

Hilda hatte während dessen Christoph die Situation geschildert. Nun hielt sie Mona den Hörer entgegen.

„Christoph für dich", sagte sie.

„Mona was ist denn los", fragte er mit seiner warmen ruhigen Stimme.

Schon empfand Mona wieder das Gefühl Ruhe und Entspannung in sich aufsteigen. Doch dieses Mal sollte er ihr nicht so davon kommen. Deshalb sagte sie schnell.

„Das müsste ich dich eigentlich fragen oder ist Mandy die Nächste, die gehen muss."

„Was soll das heißen?", fragte er nun.

„Nun Piet war nicht unbedingt freundlich am Telefon. Ich dachte immer wir haben einen Vertrag als Selbstständiger mit der Firma aber wir werden behandelt wie Leibeigene. Ich bin enttäuscht und weiß nicht so recht, wie ich mich verhalten soll", schleuderte sie ihm entgegen.

„Mona ich bin in einer halben Stunde bei euch. Übe mit Hilda und warte auf mich", bat er sie. Dann legte er den Hörer auf.

Hilda und Mona widmeten sich den letzten Themen, des vierten Ordners des Leitfadens, als Christoph ankam.

An Monas Blick erkannte er sofort ihren Gefühlszustand. Diese Frau war voller Emotionen, die in ihr tobten als wäre es Lava vor einem Vulkanausbruch. Ständig musste Christoph auf der Hut sein.

Die Frau hingegen beschlich die Vermutung als würde sie von ihm studiert. Ängstliche Schauer als würde sie frieren überzogen ihren Körper mit Gänsehaut. Mona konnte mit der gewonnenen Erkenntnis nichts anfangen und Unsicherheit machte sich in ihr breit.

Christoph und Hilda verständigten sich mit Blickkontakt. Dann packte sie wortlos ihre Unterlagen ein und verabschiedete sich von Mona und ihm.

„Bis morgen ihr zwei", damit verschwand sie.

Christoph setzte sich Mona gegenüber und schaute sie an.

„Wie wäre es mit einem Eis? Ich lade dich ein", fragte er die Frau, die verärgert zu ihm herüberschaute.

Mona schüttelte mit dem Kopf, dann lächelte sie.

„Wie machst du das eigentlich?", fragte sie während sie sich erhob und ihre Tasche nahm.

„Ich weiß nicht, wovon du sprichst? Aber schön, dass wir Eis essen gehen", stimmte er ihr zu und grinste.

Die Eisdiele war gut besucht und sie ergatterten den letzten Tisch im Freien.

Unter dem Schutz eines großen Sonnenschirmes löffelten sie einen Eisbecher mit gigantischen Ausmaßen. Sein Inhalt bestand aus verschiedenen Eissorten, frischem Obst und Schlagsahne.

Christoph erzählte ihr, dass er vor einigen Jahren nach Frankfurt gezogen sei und dass er vorher als Kaufmann bei einer Bank in Berlin tätig war.

„Warum hast du die Arbeit aufgegeben?"

Christoph überlegte nicht lange bevor er antwortete. Seine Worte berührten Mona. Denn er sprach in einfachen Worten und doch faszinierend, die Wahl seiner Sätze wurde unterstrichen durch den warmen Klang seiner Stimme.

„Ich habe irgendwann festgestellt, dass es lukrativer ist, mein eigener Chef zu sein. Heute habe ich die Gelegenheit an der Börse tätig zu sein und mich für Goldpreise und dergleichen zu interessieren. All das konnte ich vor meinen Wechsel zu der Firma Johann Muster nicht."

„Aber ist der Preis nicht zu hoch. Ich bin auch glücklich ohne Börse und Goldpreise. Mir reicht meine Familie und die Geborgenheit, Vertrauen, meine Freunde und mein zu Hause. Das ist wichtig für mich. Natürlich lege ich Wert auf Sicherheit und finanzielle Unabhängigkeit aber ich brauche keinen Höhenflug an die Börse", antwortete sie verblüfft.

Mit seiner rechten Hand berührte Christoph die Kette um ihren Hals.

„Diese Kette ist aus Sterlingsilber und hat garantiert einiges gekostet. Willst du nicht den Preis des Silbers kennen", fragte er nun sichtlich erstaunt.

„Nein, denn diese Kette hat für mich symbolischen Wert, ich weiß, dass sie teuer war. Mein Mann hat sie mir, vor einigen Jahren, geschenkt. Der Anhänger stellt ein Fantasietier dar und es soll Glück bringen. Siehst du, dass ist wichtig für mich, das warum und mit welchen Anliegen oder Hintergründen", dabei schaute sie ihn verständnislos an.

„Warum brauchst du einen Glücksbringer? Glaubst du das ein Anhänger, an einer Kette um den Hals dich beschützen kann?", fragte er und in seiner Stimme lag eine gewisse Herausforderung.

Deutlich konnte sie den Ton wahrnehmen.

„Christoph willst du mich herausfordern? Ich weiß nicht wohin diese Unterhaltung führen soll. Um ehrlich zu sein als Daniel verschwand hat er zu mir gesagt er hätte etwas gegoogelt und wollte es mir unbedingt erzählen. Leider hat es dieses Gespräch nicht gegeben. Deshalb habe ich selber im Internet gesucht", in ihrer Stimme lag nun auch Ablehnung.

154

„Und was hast du herausgefunden", forderte er sie zum Weitersprechen auf.

„Christoph ich weiß, dass Johann und einige andere Mitarbeiter im Verein einer Sekte sind. Mir ist das gleichgültig solange ich von eurer Gemeinschaft verschont bleibe. Ich bin und bleibe Christin, vielleicht bin ich niemand der ständig zur Kirche läuft, doch um Gott nahe zu sein, muss ich das auch nicht. Die Frage ist; was du bist?", forschte sie.

Dabei schaute sie ihn direkt in seine Augen, die wieder beinah schwarz wirkten.

In diesem Augenblick winkte der angesprochene Mann der Kellnerin und blieb ihr die Antwort schuldig.

Nachdem er bezahlt hatte, gingen sie schweigend zurück zum Auto.

Christoph war innerlich aus dem Gleichgewicht geraten. Es kostete ihn viel Mühe, ihr gegenüber nicht die Beherrschung zu verlieren. Gern hätte er ihr erklärt, wie wichtig es im Leben ist, gesund an Geist und Körper zu sein und finanziellen Wohlstand zu erreichen.

Es waren die Leitgedanken seiner Gemeinschaft und die konnten nicht falsch sein. Er musste nur Mona davon überzeugen. Doch die Stimme wollte Christoph nicht so recht gehorchen und deshalb schwieg er.

Mona interpretierte sein Schweigen ganz anders. Sie ging davon aus, dass er sie nicht verstehen wollte, und stufte ihn in die Kategorie Materialisten ein. In ihren Gedanken schalt sie sich selber, auf sein gepflegtes Auftreten kombiniert mit äußerer Gelassenheit reingefallen zu sein.

In Wirklichkeit konnte er wahrscheinlich überhaupt nicht fühlen, wie es in anderen aussah. Denn seine Gedanken und Gefühle beschäftigten sich nur mit Macht und Reichtum.

Armseliges Geschöpf, dachte sie traurig. Eigentlich hielt sie es für erstrebenswert, das Geheimnis seiner Ruhe und sein sicheres Auftreten zu erforschen, jetzt wollte sie es nicht mehr wissen.

Sie wollte diesen Preis nicht bezahlen. Ihr wurde klar, dass sie damit eine Gratwanderung machen würde, mit der ständigen Gewissheit abrutschen zu können in das Tal der Sektenanhänger.

Christoph verabschiedete sich am Hotel von ihr und trauerte der verlorenen Gelegenheit nach. Solange hatte er auf diese Frau gewartet und nun benahm er sich wie ein verliebter Teenager.

Er war sich bewusst, dass es nur noch wenige Tage waren, dann schloss sie die Ausbildung ab und er würde sie nur noch selten sehen.

XII

Am nächsten Morgen hatte Mandy noch immer starke Halsschmerzen und hustete. Trotz allem setzte sie sich an das Telefon und versuchte ihr Glück bei den Kunden.

Schräg hinter ihr saß Piet und hörte ihr zu. Mandy fühlte sich sichtlich unwohl. Mona scherzte indessen mit den Kunden.

Sie hatte sich als Ziel gesetzt, sich erst eine Tasse Kaffee zu gönnen, wenn sie drei Kundentermine vereinbart hätte.

Übermütig drehte sie sich mit ihrem Schreibtischsessel um, dabei sah sie Mandy s trauriges Gesicht. Statt zu jubeln und „geschafft" zu rufen, sagte sie.

„Ich hole mir einen Kaffee, möchtest du auch einen", fragte sie.

Mandy nickte zustimmend mit dem Kopf und flüsterte dann:

„Wie viele hast du schon?"

Mona zeigte ihr drei Finger und leise sagte sie:

„Das ist doch egal, mach dich nicht verrückt. Der Tag ist noch jung, es wird schon."

Sie versuchte wie so oft in den letzten Tagen ihr Mut zu machen.

Dann machte sie sich auf den Weg in die Küche. Als sie an Hilda vorbei kam, hörte sie das schäumende Geräusch der Kaffeemaschine und kurz darauf Hildas Stimme. Sie sprach gerade mit einem Kunden.

„Ja, dass müssen sie entschuldigen. Ich bin noch neu in der Firma und da bekommt man natürlich auch den billigsten Platz. Das zischende Geräusch kommt von der Kaffeemaschine, ich sitze direkt daneben."

Dann hörte sie Lachen und weiter ging das Gespräch, völlig entspannt als würden Freunde miteinander telefonieren.

„Was sagten sie, wann sind sie nächste Woche in der Firma besser erreichbar, Dienstagnachmittag gegen 15.00 Uhr. Dann bedanke ich mich bei ihnen.", verabschiedete sich Hilda.

Sie drehte ihren Kopf und bemerkte Mona.

„Hallo Süße", begrüßte sie die Kollegin.

Mona lächelte und erwiderte ihren Gruß.

So war Hilda, einfach gestrickt, freundlich, fleißig und immer gut gelaunt.

„Musst du auch Kaffee haben oder hast du ihn dir noch nicht verdient", neckte sie Hilda.

„Du hast mich doch nicht etwa belauscht oder? Warst du schon rechtschaffen und fleißig oder gibt es für dich am Ende nur heißes Wasser?", alberte Hilda herum.

„Wie läuft es denn bei Mandy? Geht es ihr heute besser", fragte sie weiter mit echtem Interesse und erhob sich.

Gemeinsam gingen beide Frauen zum Kaffeeautomaten. Mona blickte sie traurig an und sagte.

„Mandy hat einfach kein Glück und dann quält sie noch die Grippe. Außerdem sitzt Piet hinter ihr und lässt sie nicht aus den Augen. Ich weiß nicht, woran es liegt, sie ist höflich und versucht zu scherzen aber sie bekommt keinen Termin aufs Papier."

„Du machst das richtig und lass dich nicht *von* ihr anstecken. Denke daran die Kunden, haben ganz feine Sensoren und mit denen spüren sie noch vor dir, wenn etwas nicht stimmt. Du machst keine Termine, wenn der Kopf nicht frei ist oder du bist verkrampft. Mach mit ihnen Spaß und erzähl mal einen Witz. Das Leben ist für alle Hart genug, da will sich keiner mit deinem persönlichen Leidensweg beschäftigen.", erklärte sie Mona.

Mit duftendem Kaffee ausgerüstet gingen sie an ihre Plätze zurück:

„Ich glaube, nur wir zwei werden zum Ende der Ausbildung übrig sein. Egal wie oft ich dir beim Telefonieren zugehört habe. Du gehst auf den Kunden ein und gibst ihm das Gefühl ganz nah bei ihm zu sein. Mona lass dich nicht von ihr anstecken", ermahnte Hilda sie.

Spät am Nachmittag kam Christoph und schaute nach seinen Rekruten. Mandy konnte keine Erfolge verzeichnen und sie begann, an sich selbst zu zweifeln.

Christoph sah auf Monas Telefonstatistik und sah sieben Termine. Lobend hob er den Daumen und lächelte.

„Wir treffen uns gegen 17. 00 Uhr im Aquarium", sagte er in die Runde.

Hilda machte Feierabend, sie brauchte an dem Treffen nicht teilnehmen. Denn ihre Ausbildung dauerte noch an und so gingen nur Mandy und Mona zu ihrem Anleiter.

Mona hatte einen Becher Fruchtmilch in der Hand und trank genüsslich die süße Flüssigkeit. Damit belohnte sie sich für den anstrengenden Tag.

„Warum trinkst du so etwas", fragte Christoph. Als er sah, wie sie den Becher vom Mund nahm.

„Weil es mir schmeckt", antwortete Mona ehrlich.

„Milch ist ein Produkt aus den Brüsten der Mütter, um ihren Nachwuchs damit aufzuziehen. Das ist der Sinn der Milch und nicht zu Genusszwecken", erklärte er besserwisserisch.

Mona sah ihn teils belustigt, teils entsetzt an bevor sie zu einer Antwort fähig war.

„Das ist jetzt nicht dein Ernst Christoph. Was hast du heute eingeworfen? Vielleicht solltest du mir etwas davon geben. Ich finde die Stelle zum Lachen gerade nicht." Scharf und ohne Verständnis war ihre Stimme. Ihre Augen sahen ihn prüfend und ernst an. Dann wartete sie auf seine Reaktion.

Völlig entgeistert starrte er sie an.

„Mona, ich glaube du misst der Sache zu viel Bedeutung bei", unternahm er den Versuch zum Rückzug.

„Ich muss sowieso noch mit dir sprechen. Was wolltest du von uns?"

Damit beendete sie das Gespräch und sah zu Mandy.

Christoph sah ebenfalls zu der jungen Frau und fragte sie nun.

„Mandy, was glaubst du, woran es liegt, dass du heute keine Termine gemacht hast?"

Das Mädchen ging sofort in die Offensive und reagiert heftig.

„Ich weiß nicht, was ich falsch gemacht haben soll. Du kannst Mona fragen, ich war freundlich und habe versucht zu scherzen, aber nichts hat funktioniert. Meistens bin ich gar nicht bis zum Entscheider vorgedrungen. Die Empfangsdamen haben mich nicht verbinden wollen und hatte ich mal jemanden der mein Ansprechpartner gewesen wäre, bin ich sofort abgewimmelt worden. Du kennst doch die Sprüche haben wir schon, brauchen wir nicht und so weiter."

Christoph hörte ihr schweigend zu und ermutigte sie immer wieder weiter zu sprechen.

Mandy sprudelte nur so aus sich heraus.

„Vielleicht lag es daran, dass Piet die ganze Zeit hinter mir saß und gelauscht hat, was ich sage. Ich bin auch total erkältet aber das interessiert ja überhaupt nicht. Nur Kundentermine erhalten, mehr zählt nicht für den. Geld habe ich auch noch nicht erhalten und der Monat ist längst um. Mein Auto muss getankt werden und ich habe fest mit der Überweisung gerechnet", überschlug sich ihre Stimme.

Erschüttert sah Mona, wie sich das aufgebrachte Mädchen um Kopf und Kragen redete.

Christoph griff nicht ein. Als Mandy geendet hatte, sagte er mit seiner bekannten Gelassenheit.

„Vielleicht solltest du einmal aufschreiben, was dich bedrückt. Du fährst jetzt in die Pension, dann nimmst du ein Blatt Papier und schreibst alle Gründe auf, die deiner Meinung nach dafür verantwortlich sind, dass du heute keine Termine gemacht hast. Morgen gibst du sie mir bevor du zu telefonieren beginnst."

Schockiert sah Mandy zu Mona. Dann packte sie ihre Unterlagen zusammen und verabschiedete sich. Als sie an Mona vorbei ging, flüsterte sie ihr zu.

„Wir telefonieren, wenn du im Hotel bist."

Mona setzte sich Christoph gegenüber an den Tisch und schaute ihn an.

Seine gepflegten Hände ruhten vor ihm auf der Schreibtischunterlage. Er wartete darauf, dass Mona etwas sagte. Doch sie schwieg zunächst und musterte ihn.

„Christoph ich muss bereits morgen Nachmittag nach Hause fahren", begann sie das Gespräch.

„Warum? Sagst du mir den Grund", fragte er und schaute in ihre Augen.

„Wenn du nicht belogen werden möchtest, fragst du nicht nach dem Grund und akzeptierst meine Entscheidung", antwortete sie betont beherrscht.

Seine Pupillen färbten sich fast schwarz und sogar das weiße seiner Augenäpfel zeigte sich blutunterlaufen. Er lag auf der Lauer und sie war die Beute. Sein Blick forschte in ihr.

„Du bist so anders, wie kommt das", unternahm er den Versuch sie auszuhorchen.

Mona sah prüfend in seine Augen, bevor sie entgegnete.

„Ich fühle mich auch manchmal so, anders als ihr seid. Denn ich spüre die Blicke mancher Mitarbeiter, auf mich geheftet, sobald ich ihnen begegne egal an welchen Ort."

„Wie bist du eigentlich auf unsere Firma gekommen um dich zu bewerben", wollte er wissen und sein Gesicht machte einen nachdenklichen Eindruck.

„Ich war wirklich auf der Suche nach einer neuen Herausforderung. Einen guten Job zu finden ist schwer und ihn dann auch noch zu erhalten beinah gigantisch. Beim Surfen im Internet fand ich deine Anzeige im Sozialnetwork. Den Rest kennst du ja schon", erklärte sie.

„So war das also und warum musst du morgen nach Hause", hakte er nach.

„Netter Versuch", Mona hatte sein Spiel durchschaut und lächelte.

Sie lehnte sich in ihrem Sessel zurück und lachte.

„Christoph, du bist unverbesserlich aber ich bin beeindruckt. Ich habe etwas Privates zu erledigen, von Freitag bis Sonntag findet ein Workshop statt und an diesem werde ich teilnehmen", begründete die Frau ihr Verhalten.

Ihre Worte waren bestimmend. Christoph stellte fest, dass die Entscheidung für Mona längst gefallen war und jeder Einwand seinerseits vergeblich war. Dieses Spiel würde er verlieren, erinnerte ihn seine innere Stimme.

Da saßen sich zwei Menschen gegenüber verschieden und doch so ähnlich.

Beide in ihren schwarzen Anzughosen, er im weißen Hemd, sie im weißen Shirt, mit dunklem Haar und fast schwarzen Augen, die nun den anderen anstarrten.

Die Stille um sie herum war hörbar und plötzlich wurde beiden schmerzhaft bewusst. Alle anderen waren bereits gegangen, sie waren allein.

Vereinsamt standen die Schreibtische, mit den vielen Telefonen und Headsets im großen Büro. Nur eine Stehlampe leuchtete einsam. Christoph hatte sie eingeschaltet, als er zum Glaskasten ging. Jetzt erhellte sie den dunklen Raum, wie ein einziger Stern am schwarzen Nachthimmel.

Im Aquarium brannten dagegen erbarmungslos die Leuchtstoffröhren. Ihr weißes kaltes Licht kroch in jede Ecke und ließ keine Schatten zu.

Erschreckt sahen beide gleichzeitig zur Uhr.

„Ich werde besser gehen und auch du siehst müde aus. Ein paar Stunden Schlaf könnten dir nicht schaden", sagte Mona mit ehrlicher Anteilnahme.

„Du bist eine außergewöhnliche Frau, weißt du das eigentlich", nahm Christoph das Gespräch wieder auf.

„Ich bin nur jemand, der realistisch ist. Vielleicht habe ich schon zu viel erlebt und wurde etwas abgehärtet. Aber außergewöhnlich bin ich nicht", erwiderte sie kopfschüttelnd.

„Für mich war diese Woche auch schlimm. Am Montag lief mir ein kleines Reh ins Auto, es war schrecklich", begann Christoph zu erzählen.

Mona hörte ihm schweigend zu.

Plötzlich war hinter dem harten Verkäufer, dem materialistischen Denker, ein Mensch mit Gefühlen sichtbar geworden.

Sie lauschte und erlebte zum ersten Mal nicht den Anflug von Angst in seiner Nähe. Mona empfand nicht hin und hergerissen zu sein, angezogen von einem Strudel der Gefühle und abgestoßen von der Angst des Unbekannten, sondern Wärme und Behaglichkeit.

„Das Leben geht nicht immer gerade aus, wie die Autobahn. Wir dürfen unser Ziel nie aus den Augen verlieren. Auch wenn es für dich schwer nachvollziehbar ist.

Piet musste euch heute überprüfen. Denn ohne Termine beim Kunden, kein Geschäft und ohne Geschäfte keine Provision", zog er den Gesprächsbogen auf den Tag zurück.

„Ich gebe dir völlig recht, doch etwas weniger plumpes Vorgehen, man nennt es auch Taktgefühl, wäre gut gewesen", konterte Mona.

„Außerdem Christoph habe ich mir meine eigenen Gedanken zu meiner Tätigkeit hier gemacht. Ich weiß nicht, ob ich bleiben werde. Die vermasselte Prüfung, ich bin seit Ewigkeiten nicht mehr so ausgerastet. Die ganze Zeit über stand meine Arbeit hier unter einen schlechten Stern", klagte sie sich selber an.

Traurig kam sie zum Ende.

„Es ist zu vieles schief gegangen in letzter Zeit und irgendetwas in mir weigert sich meine Arbeit hier fortzuführen. Ständig diese Machtkämpfe unter euch und wir Rekruten sind die Trophäen. Einfach ekelhaft, ich habe dazu keine Lust und auch keine Zeit, wie du siehst. Deshalb ist es wichtig für mich nach Hause zu fahren, an der Veranstaltung teilzunehmen und mich nicht ständig mit euch beschäftigen zu müssen."

„Mona gib nicht auf. Du kannst hier alles erreichen. Ich bin immer für dich da", während dieser Worte stand er auf und kam zu ihr. Seine Hand streichelte sanft über ihre Schulter.

Schnell stand Mona auf und entzog sich ihm.

Noch ein Grund hier zu verschwinden. Denn es darf nicht sein, ich bin eine verheiratete Frau. Dachte sie verschreckt.

„Bis morgen und versuch zu schlafen", rief sie Christoph zu, als sie zum Lift eilte.

Christoph hatte dieser Frau in letzter Zeit oft hinterher-geschaut und so stand er auch jetzt wieder am Fenster. Er sah sie in der Dunkelheit verschwinden und hörte den Klang ihrer Absatzschuhe immer leiser werden.

Gedankenverloren starrte er in die schwarze Nacht und in seinem Körper kochte das Blut. An eine Trennung wollte er nicht denken, hatte er sie noch nicht einmal besessen. Tief sog er die frische Luft, die zum Fenster hereinströmte, in seine Nase.

Er glaubte ihren Duft zu riechen und fühlte ihre weiche warme Haut, noch an seiner Hand. Christoph wurde klar, er wollte Mona unbedingt, mehr als alles andere auf der Welt. Damit stand er im Zwiespalt zu den Lehren seiner Glaubensgemeinschaft.

Eine Beziehung zu einem anderen Partner war nur wichtig zum Zwecke des Überlebens und der Fortpflanzung.

Körperliches Begehren, Freude am Körper des Anderen empfinden und geben, darüber hatte er noch nicht re-cherchiert.

Treue wurde in der Partnerschaft als wichtig erachtet. Sie hatte jedoch den Stellenwert erhalten, würde ein Partner zu oft wechseln, sich zu schützen

Als kranker Mensch war man nicht leistungsfähig und erreichte damit keinen finanziellen Wohlstand. Krankheit wurde als Schwäche betrachtet und dafür wurde man bestraft.

Wild rasten die Gedanken durch den Kopf des Mannes und er musste sehr viel Energie aufbringen, um sich zu konzentrieren.

Christoph verstand nicht, warum Mona so völlig anders tickte und an Werten festhielt, die keinerlei Sicherheit boten.

Liebe, Vertrauen und Verständnis standen im Gegensatz zu Profit und persönlichen Wohlergehen. Gewinne erzielen gehörte zu den obersten Zielen, Erfolg verbuchen hieß das Konzept.

Mona wollte nie im Mittelpunkt stehen, sie gab lieber als sie nahm und ihre persönlichen Wünsche stellte sie nicht in den Vordergrund.

Natürlich stellte Mona nie leichtfertig ihre Gesundheit aufs Spiel und achtete auf eingepflegtes Äußeres. Für sie zählten solche Dinge zu der Normalität im täglichen Leben.

Christoph lebte hingegen bewusst gesund und achtete akribisch auf richtige Ernährung und Bewegung.

Seine äußere Erscheinung war stets gepflegt. Die Bügelfalte seiner Hose lief kerzengerade und war die Einzige, die er in seinem Outfit duldete.

Kein widerspenstiges Haar verweigerte die Frisur und sein Gesicht war glatt rasiert. Noch nicht einmal, eine vorwitzige Bartstoppel wagte sich auf die Haut, sofort wäre es entfernt worden.

Dieser Mann war peinlichst darauf bedacht, alles zu tun, um gesund an Geist und Körper zu sein. Denn das waren sein wichtigstes Gut und der höchste Einsatz im Streben nach Profit.

Unterschiedlicher konnten zwei Menschen nicht sein.

Für Mona waren der Einklang und die Harmonie von Körper und Geist selbstverständlich, um täglich das Leben zu meistern.

Sie neigte mitunter zu Harmoniesucht, dass zeigt sich jetzt auch in ihrer Ehe. Hätte sie sich der Alkoholsucht ihres Mannes gestellt und nicht feinsäuberlich unter den Teppich gekehrt, wären ihre Probleme heute bei weitem geringer.

Sie war ihren Kindern ein Vorbild, bestrebt eine gute Mutter zu sein und ihrem Ehemann eine liebe Frau. Als selbstständiger Mensch bewahrte sie sich ihre finanzielle Unabhängigkeit in dem Sie arbeiten ging.

Mona naschte gern auch mal ein Stück Schokolade. Sie lebte nach der Devise alles ist in Massen erlaubt zu essen, was den Körper nicht schadet. So sah auch ihr täglicher Kochplan aus. Essen war für sie ein Genuss.

Manchmal kam Christoph zu ihr und sie hatte wieder kleine Schokoriegel auf ihrem Tisch verteilt. Dann sah er sie vorwurfsvoll an. Christoph konnte so etwas nicht passieren, stets standen Nüsse auf seinem Schreibtisch zum Naschen.

Einmal fragte er Mona:
„Warum isst du Schokolade so gern? Der Zucker schadet den Zähnen und die vielen Kalorien machen dick."
Schlagfertig antwortete Mona ihm:
„Hätte Gott gewollt, dass ich mich von Nüssen ernähre, wäre ich als Eichhörnchen auf die Welt gekommen. Ab und zu ein bisschen Schokolade macht glücklich. Es wurde wissenschaftlich bewiesen, dass Schokolade das Glückshormon ausschüttet. Weißt du aber sicher oder?"
Entsetzt über diese Aussage stand er vor ihr, unfähig ein Wort zu sagen.
„Koste mal Christoph!", forderte sie ihn auf. „Vielleicht kannst auch du dann zur Abwechslung mal lachen.", ergänzte sie und reichte ihm einen Riegel. Dabei zwinkerte sie ihn ermunternd zu.
Tatsächlich nahm Christoph die Süßigkeit und verspeiste sie, unwillkürlich musste er dabei lachen.
„Geht doch!", sagte Mona und grinste.

„Wäre ich dein Leibarzt, würde ich dir täglich eine Tafel davon verordnen, nur um deinen Gesichtsmuskel an den Zustand des Lachens zu gewöhnen. Du weißt ja - üben, üben, üben- und plötzlich kannst du es."

Christoph dachte über die Frau nach, die so viel Verwirrung in seinem Leben stiftete und eine Achterbahnfahrt mit seiner Gefühlswelt veranstaltete.

Währenddessen war Mona im Hotel angekommen, hatte geduscht und sich eine Banane genommen. Das sollte ihr Abendessen sein.

Sie schaute zur Uhr und überlegte, ob sie noch zu Hause anrufen konnte oder ob schon alles schlief.

Franzi wartet, dachte sie und wählte entschlossen die Telefonnummer.

„Hallo Mama, hast du so lang gearbeitet?"

„Na Franziska liegst du schon im Bett? Hoffentlich habe ich dich nicht geweckt. Freust du dich auf morgen Abend? Was hast du denn heute gemacht", fragte die Mutter.

„Ach was soll ich schon Wichtiges machen. Voll Langweilig ohne dich. Aber morgen bist du ja wieder da. Ich habe mir überlegt zu kochen extra für dich Mama", plapperte das Kind drauflos.

Sie wurde in ihrem Redeschwall nur durch Gähnen unterbrochen. Ihre Mutter konnte es deutlich hören.

„Das wäre gut. Du bist müde und es ist schon spät. Wir hören jetzt auf, denn morgen um die Zeit kannst du mit mir so viel reden, wie du magst. Ist Papa schon im Bett?"

Damit verabschiedete sie sich von ihrer Tochter und wählte Freds Nummer.

„Hallo Schatz. Schläfst du schon? Ich wollte dir nur kurz Bescheid geben, dass bei mir alles in Ordnung ist. Mit meinem Anleiter habe ich gesprochen. Es ist alles geklärt, ich komme morgen Abend. Sobald ich losfahre, rufe ich dich an", erklärte sie ihrem Mann.

„Gut, dann ist ja alles geregelt. Hast du bis jetzt gearbeitet", fragte Fred.

Seufzend   antwortete   sie: „Ja, ich bin vor einer halben Stunde aus dem Büro gekommen und habe schnell geduscht und mir eine Banane genommen. Für meine Figur ist das eine gute Diät."

„Nur noch ein Tag, dann hast du es erstmal geschafft und bist erst mal zu Hause. Schlaf gut und alles Gute für morgen.

Fred hatte nicht getrunken, registrierte Mona erfreut. Vielleicht könnte er doch den Absprung von seiner Alkoholsucht schaffen, wünschte sich die Frau.

Sobald sie nach Hause kommen würde, würde sie sich diesem Problem stellen und nicht mehr weglaufen.

Wie sagte Stefanie immer zu ihr.

„Mona, Gewitter reinigen die Luft. Weißt du doch oder?"

Genau so wollte sie es machen. Fred musste doch zur Vernunft kommen und sich helfen lassen.

Früher konnten sie auch alles besprechen. Ein Versuch wäre es auf jeden Fall wert.

XIII

Am nächsten Tag war Mona bereits früh im Büro.

Sie wollte mit Marcel sprechen, das hatte Christoph gestern Abend von ihr gefordert. Mona musste Marcel selber von ihrer verfrühten Abreise in Kenntnis setzen.

Bevor die Frau zu ihrem Schreibtisch ging, nahm sie den direkten Weg zum Schreibtisch ihres Bereichsleiters.

Marcel telefonierte und zeigt mit einem Finger auf den Stuhl ihm gegenüber. Er deutete Mona sich zu setzen.

Als er das Gespräch beendet hatte, lachte er Mona zu und begrüßte sie freundlich.

„Hallo alles klar bei dir?", fragte er direkt.

„Marcel, du weißt ich habe nicht viel für Small Talk übrig, darum lasse ich es auch jetzt weg und komme direkt zu meinem Anliegen. Ich werde heute spätesten 17 Uhr Frankfurt verlassen. Denn Morgen, Samstag und Sonntag findet ein Workshop statt an dem Ich teilnehme. Ab Montag bin ich wieder im Dienst."

Ihr Vorgesetzter liebte diese offene gerade Art an ihr. Bei dieser Frau wusste er immer, woran er war, sie war frei von Falschheit und Lüge.

„Wie viele Termine hast du bisher gemacht", fragte der Mann.

„Ich habe bis jetzt 16 Kundentermine", antwortete sie ehrlich.

„Gut, dann machst heute noch acht und alles ist in bester Ordnung. Mona solltest du Fragen haben oder Hilfe brauchen komm zu mir."

„Danke und auch für dein Verständnis."

Gut gelaunt, eine Melodie summend durchquerte sie den Raum und setzte sich an ihren Schreibtisch.

Mandy kam mit geröteten Augen und schniefender Nase in das Büro. Sie stellte ihre Tasche auf die Schreibtischplatte und drehte sich zu ihrer Freundin um.

„Mir geht es noch immer nicht gut. Wann bist du gestern ins Hotel gekommen? Ich bin direkt ins Bett, als ich in der Pension angekommen bin", erklärte sie mit heiserer Stimme.

Dann nahm sie ein paar beschriebene Blätter aus der Tasche und zeigte sie Mona.

„Habe ich heute Morgen geschrieben. Alles, was mir auf der Seele brennt, steht da drauf. Ich bringe meine Notizen jetzt zu Christoph mal sehen, was er dazu sagt", damit ging sie.

Mona sah ihr hinterher und dachte bei sich, hoffentlich hast du mit Bedacht gehandelt.

Dann ging sie zum Wasserspender und dort traf sie Hilda.

„Hallo Süße, ich habe schon von deinen Erfolgen am Telefon gehört. Du wirst ja Rekord verdächtig. Machen wir wieder ein kleines Spiel", fragte sie und der Schalk blitzte in ihren Augen.

„Kein Problem. An was hattest du gedacht", erkundigte sich Mona.

„Wer zuerst drei hat, holt Kaffee und vorher gibt es nichts."

„Gut, aber denke daran ich bin älter und habe bereits Artenschutz. Außerdem soll ich heute acht machen, sagt Marcel und das Ganze bis 16 Uhr. Du weißt ja, dass ich danach sofort losfahren muss, denn sonst stehe ich wieder im Stau.", alberte sie mit der Kollegin.

„Oh", stöhnte Hilda jetzt theatralisch und ahmte eine alte Frau am Stock nach.

„Dann leg mal los, alte Frau!", scherzte sie.

„Bis dann junges Ding!", rief Mona hinter ihr her.

Mandy kam etwa eine halbe Stunde später zurück. Mona hatte ihr Headset auf und war im Kundengespräch. Gerade sagte sie.

„Ja diese Probleme kenne ich. Meine Tochter ist auch in diesem Teenie Alter, da ist man als Mutter ziemlich gefordert."

„Gut Frau Meier, ich verabschiede mich und treffe sie und ihren Chef nächste Woche am Mittwoch, gleich acht Uhr. Ich bringe die Brötchen mit und wir besprechen alles in Ruhe. Wiederhören", sprach Mona weiter.

„Jetzt sag nicht du hast den Termin festgemacht mit Brötchen essen und Frühstück", fragte Mandy entsetzt.

„Doch", lachte Mona sie an.

„Es war ganz einfach, na und wegen drei Brötchen ist ja kein Staatsakt oder? Alles wieder gut bei dir", erkundigte sie sich mit ehrlicher Besorgnis in den Augen.

Mandy winkte ab.

„Christoph hat gesagt, ich soll heute einfach ganz neu starten, ohne nachzudenken. Dann wird es schon gehen. Hoffentlich hat er recht."

„Kopf hoch, das schaffst du schon. Du weißt ja neues Spiel, neues Glück", ermunterte sie ihre kranke Freundin.

Gegen Mittag kam Piet zu Mandy und bat sie in den Glaskasten.

Irritiert sah Mandy Hilfe suchend zu Mona. Die Frau gab ihr mit den Augen ein Zeichen und nickte ihr zu.

Doch als Mandy zurückkehrte, sah sie traurig aus und die letzte Spur Selbstvertrauen war von ihr gewichen.

„Was ist", forschte Mona sofort.

„Ich darf nicht mehr in meinem Einzugsbereich telefonieren und muss Firmen in Piets Bereich anrufen. Er will sehen, ob ich mit der Mentalität an der Küste besser zurechtkomme.", antwortete sie traurig.

Mandy war sichtlich betroffen. Sie tat Mona leid. Deshalb stand sie auf und ging zu ihrem Schreibtisch. Dort nahm die mütterliche Freundin sie in den Arm.

„Nicht aufgeben. Es wird schon wieder", versuchte sie das Mädchen aufzubauen.

Christoph kam geradewegs auf die beiden Frauen zu und sah das Bild, als Mandy sich an die Schulter der Frau kuschelte, die er begehrte.

Mona sah den Mann wütend an und zornige Blitze schossen ihm, aus ihren Augen, entgegen. Die Frau kämpfte sichtbar mit ihrer Beherrschung. Sie glaubte jeden Moment zu platzen vor Entrüstung.

Ganz zufällig naht der Retter, dachte Mona.

„Christoph weshalb bin ich über dein Erscheinen nicht verwundert", fragte sie deshalb bissig.

Mona wollte ihn verletzen, er sollte den Schmerz genauso empfinden, wie Mandy ihn spürte.

„Warum sagst du so etwas", fragte er Mona und Unbehaglichkeit machte sich breit.

„Weil es immer so ist. Erst sucht sich einer ein Opfer und dann kommst du der große Retter. Dir fehlen nur das weiße Pferd und die schimmernde Rüstung. Naja vielleicht bist du auch Phönix und steigst aus der Asche. Komisch finde ich die Nummer leider nicht mehr."

„Mandy was wollte Piet denn von dir? Wir hatten doch heute Morgen alles besprochen oder", wandte er sich nun an das Mädchen.

„Er hat mir gesagt, dass ich so nicht weiter machen kann und jetzt muss ich für ihn Kundentermine machen. Damit er überprüfen kann, was ich falsch mache", schluchzte sie.

„Ich werde das klären", versprach er und verschwand.

Für Mandy war es bereits zu spät. Sie war zerbrochen und hatte ihr Selbstvertrauen verloren.

Mona streichelte der jungen Frau noch einmal über das Haar und machte sich wieder an die Arbeit.

Erst am Nachmittag hatten die Frauen und Christoph wieder Gelegenheit miteinander zu sprechen.

Mona hatte sechs Termine festgemacht und wollte sich gerade von Marcel verabschieden als Christoph dazu kam.

„Warum hat Mona weder Kundengeschenke noch die komplette Ausrüstung?", fragte Marcel ihn.

Christoph war die Antwort peinlich und er suchte nach den geeigneten Worten.

„Ich werde ihr verschiedene Sachen mitgeben und den Rest erhält sie am Donnerstag. Dann ist sie ja wieder in der Zentrale.", versuchte er die Situation zu entschärfen.

Mona sah ihn prüfend an und sie wurde den Verdacht nicht los, dass er sie gar nicht gehen lassen wollte und sich deshalb nicht um ihre Ausrüstung gekümmert hat.

Sie nahm sich vor ihn bei der nächsten Möglichkeit anzusprechen.

„Mona, du verabschiedest dich auf jeden Fall von mir", sagte er höflich.

Während Mona die Kundengeschenke und Präsentationsmappen in ihrem Auto verstaute, lief Christoph wie ein gefangener Tiger auf und ab.

Die Stunde des Abschieds rückte unaufhaltsam vor. Er konnte sie nicht aufhalten und das machte ihn nervös.

Mona hatte sich von allen verabschiedet, es fehlte nur noch ihr Ausbilder. Dann konnte sie losfahren.

Sie ging zu seinem Schreibtisch und schaute sich um. In diesem Moment kam Christoph ihr entgegen. In seinen Augen lag Traurigkeit, ein Anflug des Abschiednehmens, spiegelte sich in ihnen.

Einen stummen Augenblick schauten sie sich an. Dann zog Christoph sie in seine Arme und drückte Mona fest an sich, als wollte er sie nicht mehr loslassen. Er hielt sie fest wie einen kostbaren Schatz.

Denn er fühlte, dass es ein Abschied für lange Zeit würde, wenn sie jetzt geht. Der Mann fühlte die Angst in sich aufkeimen. Langsam streichelte er ihr sanft über das Haar und flüsterte.

„Mona rufe mich jeden Tag an, bitte. Ich möchte immer wissen, ob dein Tag gut oder schlecht war. Waren die Kundentermine erfolgreich und selbst deine Schwachstellen erzählst du mir. Versprich es."

Benommen sah Mona ihn an. Sie erkannte, in dem sonst beherrschten Gesicht, Furcht und Unsicherheit aufblitzen. Seine schönen dunklen Augen färbten sich wieder schwarz. Sie hatte den Farbwechsel oft bei ihm beobachtet, immer in den Momenten, in denen er hoch konzentriert war.

Plötzlich fühlte sie den Schmerz, als sich ihr Herz krampfhaft zusammenzog und auch ihr wurde klar, es wird ein Abschied für lange Zeit oder vielleicht für immer.

„Christoph, wir sind nicht allein im Büro, du hältst mich schon so lange fest, dass alle um uns herum aufmerksam geworden sind. Lass mich bitte los", flüsterte sie an seine Brust.

„Bis bald und gute Fahrt. Melde dich am Montag bei mir", sagte er.

Mit einem Blick stellte er fest, dass die Blicke der Herren an den umstehenden Schreibtischen auf ihn gerichtet waren.

Scham stieg ihn in die Wangen und er fühlte sich ertappt, als hätte er ein verbotenes Terrain betreten.

Mona lächelte ihm zu und verabschiedete sich ihrerseits, dabei stellte sie sich auf die Zehenspitzen und schlang die Arme um ihn. Sie drückte ihn noch einmal. Dann machte sie kehrt und ging. Sie drehte sich nicht mehr um.

Am Auto stand eine weinende Mandy und erwartete sie bereits.

„Hey was machst du für ein Gesicht. Nächste Woche bist auch du beim Kunden und am Donnerstag sehen wir uns schon wieder. Wir können gern jeden Abend telefonieren, wenn du magst. Lass dir nichts gefallen Kleine", ermutigte sie das Mädchen.

Mandy drückte Mona ganz fest an sich.

„Ich schreibe dir heute Abend eine SMS, wie der Tag war und wie viele Termine ich habe. Morgen auf der Rückfahrt nach Berlin können wir telefonieren. Du weißt ja, dann haben wir keine unsichtbaren Zuhörer", versprach Mandy ihr.

Mona startete den Motor und lenkte das Fahrzeug Richtung Autobahn.

Sie atmete tief durch, ließ das traurige Gefühl des Abschieds hinter sich und schaute nach vorn. Dort lagen ihr Leben und ihre Wurzeln bei ihrer Familie.

Von nun an würde sie Christoph nur noch Donnerstag und Freitag sehen. Mit ein bisschen Glück könnte sie ihm aus dem Weg gehen, das vereinfachte die Dinge.

Mona erkannte in dem Augenblick als Christoph sie in den Armen hielt, dass es nur eine gewisse Zeit dauern würde und sie hätte die Gratwanderung verloren. Es wäre ein Absturz in seine Welt geworden und das war keinesfalls ihr Ziel.

Eines Abends im Hotel hatte sie lange mit ihrer besten Freundin Stefanie telefoniert. Die beiden Frauen unterhielten sich ganz offen und ehrlich über dieses Problem und Mona hatte ihr wieder einmal ihr Herz ausgeschüttet.

Urplötzlich sagte Stefanie.

„Du bist schon zu weit gegangen. Denn, wenn du anfängst, über einen anderen Mann nachzudenken ist es beinah schon zu spät. Mach einen Schlussstrich, bevor du nicht mehr Herr der Lage bist. Das deine Ehe nicht läuft, begünstigt die Sache noch."

„Du hast recht, Stefanie", stimmte Mona ihr zu.

Sie hatte sich die Warnung der Freundin zu Herzen genommen.

Zuerst mal zu Hause alles richten, gegebenenfalls die Trennung und danach konnte sie ganz neu starten.

Mit allen diesen Gedanken belastet, fuhr Mona auf der Autobahn nach Hause. Sie hörte leise Musik und die Stimme aus dem Navigationsgerät lotste sie um jeden Stau.

XIV

Zu gleicher Zeit saß Christoph an seinen Schreibtisch und war in seine Gedanken versunken.

Er erkannte zu spät, dass die Frau, die er so sehr wollte, ging. Die Gelegenheit war verstrichen ihr zu sagen, was er für sie empfand.

Jede ihrer Bewegungen hatte er beobachtet und in sich aufgenommen, um sie immer wieder vor seinem geistigen Auge abzuspulen.

Der Mann fühlte sich wie ein Reisender zwischen zwei Welten.

In der einen Welt gab es Mona, ein Wesen, das sein Herz berührte. Stets war sie von Lachen und Freude umgeben. Er liebte es ihr zuzusehen, wenn sie wütend ihren Kopf hob und hörbar die Luft einsog. Mit stolzer Miene sah sie ihn an und ihre Augen konnten Funken sprühen.

Sogar ihre trotzige und widerspenstige Art faszinierte ihn. Nie würde diese Frau sich unterwerfen. Ihr Geist war frei und ungebrochen, wie ein wildes Pferd in freier Wildnis.

Immer wieder schaffte sie es, ihn völlig aus seiner erlernten Ruhe zu bringen. All das vermisste er jetzt schon. Doch am meisten fehlte ihm ihr Lachen.

Die andere Welt beinhaltete sein bisheriges Leben in seiner Glaubensgemeinschaft. Klare Regeln, klare Grenzen, die stets eingehalten wurden.

Im Gegenzug dafür die Gewissheit auf ein Leben ohne finanzielle Nöte. Jeder Tag war planbar. Denn es war anhaltend der gleiche Ablauf, bestehend aus Arbeit, körperliche und geistige Pflege seines Wesens und natürlich den Lehrgängen, die ihm eine Flut von Wissen brachten und strengstens eingehalten werden mussten.

Kein Auf und Ab der Gefühle, wie in der Achterbahn. Bei seinen Überlegungen stellte er fest, in dieser Welt beschäftigte er sich nur mit sich selbst und allem, was in Geld ausgedrückt werden konnte.

Diese Welt umfasste auch seine Freunde mit denen er schon bereits viele Jahre zusammenarbeitete. Der Weg seiner Religion konnte doch nicht unehrlich sein. Denn sonst wären alle in die falsche Richtung gegangen.

Er konnte sich die Frage nicht beantworten, worin der Sinn seines Lebens lag.

Hatte er versäumt, die Frau seines Herzens zu suchen.

Vor einigen Jahren hatte er eine Kundin geschwängert und sie daraufhin geheiratet. Mit Liebe hatte das, seiner Meinung nach nichts zu tun. Die Glaubensgemeinschaft legte Wert auf Familien, sie bestand ziemlich zu gleichen Teilen aus Männern und Frauen.

Christoph nahm es hin und versuchte das Beste aus dieser Verbindung zu machen. Da es eine Regel seines Glaubens war, hinterfragte er nichts. Natürlich ging diese Ehe schief.

Er hatte sich schon öfters gewundert, dass viele seiner Glaubensbrüder von ihren Frauen getrennt oder in Scheidung lebten. Manche von ihnen besuchten ihre Partner auch in Therapiekliniken, da sie der Alkoholsucht verfallen waren.

Unweigerlich schob sich Monas Bild zwischen diese Grübeleien.

Was sie wohl dazu sagen würde, dachte er.

Sie würde ihn kopfschüttelnd anschauen und sagen.

„Ich bin bestürzt, wie du mit dem Wort Liebe umgehst. Geschwängert, wie sprichst du überhaupt. Es klingt bei dir als wäre körperliche Liebe nur zur Fortpflanzung gedacht. Du spielst wahrscheinlich die Hauptrolle in Robinson Crusoe und auf deinem Grabstein würde irgendwann mal stehen. Auf einer einsamen Insel um den Verstand gekommen."

Bei diesem Gedanken musste er lächeln, ja genauso würde sie mit ihm sprechen und ihn dabei ansehen, als hätte er den Verstand verloren.

Hätte er noch einmal die Gelegenheit dieser Frau allein gegenüberzustehen, dann…

Weiter kam er nicht mit seinen Gedanken denn sein Telefon klingelte und Stine erinnerte ihn an das Meeting.

Ein Blick zu seiner Uhr und er stellte fest, es war schon fast zu spät. Das war ihm noch nie passiert, im Gegenteil für seine akribische Genauigkeit hatten seine Kollegen ihn Graf Zahl getauft.

Christoph musste sich zusammennehmen und keine Zeit an Mona verschwenden, selbst wenn sie nicht bei ihm war, spukte sie in seinem Kopf und brachte alles durcheinander.

Schnell klappte er seinen Laptop zu und legte sein Handy darauf. Dann ging er zur Toilette, spritzte sich Wasser in das Gesicht und warf einen Blick in den Spiegel. Zufrieden ging er zurück zum Schreibtisch und nahm seine Unterlagen. Dann machte er sich auf zum wöchentlichen Treffen.

Bei dieser Veranstaltung wurden wichtige Neuregelungen besprochen. Außerdem wurden die Gesamtumsätze des Unternehmens sowie jedes einzelnen Mitarbeiters genannt. Dadurch war es möglich starke und schwächere Gebiete herauszufiltern.

Die jeweiligen Gebietsleiter hatten daraus für die Vertreter ein Spiel entwickelt und der Beste eines bestimmten Zeitraumes erhielt eine besondere Belohnung.

Offen wurden zu dieser Veranstaltung über Probleme und deren Lösungen gesprochen.

Die Rekruten waren ab dem ersten Tag mit zu den Treffen eingeladen. Heute saßen nur Mandy und Hilda dabei.

Hilda hatte sich gut eingelebt. Kontaktprobleme waren ihr gänzlich fremd und mit ihrer lustigen Art kam sie gut an. Außerdem gehörte sie ja zur Gruppe - wie sich herausgestellt hatte.

Mandy dagegen saß traurig am Ende der langen Tischreihe und schwieg. Sie wirkte ohne Mona einsam und verloren.

XVI

Die Luft war warm und die ersten Abendwolken zogen am Himmel auf, als das Fahrzeug, in die einsame Seitenstraße des kleinen Dorfes, einbog.

Endlich zu Hause, dachte Mona und stieg aus dem Auto.

Franziska kam ihr entgegen gelaufen.

„Hallo!", rief das Mädchen ihrer Mutter zu. „Endlich bist du da!"

Stürmisch wurde sie umarmt und Franzi nahm ihrer Mutter, wie selbstverständlich, die Tasche ab.

Arm in Arm betraten die Beiden das Haus. Fred stand am Herd und bereitete das Abendessen vor.

Er hatte sich ein Geschirrtuch um die Hüften gelegt und stand vor einer heftig mit Fett spritzenden Pfanne.

„Hallo Schatz!", begrüßte er seine Frau und gab ihr einen Kuss.

„Es sollte Steak, mit Salat und Kartoffelecken geben. Doch irgendwie habe ich wohl das falsche Fett zum Braten verwendet."

Kein Biergeschmack - registrierte Mona sofort und freute sich. Ein Blick zum Tisch und dann zum Küchenschrank, nirgends stand eine Bierflasche. Innerlich jubelte die Frau und stolz sah sie zu ihrem Mann.

Fred hatte die Augenwanderung seiner Frau verfolgt und lächelnd nahm er sie in den Arm.

„Ich habe mir vorgenommen, nur noch am Wochenende Bier zu trinken. Du sollst dich nicht mehr über mich ärgern.", sagte er mit fester Stimme.

Dabei hielt er seine Frau in den Armen. Er nahm wahr, wie sie sich anfühlte, wie weich und biegsam sie war und den Duft ihres Parfüms, der sie dezent einhüllte, wie eine unsichtbare Wolke.

Erleichtert atmete Mona auf, sie konnte direkt in seine blauen Augen sehen, so nah hatte Fred sie zu sich gezogen und gab ihn einem Kuss.

„Ich hoffe du schaffst es.", antwortete sie ihm.

Der Abend verlief harmonisch wie schon lange nicht mehr. Spät am Abend saß die Familie noch auf der Terrasse zusammen und schaute den Sternen am schwarzen Nachthimmel zu. Die Sommernacht breitete sich, wie ein samtener Teppich aus und Stille zog ein.

Als Franzi längst zu Bett gegangen war, saßen die Eheleute noch auf der Terrasse gemütlich beieinander.

In dieser Nacht schlief Mona tief und fest. Kein Traum plagte sie und nicht ließ sie ängstlich aus dem Schlaf schrecken.

Am Morgen nahm sie sich vor, mit Fred ehrlich über ihre Erlebnisse in Frankfurt zu sprechen. Mona wollte reinen Tisch machen.

Noch vor einigen Jahren hatten sie stets alle Probleme gemeinsam besprochen und gelöst. Vielleicht hatte ihr Mann ja eingesehen, dass seine Trinkerei keine Zukunft hatte, und würde sich nun ändern.

Mit diesen Hoffnungen fuhr Mona am nächsten Tag zum Workshop. Sie traf viele alte Bekannte und der Tag verging wie im Flug. Erschreckt stellte sie fest, dass es bereits später Nachmittag war und die Veranstaltung sich seinen Ende, mit rasender Geschwindigkeit, näherte. Sie verabschiedete sich bis zum nächsten Morgen und ging zum Parkplatz.

Unterwegs stellte sie ihr Handy wieder an und sah sofort eine SMS von Mandy.

Sie hatte sich gestern Abend nicht mehr bei ihr gemeldet, fiel es ihr ein.

Mona hatte auch nicht an die Freundin gedacht. Sie war viel zu sehr mit ihrer Familie beschäftigt gewesen, glücklich ihren Mann nicht betrunken angetroffen zu haben.

Schnell setzte sie sich in das Auto und öffnete die SMS. Sie war von heute und Mandy schrieb ihr verzweifelt.

„Mona, ich bin auf den Weg nach Hause. Die wollen nicht, dass ich weitermache. Keiner weiß, woran es liegt, dass ich keine Termine gemacht habe. Ich bin total verzweifelt. Was soll ich bloß jetzt machen?"

Die Aussichtslosigkeit, die aus ihrem Worten sprach, konnte Mona fühlen und sie fragte sich, wer so grausam sein konnte.

Erst einmal beruhigen, nach Hause fahren und einen klaren Kopf bekommen, sagte sie sich.

Als sie ankam, kochte sie sich Kaffee. Dann schaute sie zum Sendezeitpunkt der SMS und errechnete, ob Mandy überhaupt schon zu Hause sein konnte.

Mona war ganz allein im Haus. Denn Franziska hatte sich mit ihrer Freundin zum Kinobesuch verabredet und Fred war noch bei einem Arbeitskollegen. Sie zog schnell ihre Wohlfühlklamotten an und machte sich wieder auf den Weg zur Küche. Die Kaffeemaschine machte die letzten röchelnden Geräusche und schaltete sich ab.

Der Duft des Kaffees zog durch das Haus. Mona liebte diesen Geruch und schnüffelte, um viel des Aromas in sich aufzunehmen.

Sie nahm ihre Lieblingstasse aus dem Schrank und goss den dampfenden heißen Kaffee ein. Für sie war es immer noch eine Zeremonie, der schwarzen Flüssigkeit zu zusehen und die ersten heißen Schlucke zu schlürfen.

Gut gelaunt nahm sie die Tasse, setzte sich in den Sessel, zog die Beine an wie im Schneidersitz und wählte Mandy Nummer.

„Hallo Mandy, ich konnte dich nicht eher zurückrufen. Du weißt ja, dass ich mein Handy, während einer Veranstaltung, immer ausschalte", begrüßte sie das Mädchen.

Mona hörte vom anderen Ende, deutliches Weinen und schluchzen. Krampfhaft rang die Freundin um Fassung, um überhaupt ein paar Worte herauszubringen.

„Ach Mona, es war schon Donnerstag schlimm, kaum das Du gegangen warst. Ständig kamen Piet und noch andere Vertriebler zu mir. Sie standen einfach um meinen Schreibtisch herum und hörten mir zu. Einer hat sich sogar mit seinem Bürostuhl vor mich gesetzt. Ich war so nervös Du kannst dir das nicht vorstellen. Aber ich hatte zwei Termine an dem Tag bekommen", erzählte sie mit ständigen Unterbrechungen.

„Dann zum Meeting wurden alle Kundentermine vorgelesen. Piet las deine vor und sagte, dass du einen privaten Termin hast und deshalb dem Treffen fernbleiben würdest. Dann sagte er in die Runde, dass ich schlecht abgeschnitten habe und fragte, wie man mir helfen könnte. Alle haben mich angeschaut. Am liebsten wäre ich in der Erde versunken so gedemütigt habe ich mich gefühlt."

Damit brach Mandy ab, sie musste sich ein neues Taschentuch suchen und ihre Nase putzen. Die ständigen Tränenausbrüche verstopften ihre Nase und erschwerten das Atmen, dazu gesellte sich die noch immer nicht überstandene Erkältung.

Schweigend hörte Mona zu und unterbrach sie nicht. Sie konnte den Schmerz fühlen, der das Mädchen beherrschte, die Ausweglosigkeit in der sie sich befand.

„Ich verstehe Mandy, doch das war gestern und was war mit heute? Warum musstest du aufgeben", fragt Mona vorsichtig nach.

„Ach das war der Höhepunkt. Ich musste also wieder für Piet Termine machen. Am Mittag kam er zu mir und holte mich ab. Wir sind dann gemeinsam zu Marcel gegangen, Christoph war gar nicht dabei, und da haben mir die beiden kurz und schmerzlos gesagt. Sie sehen keinen Sinn für mich, weiter zu machen. Ich würde mich quälen und sie wüssten auch nicht, woran es läge. Es wäre besser ich hörte auf. Dann bedankte Piet sich für die Termine, die ich ja nun umsonst in seinem Bezirk gemacht habe. Die

Termine in meinem einstigen Gebiet übernimmt ein Kollege und das war es. Ich musste dann noch Laptop und Unterlagen abgeben und durfte gehen", stieß sie wütend hervor.

Am anderen Ende der Leitung sagte Mona sauer:

„Na super. Wahrscheinlich haben die nur gewartet, bis ich weg war. Mandy sei nicht traurig, du bist noch so jung. Geh zurück in deinem erlernten Beruf und vergiss die Firma Johann Muster."

Die ältere Freundin versuchte das Mädchen zu beruhigen und sie ein wenig zu trösten.

„Ach Piet hat noch zu mir gesagt, ich solle es ihm nicht so schwer machen und traurig sein. Denn er wäre schon ganz unglücklich darüber, mich wegzuschicken. Dabei saß er wieder im Schreibtischsessel, wie das Michelinmännlein."

Nun musste Mandy selber über den Vergleich lachen und Mona ermunterte sie.

„Siehst du geht doch. Du kannst sogar noch lachen."

„Aber Mona", heulte Mandy von neuem los.

„Ich habe immer noch kein Fixum überwiesen bekommen. Von was soll ich denn einkaufen. Ich kann noch nicht einmal ein Brot kaufen, mein Freund hat auch nichts mehr. Soll ich schon wieder meine Mutter anbetteln?"

„Du beruhigst dich jetzt zuerst. Am Montag rufst du Johann an und redest mit ihm. Dann können wir weiter überlegen. Außerdem sprichst du ehrlich mit deinen Eltern und du wirst sehen. Mama ist immer noch die Beste auf der Welt, dass sagen zumindest immer meine Kinder", erklärte sie ihr.

„Gut mache ich und Mona, du bist die Beste für mich, auch wenn du nicht meine Mutti bist. Ich rufe dich Montag an. Bis dann", verabschiedete sich Mandy von ihr.

Noch lange Zeit saß Mona im Sessel und dachte über das Gehörte nach. Der Kaffee in ihrer Tasse war indessen kalt geworden.

In diesem Zustand verharrte sie noch als Fred zur Tür hereinkam.

Er rief ihr zu.

„Hallo Schatz, was machst du da. Du siehst aus als wäre der Weltuntergang im Anmarsch."

Mona hob den Kopf und streckte die Lippen ihren Mann entgegen. Er küsste sie leidenschaftlich und fuhr mit seinen Fingern durch ihr dunkles lockiges Haar.

„Ich komme mit dir in die Küche und dann können wir uns unterhalten", antwortete sie, während sie sich vom Sessel erhob.

Fred nahm ihre Kaffeetasse und kostete.

„Igitt, der ist ja eiskalt. Es muss wirklich schlimm sein, wenn du den Kaffee stehen lässt", neckte er sie.

„Kann man so sagen und wie war dein Tag", fragte sie im Gehen.

Fred und Mona saßen am Küchentisch und unterhielten sich, seit Jahren war es wieder das erste Mal. Früher hatten sie oft so beieinandergesessen und dann immer seltener, bis es ganz verschwand.

Mona konnte ihrem Mann endlich wieder einmal alles erzählen, was ihr Herz schwer machte und sie belastete.

Sie sprach von dem Telefonat mit Mandy und den ganzen unerklärbaren Vorfällen in Frankfurt, von ihren Träumen

und der Angst, die sie nachts wach werden ließ. Aber sie sprach auch ehrlich von Christoph und den Gefühlen, die er in ihr erweckte. Mona wollte nicht lügen und sich mit Geheimnissen plagen. Diese Last mit sich herum zu schleppen machte ihr das Leben schwer. Sie erklärte Fred, wie sie sich angezogen fühlte und gleichzeitig voller Furcht war.

Fred hörte schweigend zu. Manchmal seufzte er, um seine Fassung zu bewahren.

Die ganze Zeit hatte er nur an sich gedacht und überhaupt nicht ernsthaft bedacht sie verlieren zu können. Dabei stand sie kurz vor dem Absprung aus seiner Welt und er hatte es nicht bemerkt. Eigentlich gehörte sie zu ihm wie, ja wie … überlegte er.

Langsam begann der Mann sich selber Vorwürfe, wie konnte er so unaufmerksam sein.

„Ich habe versprochen mit der Trinkerei aufzuhören, bitte gib mir ein paar Wochen Zeit. Mona ich habe dich aus Liebe geheiratet und ich will dich nicht verlieren. Es tut mir Leid, dass ich dich mit deinen Sorgen allein gelassen habe.", beschwor er sie.

Mona sah ihren Mann an. Sie wollte ihm glauben und vertrauen. Soviel verband sie mit ihm, deshalb nickte sie zustimmend.

„Ich gebe dir Zeit."

„Weißt du Mona", sagte Fred.

„Meine Meinung ist erstens wissen wir nicht, was passiert ist, denn wir waren nicht vor Ort. Zweitens würde ich an deiner Stelle mir selber ein Urteil bilden. Du nimmst Montag, Dienstag und Mittwoch deine Kundentermine wahr und sprichst mit Marcel. Dann hörst du eine andere Seite und kannst dir aus pro und kontra, deine eigene Meinung bilden."

Diesen Argumenten konnte Mona sich nicht verschließen. Wie so oft fand sie bei den Unterhaltungen mit ihrem Mann die richtige Entscheidung, so war es heute auch.

Sie war glücklich und erleichtert mit ihm gesprochen zu haben und Fred ging es genauso.

Fred nahm sie in seine Arme und küsste sie zärtlich, er hielt sie in seinen Armen. Mona ließ es geschehen, viel zu lange hatte sie die Wärme und Geborgenheit vermisst, die sie in seiner Umarmung fand.

Schmerzlich wurde sich Fred in dieser Situation bewusst, es könnte auch ganz anders sein. Mona hätte gehen können und er wär allein zurückgeblieben.

Gründe hatte er ihr zur Genüge gegeben.

XVII

Am nächsten Tag nahm Mona ihren ersten Kundentermin wahr. Sie betrat, gut vorbereitet, ein von außen altes ehrwürdiges Fabrikgebäude. Die Innenausstattung dieser Firma erwies sich allerdings alles anderes als alt.

Die Wände und Böden waren in hellen Farben gehalten, im Konferenzraum gesellten sich Möbel aus Edelstahl und Lederpolstern dazu.

Mona setzte sich, glättete ihren schwarzen Kostümrock und wartete. Ein Herr betrat den Raum und stellte sich ihr vor.

„Guten Morgen Frau Sieben. Ich bin Herr Keltenberg der Geschäftsführer. Hoffentlich mussten sie nicht zu lange warten."

Dabei streckte er ihr seine gepflegte Hand entgegen. Mona erhob sich von ihrem Stuhl und antwortete höflich.

„Guten Tag, ich freue mich, sie persönlich kennenzulernen. Herr Keltenberg ihre Empfangsdame war bereits so nett, mir ein Glas Wasser anzubieten."

Gemeinsam nahmen sie gegenüber am Tisch Platz.

Herr Keltenberg zeigte großes Interesse an Monas Angebot und entschloss sich zur Probe einen Wartungsvertrag mit der Firma Johann Muster einzugehen.

Als alle Formalitäten erledigt waren, fragte er Mona, wie lange sie schon für die It - Firma tätig sei.

Mona lächelte und sagte dann schlicht.

„Sie waren mein erster Kunde. Ich bin sozusagen noch taufrisch und hier war meine Premiere."

Herr Keltenberg war beeindruckt von ihrer ehrlichen und überzeugenden Art.

Mona schaute ihn an und sagte.

„Eine Frage habe ich noch, denn ich weiß ihre Zeit ist kostbar. Ihre Firma ist von außen so ehrwürdig anzusehen und die Innenausstattung ist hochmodern. Wie vereinbart sich das?"

„Sie können ehrlich sagen, dass es von außen wie ein Relikt aus der Nachkriegszeit wirkt. Es war einfach noch nicht die Gelegenheit und natürlich fehlten die finanziellen Mittel. Die Auftragslage war nicht immer so gut, wie jetzt. Die Billiganbieter und Discounter erschweren uns das Geschäft. Mal ganz ehrlich wie viele Menschen kennen sie, die noch Tausende Euros für Möbel ausgeben. Natürlich haben wir entschieden die bessere Qualität und sind leider in der Herstellung auch teurer", erklärte er.

Mona nickte und schaute ihn an. Sein Gesicht zeigte Narben einer Verbrennung und doch ging von ihm gleichzeitig diese warme Herzlichkeit aus, die ihn sofort sympathisch machte.

„Ja da gebe ich Ihnen Recht Herr Keltenberg, die Zeiten ändern sich und werden immer schnelllebiger. Doch ich glaube der Trend der Bevölkerung wendet sich wieder der Qualität zu und dann schätzt man das Produkt wieder mehr", ermunterte sie ihr gegenüber.

Mit einem Lächeln stand Mona auf und zog ihre schwarze Kostümjacke an.

„Ich verabschiede mich von ihnen und bedanke mich für das Interesse an unseren Produkten. Sollten sich ihrerseits Fragen ergeben, zögern sie bitte nicht mich anzurufen. Meine Telefonnummer habe ich ihnen vorsorglich auf die Präsentationsmappe geschrieben. Doch ich bin überzeugt, dass sie mit unserer Arbeit vollständig zufrieden sind und mich nicht anrufen werden."

Herr Keltenberg begleitete sie zur Tür. Ein strahlendes Lächeln erhellte das Gesicht der eleganten Frau. Sie nahm ihre Tasche, reichte dem Geschäftskunden die Hand und verabschiedete sich. Dann verließ sie das elegante Büro in der Industriemetropole.

 Beide Geschäftspartner waren mit dem Ausgang der Verhandlungen zufrieden.

Erleichtert und glücklich schlenderte sie in Richtung ihres Autos. Sie blieb nur einmal stehen, um sich in einer Bäckerei einen Becher Kaffee zu kaufen.

Genüsslich schlürfte sie das heiße braune Getränk.

Der Tag verlief erfolgreich und Mona konnte noch zwei weitere Kunden für eine Partnerschaft gewinnen.

Als der Abend anbrach, wurde die Hitze des Tages erträglicher. Die Straßen wurden von Männern und Frauen, auf dem Weg von der Arbeit nach Hause, überflutet.

Mona beschloss, ebenfalls für diesen Tag Feierabend zu machen.

Sie rief aus dem Auto ihren Ehemann an und erzählte ganz euphorisch von ihren Erfolgen.

„In etwa eineinhalb Stunden bin ich daheim und dann erzähle ich dir alles ganz genau", lachte sie in das Handy und beendete das Gespräch.

Sie hatte gerade die Musik im Radio lauter gestellt, als es erneut klingelte. Christoph war am Apparat und sie hörte, wie er sagte.

„Mona hallo ich bin es Christoph. Wie geht es dir und wie war dein Tag?"

„Hallo Christoph, mir geht es gut und meine Termine waren super", antwortete sie noch immer hocherfreut. Mona erzählte ihm von ihrem Tag, am Ende fragte sie.

„Christoph, wann bekomme ich eigentlich mein Firmenhandy und die Visitenkarten. Ich glaube es ist nicht angebracht, dass ich den Kunden meine private Handynummer gebe."

„Du hast Recht. Ich habe es völlig vergessen, die Visitenkarten zu beantragen. Am besten du mailst in die Verwaltung und bittest um schnelle Bearbeitung. Dann hast du die Karten am Donnerstag."

„Ganz toll gemacht", antwortete Mona nun verstimmt. „Weißt du auch, wie ich ins Netz komme? Der Firmenlaptop braucht dazu das Handy, welches ich noch nicht habe."

„Sei nicht gleich wütend. Der Laptop logt sich, auch über deinen Anschluss zu Hause, ein", antwortete er mit einem strengen Unterton.

„Gut dann bis bald. Ich muss noch Marcel anrufen, er wartet sicherlich schon", ohne eine Antwort abzuwarten, legte sie schnell auf.

Mona wollte ihm keine Gelegenheit zu weiteren Fragen geben, als fürchtete sie sich vor seiner Stimme.

Marcel lobte Mona später für ihren Erfolg und vereinbarte am nächsten Tag gemeinsam mit ihr die Kundentermine wahrzunehmen. Er wollte sie unterstützen und an Verfeinerungen ihrer Vorgehensweise mit ihr arbeiten.

Dann war Mona endlich zu Hause angekommen und stieg erleichtert aus ihrem Fahrzeug. Sie fühlte sich glücklich und erschöpft zugleich.

Mandy hatte an diesem Tag in Frankfurt bei der Firma Muster angerufen.

Sie hatte all ihren Mut zusammengenommen und sich mit Johann verbinden lassen.

Zuerst musste sie natürlich an der Vorzimmerhürde Stine vorbei.

„Hallo Stine, hier ist Mandy. Kannst du mich bitte mit Johann verbinden", als sie das sagte, schlug ihr Herz bis in den Hals.

„Hallo Mandy", säuselte ihr mit gespielter Höflichkeit Stine vor.

„Warum musst du Johann sprechen? Im Moment ist es nämlich äußerst ungünstig. Vielleicht rufst du in einer Stunde noch einmal an."

Klick, danach war Stille in der Leitung. Einfach aufgelegt dachte Mandy und ärgerte sich über die arrogante Art, der einstigen Kollegin.

Noch vor gar nicht langer Zeit hatte Stine stets betont, dass ihre Aufgabe in erster Linie darin besteht, für die Berater da zu sein. Denn nur durch den Verkauf wird der Umsatz in der Firma erarbeitet.

So schnell ändern sich die Voraussetzungen, schwirrten Mandy die Gedanken durch den Kopf.

Endlich erreichte die junge Frau den Geschäftsinhaber und sie hörte deutlich, dass das Gespräch Johann mehr als unangenehm war.

„Hallo Mandy", begrüßte er sie steif. „Was kann ich für dich tun?"

„Hallo Johann", antwortete sie unsicher. „Ich würde gern ein Problem mit dir besprechen. Ich habe in den fünf Wochen in Frankfurt erhebliche Ausgaben gehabt und du hast zu Beginn meiner Tätigkeit versprochen, dass du uns eine Aufbauhilfe überweist. Doch ich habe bisher keine Überweisung erhalten. Wie stellst du dir vor, das Problem zu lösen?"

„Ganz ehrlich kann ich dir nicht folgen. Wie soll ich dir helfen, Mandy", versuchte sich Johann einer Antwort zu entziehen.

„Ich habe kein Geld mehr und kann nicht mal ein Brot kaufen. Wovon soll ich leben", jammerte Mandy.

„Ja, da weiß ich auch keinen Rat. Die Aufbauhilfe ist zur Unterstützung deiner Tätigkeit gedacht und deshalb bekommst du sie nicht. Denn du arbeitest nicht mehr für mich."

Johann legte mit einer eiskalten und höflichen Art genau seine Ziele offen. Denn „Gewinne erzielen" ist das Konzept seiner Organisation und sobald dieser Umstand nicht mehr gegeben ist muss der Betreffende entfernt oder eben neu programmiert werden.

Mandy wurde durch Piet entfernt. Denn ihre unkontrollierten Gefühlsausbrüche waren nicht förderlich für die übrige Gruppe.

Außerdem hatte Piet so die Möglichkeit den restlichen Mitarbeitern zu zeigen, was passiert wenn man keine „Gewinne erzielt".

Die Antwort traf Mandy wie ein Schlag und Tränen, gemischt aus Wut und Enttäuschung, liefen heiß über ihre Wangen.

„Das kannst du nicht machen. Das Geld stand mir bereits nach vier Wochen zu. Außerdem habt ihr mich nach Hause geschickt, ich wollte nicht aufgeben", schrie sie ins Telefon.

„Beruhige dich. Ich werde schauen, was ich machen kann, und melde mich am späten Nachmittag bei dir. Natürlich werde ich dich nicht im Regen stehen lassen", versuchte er mit gespielter Höflichkeit das Gespräch zu entschärfen.

Mandy ließ sich überreden bis zum Nachmittag zu warten und hoffte auf den Rückruf. Doch nichts geschah, Johann rief nicht zurück.

Am Abend rief sie Mona an und erzählte ihr unter Tränen und Schluchzen von dem Telefonat.

„Mandy hast du wirklich geglaubt, Johann ruft dich zurück und schickt dir einen Scheck. Alles in unserer Ausbildung war materiell ausgerichtet. Wir wurden vom ersten Tag in diese alles wird gut Welt eingebunden. Mandy hast du es denn nicht gemerkt? In deren System genießt Gewinn die oberste Priorität."

Sie schüttelte den Kopf, als könnte Mandy sie sehen, so empört war sie.

„Ja aber wie soll es nun weitergehen", sagte Mandy und schniefte hörbar ihre Nase.

„Ich weiß im Moment keine Antwort. Lass mir bitte etwas Zeit. Morgen muss ich mit Christoph telefonieren und dann werde ich ihn fragen, wie es mit dir weitergeht. Doch ich schätze es ist am besten, du versuchst in deinem alten Job wieder unterzukommen", ermunterte sie das Mädchen.

„Danke, rufst du mich aber morgen Abend ganz bestimmt an", fragte Mandy.

„Klar, du kannst dich auf mich verlassen und nun Kopf hoch, es geht immer weiter", beendete Mona das Gespräch.

Mona dachte über das Gehörte nach. Sie nahm sich vor, mit Christoph zu sprechen.

Keinesfalls fand sie es richtig, wie mit Mandy aber auch mit Jens umgegangen wurde. Doch es passte einfach zu allem was sie während ihrer Ausbildung erlebt hatte und jetzt da sie Abstand zur Gruppe hatte sah sie es noch kritischer.

Die gesamte Zeit wurden sie in ihrem Denken verändert.

Ein Frösteln ließ Mona erschauern. Denn auch sie war anfangs in diesen Bann gezogen worden.

Plötzlich verstand sie, dass sie nur darauf konditioniert wurden an Gewinne und Erfolg zu denken. Lief alles gut wurden sie gelobt, positiv verstärkt.

Bei Mandy konnte Mona die Veränderung ganz deutlich wahrnehmen. Die junge Frau hatte sich in ihrem Denken und Sprechen komplett verändert. Als hätte sie vergessen wer sie einmal war und wünschte sich nur noch erfolgreicher zu sein als alle anderen und Umsatz zu erzielen.

Sie sprach nur noch über Geld und materialistische Dinge und vergaß die Menschen um sich herum dabei.

Deshalb kam sie nun auch gar nicht zurecht als sie so schmerzhaft in die Realität zurück gestoßen wurde.

Doch Mona glaubte fest daran, dass Mandy wieder zurückfand in die Normalität. Es würde eine Zeit lang dauern, mit Hilfe ihrer Familie und Freunde würde sie das Erlebte verarbeiten und es unbeschadet hinter sich lassen. Einmal mehr nahm sich Mona vor, vorsichtig bei dem Kontakt mit der Firma zu sein.

Doch nun wollte sie erst einmal den Abend mit ihrer Familie verbringen. Fred und Franzi warteten bereits mit dem Abendessen in der Küche auf sie.

XVII

Am nächsten Tag traf sich Mona mit Marcel und sie nahmen gemeinsam einige Kundentermine wahr.

Mona lachte und ihre frohe unkomplizierte Wesensart sprang wie ein Funken auf die Kunden über.

Ihre Stimmung passte zu dem schönen Wetter, die Sonne strahlte vom blauen Himmel und ein lauer Wind bewegte die warme Luft.

Die Stunden, des Vormittags verflogen, wie Pusteblumen im Wind.

Erst lange, nachdem die Mittagszeit vorüber war, fiel beiden auf, dass sie noch nichts gegessen hatten.

Mit knurrenden Magen gingen sie zum Parkhaus.

Bevor sie in Marcels Wagen stiegen, drückte er übermütig den Notknopf an der Ausfahrtssäule.

Eine sonore Männerstimme meldete sich durch den Lautsprecher.

„Guten Tag, was kann ich für sie tun?"

„Ich hätte gern zwei Hamburger und zwei Becher Cola zum Mitnehmen", rief Marcel in die Mikrofonanlage.

Die gesichtslose Stimme antwortete verärgert.

„Wir sind hier nicht bei Mc Donalds. Dieser Knopf ist für Hilfssuchende im Parkhaus und nicht zum Scherzen, sie Spaßvogel."

Marcel unterdrückte einen Lachanfall und antwortete.

„Entschuldigen sie, dann muss ich mich wohl geirrt haben. Ich dachte wir sind bei Mc Drive. Tschüss dann."

Damit bewegte er sich schleunigst von der Ausfahrtsschranke weg. Mona konnte vor Lachen gar nichts erwidern. Erst als sie beide im Auto saßen, sagte sie.

„Die Idee war gut, denn ich habe Hunger, aber die Durchführung war grottenschlecht."

„Gut lass uns etwas essen, denn ich bin auch schon halb verhungert. Stell dir vor, du sitzt beim Kunden und dein Magen knurrt, das ist unangenehm", schlussfolgerte er.

Lachend fuhren sie aus dem Parkhaus und suchten sich ein Restaurant.

Sie bestellten sich etwas zu Essen und während der Mahlzeit lenkte Mona das Gespräch geschickt auf Mandy.

„Marcel, ich möchte dich etwas fragen und hätte gern eine ehrliche Antwort darauf."

Prüfend ruhten seine Augen bereits auf ihr als hätte er ein unangenehmes Gespräch bereits erwartet. Doch mit gespielter Ruhe vermittelte der Mann ihr seine Aufmerksamkeit.

„Gern, sofern ich die Antwort weiß", antwortete er und legte sein Besteck zur Seite.

„Mandy hat mich gestern Abend angerufen, sie hat kein Fixum überwiesen bekommen. Nun könnte man schlussfolgern, sie bekommt nichts denn sie ist nicht mehr im Team, aber ich habe auch nichts erhalten. Erklär mir bitte den Hintergrund", fragte sie ehrlich heraus.

„Ja dazu kann ich nichts sagen. Denn ich weiß gar nicht, was in euren Verträgen steht. Du müsstest diesbezüglich mit Johann sprechen, wenn du Unregelmäßigkeiten erkennst", antwortete Marcel.

Mona beschlich das Gefühl, das er nicht ganz ehrlich bei seinen Erklärungen war. Marcel versuchte, während des Gesprächs, Monas prüfenden Blick auszuweichen. Immer wieder gab er ihr unzureichende Auskünfte, doch die Frau ließ nicht locker.

„Sag mir bitte, woran es liegt, dass auch ich noch keine Überweisung erhalten habe. Marcel ich werde morgen einmal mein Konto checken und sollte dann immer noch kein Zahlungseingang zu verzeichnen sein, werde ich nicht mehr nach Frankfurt fahren", hakte Mona nun mit Beharrlichkeit nach.

„Du bist erfolgreich, du kannst doch nicht alles hinschmeißen. Überlege dir, was du tust", versuchte Marcel, sie umzustimmen.

Er hatte bereits erkannt, dass Mona fest entschlossen war, den Job aufzugeben.

„Doch es ist mir wirklich ernst und ich habe bereits mit meinem Mann darüber gesprochen, ich wollte nicht die Firma, für die ich arbeite, finanzieren, sondern durch sie Geld verdienen. Außerdem finde ich keine Erklärung für euer Verhalten Mandy gegenüber. Es ist grausam, jemanden zu benutzen und dann einfach wegzuwerfen."

Mona sah bei diesen Worten ihrem Gegenüber direkt in die Augen. Sie sprach mit fester Stimme und ohne Angst. Doch in ihrem Inneren war sie aufgewühlt. Inständig hoffte sie Marcel würde nichts davon merken.

„Ich weiß nichts von Absprachen, die zwischen Johann und Mandy oder dir getroffen wurden. Denn ich bin nie bei den Gesprächen dabei, die Personalangelegenheiten regelt Johann selbst", erklärte Marcel ihr.

Marcel rief nach der Bedienung, froh damit die Unterhaltung zu beenden. Sie bezahlten ihre Rechnung. Schweigend gingen sie nebeneinander zum Auto. Die Leichtigkeit des Tages war dahin, zerstört durch unüberwindbare Grenzen, die beide Menschen trennten.

Der letzte Termin lief trotzdem gut und sie gewannen einen Kunden mehr für ihre Firmeninteressen.

Marcel setzte Mona an ihrem Pkw ab und verabschiedete sich, eindringlich bat er sie noch einmal, ihre Entscheidung zu überdenken.

Die Frau stand allein neben ihrem Wagen und schaute dem sich entfernenden Pkw nach. Sie war mit ihren Gedanken beschäftigt und so vergingen einige Minuten, bis sie einstieg und aus der Parklücke steuerte.

Mona hatte eigentlich keine Lust mit Christoph zu telefonieren. Doch es war als hätte er ihre Gedanken geahnt, denn in diesem Augenblick summte ihr Mobiltelefon.

„Sieben guten Abend", meldete sie sich.

„Hallo Mona, Christoph hier. Ich habe gehört dein Tag war wieder erfolgreich", fragte er und stolz auf die Frau klang in seiner Stimme. Deutlich konnte sie den Stolz hören, der in seinen Worten mitklang.

„Ja ich glaube, wir waren ganz gut. Marcel war zufrieden und es hat Spaß gemacht", erzählte sie gut gelaunt: „Mona du müsstest morgen am Nachmittag oder spätestens abends schon anreisen. Damit wir noch einige Dinge erledigen können, beispielsweise deine Ausrüstung muss noch komplett fertiggestellt werden und dein Laptop braucht das Warenwirtschaftsprogramm. Du kannst damit bei dem Kunden direkt Angebote ausrechnen und im Internet recherchieren", erklärte er Mona ganz beiläufig.

Doch sofort klangen in Monas Kopf einige Alarmglocken, die sie zur Vorsicht mahnten.

Deshalb konterte sie direkt.

„Warum soll ich deshalb bereits morgen kommen? Glaubst du in der IT-Abteilung, ist abends noch jemand da, wenn ich anreise? Da reicht doch der Donnerstag aus, um den Laptop umzurüsten. Ich brauche ihn nicht, während ich telefoniere."

Am anderen Ende räusperte sich Christoph, Zeit gewinnen und nach einem neuen Argument suchen, um Mona umzustimmen. Er hatte bereits von Marcel erfahren, dass diese Frau Talent hatte, mit den Kunden umzugehen und das ihr Charme den Geschäftsverlauf positiv beeinflusste.

Doch bevor Christoph etwas erwidern konnte, sprach Mona weiter.

„Außerdem habe ich noch eine Frage. Wann wolltet ihr denn mein Fixum überweisen. Bisher hatte ich nur Ausgaben, mein Konto zeigt mir keinen Zahlungseingang der Firma Muster. Wie verhält sich das? Habe ich morgen noch immer keine Überweisung zu verzeichnen, werde ich nicht nach Frankfurt kommen. Denn mein Tank ist leer und mit Luft fährt das Auto nicht."

Mona war wütend über die bestimmende Art, mit der Christoph mit ihr sprach.

Sie wollte es ihm heimzahlen.

„Mona, wir wissen beide, dass es nicht am Geld liegt. Du bist nicht arm und keinesfalls in finanziellen Nöten. Daran liegt es also nicht, was ist dein wirklicher Grund?"

Christoph war sich sicher die Antwort nicht hören zu wollen. Weshalb hatte er nur gefragt und nicht einfach den Mund gehalten.

„Mandy hat mich gestern angerufen und sie hat kein Geld erhalten, wovon soll sie leben? Kannst du mir das sagen", fragte sie direkt und ohne Umschweife.

Das war eine der Eigenschaften, welche Christoph, an dieser Frau imponierten und gleichzeitig erschreckten, bei ihr wusste man immer, woran man war.

„Hast du deinen Vertrag einmal richtig gelesen", kam prompt die Antwort.

„Ich denke ja, warum fragst du?"

„Was steht denn da, wann du das Geld erhältst", wollte er wissen.

„Es steht, immer zum Monatsende und der war vor zwei Wochen. Denn heute ist und du kannst mich korrigieren, der Zehnte", erwiderte sie schroff.

Monas Temperament wollte bereits mit ihr durchgehen. Denn derartige Fragespiele mochte sie überhaupt nicht.

Du neunmal Kluger, dachte sie im Stillen und schon hörte sie seine Stimme erneut.

„Siehst du", sagte Christoph. „Wahrscheinlich ist die Zahlung noch nicht verbucht. So etwas ist bei mir auch schon mal passiert."

Mona riss der Geduldsfaden und erbost über soviel Dreistigkeit sagte sie mit lauter Stimme.

„Bitte, ich höre wohl nicht recht. Du scheinst der Spaßvogel der Firma zu sein. Welchen Teil unserer Unterhaltung hast du nicht verstanden Christoph? Niemand braucht heute mehr zehn Tage um Zahlungen zu buchen. Wir leben im Zeitalter der Computertechnik, da trägt keiner mehr die Geldbündel, in einer Tüte unter dem Arm, zu Fuß zur Bank."

Das hatte gesessen und Christoph musste schlucken. Diese Frau schaffte es immer wieder, ihm kontra zu geben.

Langsam gingen ihn die Argumente aus. Stets hatte sie auf alles eine Antwort, damit konnte der sonst so redegewandte Mann nicht umgehen.

„Ich warte auf deine Antwort oder wollen wir das Gespräch beenden, dann lege ich eben auf", schob Mona gereizt nach.

„Warum haben wir keine Überweisung erhalten, Mandy war genau wie ich den gesamten Monat in Arbeit", forderte sie ihn heraus.

Am anderen Ende der Leitung rang Christoph nach einer plausiblen Erklärung. Er musste sich etwas Überzeugendes einfallen lassen. Die Frau musste egal wie nach Frankfurt kommen, nur so war sie für ihn kontrollierbar. Krampfhaft überlegte er, was er sagen könnte, um sie umzustimmen. Sie durfte sich ihm nicht entziehen.

„Ich weiß es ganz ehrlich nicht. Doch ich verspreche dir, mich darum zu kümmern, morgen Abend sehen wir uns und du bekommst deine Antwort", gab er schließlich zu.

„Guter Versuch, doch ohne Erklärung und Überweisung wird daraus nichts werden. Es sei denn, du bist weitsichtig und kannst vierhundert Kilometer weit sehen, dass ist mein letztes Wort. Es ist kein Problem bei der Einstellung zu sagen, wir zahlen nichts außer Provision, das nennt man ehrlich. Aber die Leute locken mit falschen Versprechungen oder aus festen Arbeitsverhältnissen zu holen, für derartiges Vorgehen gibt es ganz andere Namen. Ich möchte nicht mit so zwielichtigen Menschen zusammenarbeiten müssen, tut mir leid."

Mona beendete wütend das Gespräch. Sie ließ Christoph keine Möglichkeit etwas zu erwidern und legte einfach auf. Zurück blieb ein verdatterter Mann, ohne Gelegenheit sich zu rechtfertigen und wieder war eine Chance vorüber.

Zu Hause wartete Franziska bereits. Ihre Tochter war zum ersten Mal verliebt und über dieses wichtige Thema wollte sie mit ihrer Mutter sprechen.

Mona stellte die Tasche in das Arbeitszimmer, zog Schuhe und Anzug aus und begrüßte ihren Mann. Dann nahm sie sich eine Tasse Kaffee und setzte sich zu Franzi an den großen Esstisch.

„Na dann erzähl mal, wer dein Schatz ist", forderte sie ihre Tochter zu sprechen auf.

Franzi ließ sich nicht lange bitten. Sie sprudelte nur so mit ihren Neuigkeiten heraus. Während sie erzählte, beobachtete die Mutter sie. Sie sah, wie ihre blauen Augen glänzten und die Wangen rosarot verfärbt waren.

Dabei fiel ihr auf, wie schnell die Zeit vergangen war und aus einem kleinen Mädchen ein hübscher Teenager geworden war.

Mona schaute sie lächelnd an und sagte zu ihr.

„Franzi es ist schön dich so verliebt und glücklich zusehen. Doch Glück und Leid sind eng miteinander verbunden, irgendwann wirst du ihn auch gehen lassen müssen. Du bist gerade sechszehn geworden, ich glaube nicht das Uli der Mann ist, mit dem du zusammen alt wirst. Genieße die schöne Zeit und lass sie nicht ungenutzt verstreichen, damit du, wenn er geht, viele schöne Erinnerungen hast und nicht verbittert bist.

Es gibt nichts Schlimmeres als die ganzen Streitereien, in der Öffentlichkeit, auszutragen."

Sie nahm ihre Tochter in den Arm und streichelte ihr über das blonde Haar.

„So und nun genug geträumt. In der Küche wartet ein halb verhungerter Papa mit dem Essen."

Lachend erhob sich Mona und zog Franzi mit sich in die Küche.

Fred war auch heute wieder gut gelaunt und nichts ließ erkennen, ob er bereits getrunken hatte. Mona schöpfte allmählich wieder Hoffnung, auf eine gute Partnerschaft mit ihm.

Entspannt saß die Familie beim Essen und jeder erzählte von seinem Arbeitstag.

Franzi hatte heute am Schulbus einen alten Kameraden aus der Grundschule getroffen und erzählte ihren Eltern nun, dass er sich noch kein bisschen verändert habe.

Kevin war immer für einen Spaß zu haben. Die beiden Kinder kannten sich vom Kindergarten an und waren auch in der Grundschule unzertrennlich. Erst als Franzi die Realschule besuchte und Kevin zur Hauptschule ging, verloren sie sich aus den Augen.

Franzi lachte, erzählte und lachte.

Auch Fred berichtete von seinem Tag. Er hatte heute Abnahme der Baumaßnahme durch den Auftraggeber und war sichtlich erleichtert, dass alles so gut gelaufen war.

Deshalb öffnete er nach dem Essen eine Flasche Sekt, um mit seiner Frau auf den Erfolg anzustoßen. Mona dachte sich nichts dabei und prostete ihm zu.

Sie sprach von den Vorfällen des Tages und Fred stimmte ihr zu, als sie sagte, dass sie am nächsten Tag nur zu der Firma fahren werde, wenn ihr Fixum eingegangen sei.

Später rief sie noch bei Mandy an, um ihr mitzuteilen, dass sie mit Marcel und Christoph gesprochen habe.

„Mandy, auch wenn wir im Recht sind, glaube ich nicht daran, dass wir irgendwann einmal Geld, zur Aufbauhilfe, sehen werden. Ich habe bereits mit Fred darüber gesprochen und er stimmt mir zu. Es war alles nur eine Lüge, wahrscheinlich hätte sich sonst niemand auf den Job gemeldet. Eins ist doch völlig klar, wer weiß ob es nicht nur eine Masche war uns in ihre Glaubensgemeinschaft zu holen. Überlege einmal selber, wie viel Geld wir investiert haben, das schafft nicht jeder. Daniel, Jens und noch viele andere sind längst auf der Strecke geblieben."

„Du hast vollkommen Recht. Nur werde ich nicht satt davon und ich bin total verärgert, dass die damit durchkommen sollen. Außerdem weiß ich noch immer nicht, was ich machen soll. Vielleicht rufe ich noch einmal an", resignierte sie.

„Tu, was du nicht lassen kannst. Ich bin überzeugt, dass du nichts erreichst und dich nur ärgerst. Ich werde mich schon darauf vorbereiten in einem anderen Job zu arbeiten und dir empfehle ich das Gleiche. Versuch in deinem alten Job unterzukommen. Wir hören uns, ich muss jetzt Schluss machen", verabschiedete Mona sich.

„Ja tschau und danke, dass Du mich angerufen hast. Ich sage dir Bescheid, sollte ich etwas erreichen, bis bald und schlaf gut." Mandy legte den Hörer auf.

Mona setzte sich zu ihrem Mann auf das Sofa. Sie kuschelte sich an ihm und war überglücklich in der Hoffnung, dass ihr Leben jetzt wieder eine Wende auf die Sonnenseite machen würde, mit einem Mann, auf den sie sich verlassen konnte.

„Müde", fragte Fred und streichelte ihr Haar.

„Erschöpft", antwortete sie.

„Weißt du Fred, ich kann Mandy nicht verstehen. Sie war immer vernünftig und jetzt will sie stur mit dem Kopf durch die Wand. Natürlich hat sie viel Geld verloren. Doch ich verliere lieber das Geld als meine Seele."

„Du musst versuchen es aus ihrer Sicht zu sehen. Denn sie fängt gerade erst an selber die ganze Tragweite, ihres Handelns, zu erkennen. Mona das Mädchen ist aus einem festen Beschäftigungsverhältnis gerissen worden. Sie hatte regelmäßiges Einkommen und wurde mit falschen Versprechen weggelockt. Sicherlich wird man als seriöser Handelsvertreter Geld verdienen können, das bezweifle ich nicht. Doch bis dahin ist es bestimmt ein weiter Weg und die Strecke dazwischen muss überbrückt werden."

„Du hast Recht. Es hieß am Anfang, wir bekommen einen festen Kundenstamm, von dem habe ich bisher noch nichts gesehen. Am besten ist es wirklich, sich aus der Sache zurückzuziehen, solange man noch unversehrt herauskommt. Ich gehe morgen jedenfalls zur Bank und sollte sich auf dem Konto nichts getan haben, werde ich meine Ausrüstung abgeben und das war es dann."

Nach diesen Worten rekelte sich die Frau und gähnte.

Lass uns zu Bett gehen", forderte Fred sie auf und küsste sie.

„Gute Idee", antwortete Mona und wand sich aus seinen Armen.

Auf einen schönen Abend folgten eine noch schönere Nacht und so erwachte Mona, mit einem Lächeln auf den Lippen.

XVIII

Fred hatte das Haus bereits verlassen und war zu Arbeit gefahren.

Gemeinsam mit ihrer Tochter saß sie am Frühstückstisch. Lächelnd hörte sie sich die Schwärmereien ihrer verliebten Tochter an.

Dann verließen sie die Wohnung. Franzi ging zum Schulbus und Mona zu ihrem Auto.

Sie startete gut gelaunt in den Tag und zu ihrem ersten Kundenbesuch.

Es war ein äußerst kritischer Kunde, als Mona sich verabschiedete, hatte sie wenigstens einen Folgebesuch mit Präsentation eines Angebotes vereinbart.

Sie verließ das Fabrikgebäude, mit dem Vorsatz sich erst einmal eine Tasse Kaffee zu gönnen.

Mona fand eine schöne kleine Bäckerei, bestellte sich eine Tasse Kaffee und dazu ein belegtes Brötchen.

Während sie an ihren heißen Kaffee nippte schaute sie sich die Ausstattung der Lokalität an.

Die Wände waren mit Rauputz überzogen und künstlich eingezogene Balken erweckten den Eindruck als wäre das Gebäude ein altes Fachwerkhaus. Derbe Holztische und Stühle, mit dicken Polstern, verliehen dem

Ganzen etwas Rustikales. Statt Bildern hingen an den Wänden alte Kuchenformen, Spekulatiusformen, Teigrollen und anderes Bäckereizubehör aus längst vergangenen Zeiten.

Auf die Deckenbeleuchtung war ebenfalls verzichtet worden, stattdessen wurden die Utensilien an den Wänden beleuchtet.

Die Dekoration auf den Tischen und im Schaufenster bestand fast nur aus Getreidehalmen und Sonnenblumen, die in Sträußen und Bündeln zusammengefasst waren. Doch statt Schleifen wurde nur grobe Schnur verwendet. Außerdem stand im Fenster eine alte Getreidemühle aus Uromas Zeiten.

Herrlich dachte Mona still und erfreute sich an der Harmonie bei der Einrichtung dieses Geschäftes.

Die Sonnenblumen und Getreideähren erinnerten sie gleichzeitig daran, dass es bereits Spätsommer war und der Herbst bald Einzug hielt.

Das Zeitrad drehte sich immer schneller und ein Jahr verflog geschwind. Mona glaubte ein Jahr verging jetzt viel ungestümer als zu der Zeit, in der sie noch Kind war.

Sie rief die Bedienung, bezahlte ihre Rechnung und verließ die Bäckerei. Dann machte sie sich auf den Weg zum nächsten Termin.

Das Büro der Firma lag mitten in der Stadt und von dort wurden mehrere Außenstellen betreut.

Mona betrat die Zentrale und wurde direkt zum Entscheider geführt. Der Herr, war etwa in ihrem Alter, untersetzt und aus seinem glatt rasierten Gesicht schauten sie zwei listige kleine Augen an.

Als sie sein Büro betrat, erhob er sich aus seinem Schreibtischsessel und kam ihr entgegen.

„Guten Tag Frau Sieben, ich grüße sie", sagte er und reichte ihr die Hand.

Die Hand fühlte sich feucht und schwammig an, ein flaues Gefühl machte sich sofort von der Magengegend aufwärts in ihr breit.

Mona schluckte schnell den Ekel hinunter, bevor sie antwortete.

„Guten Tag Herr Hausmann, ich freue mich sie kennen zu lernen."

Herr Hausmann deutete mit einer Handbewegung zum Tisch und forderte Mona auf sich zu setzen. Er bestellte Kaffee und Mineralwasser für seinen Gast und sich, mittels der Freisprechanlage bei seiner Sekretärin und setzte sich neben sie.

Die direkte Nähe berührte sie unangenehm. Sein unangenehmer Körpergeruch benebelte kurz ihre Sinne, es war ein Gemisch aus Deo, Rasierwasser und Schweiß.

Keine voreiligen Bewertungen abgeben, ermahnte sie sich.

Während sie auf die Getränke warteten, unterhielten sie sich über ganz belanglose Dinge. Small Talk würde Christoph jetzt sagen, dachte sie bei sich.

Herr Hausmann erzählte ihr, dass er die Firma zu dem Erfolg geführt hätte, den sie heute vorzeigen konnte. Denn als er vor vielen Jahren hier seine Arbeit aufnahm, gab es nur zwei Außenstellen, heute waren es mehr als sechzig und es würden noch mehr dazu kommen. Er lobte seine Arbeit überschwänglich und versuchte sich ins beste Licht zu setzen. Schweigend hörte Mona ihm zu, nickte höflich und bestätigte seine Lobeshymnen.

Die Sekretärin klopfte, bevor sie den Raum betrat, und stellte den duftenden Kaffee vor ihnen auf den Tisch. Sie arbeitete lautlos und Mona merkte die Routine in ihrer Tätigkeit.

Nachdem sie Gläser; Tassen, Zuckerdosen, Milchkännchen und Kaffeelöffel vor ihnen angeordnet hatte. Nahm sie die Kanne und goss ihnen die dampfende schwarze Flüssigkeit ein. Ein aromatischer Duft erfüllte den Raum und zog in Monas feine Nase. Tief atmete sie den Kaffeeduft ein, der ihre Sinne wieder belebte. Dann füllte die Vorzimmerdame die bereitstehenden Gläser mit Mineralwasser, Perlen von Kohlensäure stiegen empor und setzten sich an den Glasrändern fest.

Mona sah, wie sie unermüdlich zur Oberfläche drängten, um dann zu platzen. Doch lange konnte sie sich diesem Schauspiel nicht widmen, denn Herr Hausmann erforderte ihre Aufmerksamkeit. In Gedanken tadelte sie sich für ihr gedankenloses Handeln, sie wollte einen Kunden gewinnen und durfte sich nicht gehen lassen.

„Frau Sieben ich muss mich für meine ausschweifenden Erzählungen bei Ihnen entschuldigen, aber in dieser Firma steckt mein ganzes Herzblut und so übertreibe ich gern in der Länge meiner Erzählungen. Nun aber zu Ihnen, was haben sie mir denn Schönes zu bieten", fragte er mit einem süffisanten Lächeln.

Mona öffnete ihren Laptop und begann mit der Präsentation. Sie stellte die Firma vor, für die sie tätig war, und erläuterte das Produkt, bereitwillig ging sie auf alle Fragen ein und beantwortete sie nach bestem Wissen.

Die Situation entspannte sie sichtlich im Gesprächsverlauf und Mona fand schnell in ihre freundliche Art zurück. Ihre Wangen überzogen sich mit rosa Farbe und ihre Augen leuchteten, während sie sprach.

Die Frau war von dem Produkt überzeugt und konnte es ihrem Gesprächspartner überzeugend näherbringen. Zwischendurch stellte sie gekonnt Fragen, die Herrn Hausmann keine Zeit ließen unaufmerksam zu werden.

Dann endete die Präsentation und Mona schaute ihn direkt in die Augen.

„Herr Hausmann, wie gefällt ihnen unser Konzept", fragte sie.

„Sehr gut", bestätigte er ihr.

„Dann sollten sie es selber einmal ausprobieren. Wie meine Kunden es normalerweise machen ist. Sie nehmen einmal ein paar Artikel und probieren sie aus. Dann können sie sich selber überzeugen, ob alles stimmt, was ich ihnen gesagt habe und die Leistung erbracht wird."

Mona legte dabei das vorbereitete Auftragsblatt vor ihn und reichte ihm ihren Stift, welchen er zum Unterzeichnen benutzte.

Dann nahm sie einige Werbegeschenke unteranderen zwei Dosen Bonbons aus ihrer Tasche, während ihr Gegenüber den Auftrag unterschrieb und legte sie auf den Tisch. Danach verstaute sie ihre Unterlagen in der Tasche.

„Frau Sieben, ich hätte noch eine Frage an sie, jetzt da der geschäftliche Teil, für uns beide denke ich, gut ausgegangen ist."

„Bitte, wenn ich ihnen helfen kann, fragen sie ruhig", antwortete Mona und hob den Kopf.

„Während der Präsentation war es nicht möglich für sie das Internet zu öffnen und mir den Webshop zu zeigen, außerdem haben sie weder Firmenhandy mit erreichbarer Nummer noch Visitenkarten. Dennoch konnten sie mir ihr Produkt verkaufen, weil sie mich überzeugt haben, dass es gut ist. Glauben sie, dass Sie bei einer solchen Firma richtig sind? Ich suche längst eine Frau mit ihren Qualitäten, doch das sollten wir privat bei einer Tasse Kaffee besprechen", als er dies sagte, wanderte sein Blick abschätzend an Monas Körper abwärts. Zunächst musste Mona erneut schlucken, welch aufmerksamer Beobachter, dachte sie. Das würgende Gefühl machte sich mit Geschwindigkeit in ihr breit und hinterließ einen ekelerregenden Geschmack. Dann gesellte sich Wut, über soviel Unverschämtheit dazu.

Sie sah den Mann neben ihr direkt in die Augen und antwortete.

„Herr Hausmann, ich bestätige gern, dass bei meiner Ausstattung einige Fehler seitens der Firma gemacht wurden. Das bedeutet aber nicht, dass das Produkt schlecht ist. Denn ein Produkt wird nicht besser je länger man darüber spricht und bei unserem Produkt genügt eine kleine Präsentation und wenige Worte, weil es gut ist."

„Ich würde sie gern näher kennenlernen und ich glaube wir könnten beide davon profitieren. Bezahlt die Firma sie überhaupt, dafür dass Sie soviel Zeit bei den Kunden verschwenden? Man sieht ja immer wieder wie schnell die Vertreter wechseln", bedrängte er sie.

Ganz elegant doch mit eisiger Kälte erhob sich Mona in diesem Moment und streckte ihm ihre Hand entgegen.

„Herr Hausmann seien sie sicher, wir werden bezahlt. Sonst hätten wir keine Zeit Kunden wie ihnen stundenlang zu zuhören. Ich wünsche ihnen noch einen schönen Tag und verabschiede mich."

Wieder überkam sie das Gefühl von Ekel, als er ihre Hand berührte.

Zweideutig lächelnd und mit einem Blick aus seinen kleinen Augen, der über ihren Körper wanderte, beendete Herr Hausmann seinerseits das Gespräch.

Er fühlte sich mit seiner billigen Anmache äußerst überlegen. Denn in seinem Kopf spukten die Gedanken von käuflicher Liebe.

Mona verließ mit steifen Rücken und stolz das Büro. Doch innerlich fühlte sie sich verletzt, angewidert und benutzt. Der Ekel ließ sie würgen und kaum auf der Straße angekommen rang sie nach Atem.

Sie lief schnellen Schrittes zum Parkplatz und im Auto ließ sie ihren Tränen freien Lauf.

Mona weinte einfach still vor sich hin. Sie nahm nichts um sich wahr, nur Wut und Demütigung fühlte sie in ihrem Körper. Dann nahm sie das Handy zur Hand und wählte Freds Nummer.

„Schatz, ich komme nach Hause. Ich will nicht mehr", schluchzte sie.

„Hey, was ist passiert? Komm Heim aber fahre bitte vorsichtig oder soll ich dir entgegen kommen und dann erzählst du mir alles in Ruhe", redete Fred auf sie ein.

„Nein es geht schon. Ich gebe auf mich Acht aber ich muss noch zur Bank. Bis dann", sagte Mona traurig.

Während der Fahrt beruhigte sich die Frau etwas. Nur noch Spuren der verweinten Augen waren Zeuge des Vorfalls, als sie zu Hause ankam.

Franzi war zum Musikunterricht und so hatten Fred und Mona Gelegenheit allein über den Vorfall zu sprechen.

Ihr Mann hörte ihr schweigend zu, doch innerlich tobte er vor Eifersucht und Wut.

„Weißt du die ganze Firma, stinkt zum Himmel. Das Produkt mag ja gut sein aber das ist wahrscheinlich schon alles. Zuerst heißt es, ihr werdet eingearbeitet, erhaltet Festkunden, Neukundenwerbung gehört auch dazu und ihr bekommt eine Aufbauhilfe. Dann sollt ihr ausgestattet werden mit dem neuesten technischen Know-how. So und jetzt mal die

Wirklichkeit aus vier Wochen werden fünf zur Einarbeit und nichts wird mit euch abgesprochen. Es gibt nur Neukunden Akquise, von Stammkunden und Aufbauhilfe weiß niemand etwas mehr. Dafür wirst du nur mit Laptop, der geht noch mit mal ins Internet und ohne Handy auf die Kunden losgelassen. Wenn du mir deine Privatnummer geben würdest, würde ich es auch als Einladung ansehen, ohne den Typen in Schutz zu nehmen", erklärte Fred ihr.

Mona schaute ihn an, wieder rollten Tränen über ihr Gesicht und hinterließen Spuren von Wimperntusche und Kajalstift auf ihren Wangen.

„Ich fühle mich so schmutzig. Du hättest die Hand anfassen müssen, wie ein Frosch, fühlte es sich an.", sagte sie und schüttelte sich.

„Gib den Plunder zurück. Du hast selber einen Laptop und brauchst die Sachen nicht. Gibt es niemanden der in unserer Nähe wohnt, damit du nicht noch einmal dahin musst. Es ist schade um den Sprit, dafür kannst du dir eher etwas schöner kaufen", erwiderte Fred.

Dann nahm er seine Frau in die Arme und küsste sie leidenschaftlich.

„Du hast Recht, ich kann den Laptop und die Unterlagen Hans mitgeben. Er wohnt etwa eine halbe Stunde von uns. Das ist der Kollege, den ich einmal auf dem Heimweg mitgenommen habe. Ich erzählte dir, dass er vor kurzem in sein Elternhaus gezogen sei. Danke Fred."

„Wofür", fragte ihr Mann.

„Mona, du warst so viele Monate für mich da und ich habe nicht erkannt, wie sehr du unter meiner Trinkerei gelitten hast. Gib mir einfach die Chance alles wieder gut zu machen und dir zu beweisen, wie sehr ich dich liebe mehr will ich nicht."

Fred hielt Mona fest in seinen Armen, als wollte er sie nie wieder loslassen, aus Angst sie zu verlieren. Er hatte seine Frau lange nicht mehr so aufgebracht gesehen.

Am späten Nachmittag klingelte ihr Handy. Es war Marcel.

„Hallo Mona bist du schon in Frankfurt", fragte er.

Zu seinem Erschrecken antwortete sie.

„Nein und ich fahre auch nicht hin. Heute war mein letzter Tag für die Firma Muster. Meinen Laptop samt Unterlagen und Terminen gebe ich mit den restlichen Werbegeschenken bei Hans ab, der kann dann alles mitbringen."

„Warum, was ist denn passiert. Du warst bis gestern sehr erfolgreich", fragte Marcel nach.

„Ich habe es dir bereits gesagt, dass ich noch immer kein Geld bekommen habe und heute war der absolute Höhepunkt. Mein letzter Kunde hat mir das Gefühl vermittelt, nachdem er den Vertrag unterzeichnet hat, ich sei Freiwild. Ich fühle mich entsetzlich gedemütigt."

„Mona ich weiß zwar im Moment nicht so richtig, worum es geht, aber eine Frau wie du lässt sich doch nicht von so einen entmutigen. Erzähle mir erst einmal, was los war und wir werden schauen, ob ich dir helfen kann", forderte Marcel sie zum Sprechen auf.

Dieser Aufforderung kam die Frau gern nach und sie schimpfte munter drauflos. Mona erzählte von ihrem Tag und den Kundenterminen und vor allen Dingen vom Letzten. Dann beendete sie ihren Redefluss damit, dass noch immer kein Geld eingegangen sei und wie enttäuscht sie darüber wäre. Deshalb ist heute ihr letzter Tag gewesen und sie gäbe Hans die Unterlagen und Utensilien mit. Er könne auch ihre Termine für sie wahrnehmen, beendete sie das Telefonat.

Marcel hörte sich ernsthaft traurig an. Er hatte sie als Kollegin schätzen gelernt und mochte ihre gerade unkomplizierte Art.

„Schade, dass ich dich nicht umstimmen kann. Du wirst mir fehlen aber ich akzeptiere deine Gründe. Machs gut", mit diesen Worten legten beide auf.

Kurze Zeit später läutete ihr Telefon erneut. Mona wunderte sich nicht darüber, dass es Christophs Nummer war, die sie im Display sah.

„Hallo Christoph", begrüßte sie ihn.

„Hallo Mona, bist du noch unterwegs oder schon im Hotel", fragte er.

„Weder noch Christoph. Ich bin zu Hause. Sicherlich hast du aber bereits damit gerechnet nach unserem letzten Gespräch", erwiderte Mona.

„Wenn ich ganz ehrlich sein soll, hatte ich gehofft du würdest dich beruhigen und heute hier erscheinen. Was kann ich tun, um dich umzustimmen", erkundigte er sich.

„Nichts. Ich glaube es ist alles gesagt zwischen uns. Außerdem, wie du sicherlich schon weißt, habe ich diesbezüglich längst mit Marcel gesprochen."

„Warum sagst du, ich wüsste das Du mit Marcel gesprochen hast? Willst du mir nicht sagen, was passiert ist, vielleicht kann ich dir ja helfen", bot Christoph an.

„Nun weil ihr zwei ja ständig telefoniert und erreicht der eine nichts, ruft der andere an und versucht sein Glück. Wir beide müssen uns doch nichts vormachen Christoph oder? Außerdem hatte ich heute einen super Kunden und fühle mich noch immer verletzt. Es war nicht nötig, dass ich die Prügel einstecke, nur weil du versäumt hast meine Ausrüstung zu komplettieren."

„Ich verstehe. Doch gib mir bitte die Chance es wieder in Ordnung zu bringen. Ich fahre auch gern mit dir zu dem Kunden und stelle die Sache klar. Nur komm nach Frankfurt", bat er.

Seine Stimme war warm und sie hörte den Anflug von Traurigkeit darin. Dieser Klang, der das Herz berührt und es schmerzen lässt. Sehnsucht überkam sie und sie fühlte sich wieder magisch angezogen von ihm.

Vorsicht rief ihr eine innere Stimme zu, gib nicht nach. Denn wenn er am Telefon bereits so viel Macht über dich hat, wie wird es erst, sobald ihr euch wieder gegenübersteht.

Mona sammelte all ihre Kräfte und sagte, mit fester Stimme.

„Nein, ich komme nicht mehr zurück. Die Firma hat mich belogen und ich fühle mich von ihr genauso benutzt, wie von Herrn Hausmann. Leb wohl Christoph."

„Leg nicht auf. Lass es nicht so enden. Du hast Talent, bist charmant und kommst beim Kunden gut rüber. Jemand wie du lässt sich nicht von einem Kunden zum Aufgeben zwingen. Was ist der wirkliche Grund, sprich mit mir", versuchte er sie zum Reden zu bewegen.

Mona beendete das Gespräch, in dem sie einfach auflegte. Stille drang an Christophs Ohr. Doch der Mann wollte sich nicht geschlagen geben. Er musste etwas unternehmen.

Sein Puls raste und er fühlte sein Herz wild schlagen, der Kopf schmerzte bereits. Nichts wollte ihm einfallen und so saß er völlig hilflos am Schreibtisch als Mathilda das große Büro betrat.

Sie war eine erfahrene Frau und erkannte sofort, dass etwas mit ihm nicht in Ordnung war.

„Hallo Christoph, du siehst aus als wäre dein bester Freund gestorben. Was ist passiert", fragte sie ehrlich besorgt.

Christoph reagierte wie elektrisiert so wurde er durch sie aus seinen Gedanken gerissen.

„Mona kommt nicht mehr, sie gibt auf", antwortete er mit traurigem Blick.

„Warum, sie war doch gut und ich habe vorgestern noch mit ihr telefoniert, da war sie total begeistert."

„Ja sie hat keine Aufbauhilfe überwiesen bekommen und fragt sich nun und das zu Recht, muss ich gestehen, ob sie nicht über den Tisch gezogen wurde. Denn in ihrem Vertrag steht wohl etwas anderes. Außerdem ist Mona nicht dumm."

„Soll ich sie morgen mal anrufen. Heute macht es keinen Sinn, sie ist viel zu sensibilisiert und merkt sofort, dass wir zusammen gesprochen haben. Dann hat sie kein Vertrauen mehr zu mir und ich möchte ungern den Kontakt zu ihr verlieren wegen eines Missverständnisses."

Hilda musste ungewollt lächeln als sie mit Christoph sprach. Denn die Späße die sie gemeinsam mit Mona gemacht hatte fielen ihr wieder ein.

„Das wäre wirklich nett von dir Mathilda, würdest du es für mich machen."

„Ich werde das Gefühl nicht los, du empfindest mehr für diese Frau als nur kollegiale Freundschaft. Christoph es ist oberstes Gebot fange nichts mit einem Kollegen an und schon gar nicht mit einer verheirateten Frau. Hör auf, bevor es zu spät ist."

Mathilda`s Stimme klang ernst und aus ihren Augen blitzte es verdächtig. Christoph schaute sie an und entgegnete ihr.

„Ich weiß, was ich tue. Hier geht es um eine Mitarbeiterin, die nützlich für unseren Klub sein könnte. Denn sie ist in der Lage überdurchschnittliche Umsätze zu erreichen. Vergiss nicht es waren deine Worte, dass sie ein Gewinn für uns sein könnte. Mir ist durchaus bewusst das Sie als verheiratete Frau für mich tabu sein muss."

„Gut dann werde ich mein Möglichstes tun. Doch denke immer daran und vergiss es nicht", erwiderte sie.

Die Schärfe in ihrer Stimme war unüberhörbar. Mathilda machte auf den Absätzen kehrt und verließ das Büro.

Kaum war Christoph allein, holte er tief Atem. Auf keinen Fall durften seine Gefühle für diese Frau ihn verraten. Denn das bedeutete nur Schwierigkeiten.

Er musste wieder lernen, sein ich zu verstecken und der kühle besonnene Geschäftsmann werden, der er einmal war, bevor er Mona traf.

Schwäche wird in der Organisation gleichgesetzt mit Krankheit und diese belastet die Gemeinschaft.

Er wusste, dass laut seiner Religion der Betroffene von den Anderen abgegrenzt wird und er keinerlei Verständnis erwarten durfte. Im Gegenteil seine Willensschwäche würde die Gruppe hindern Gewinne zu erzielen und damit Produktiv zu sein.

Innerlich hoffte er auf den Erfolg nach Mathilda`s Telefonat.

Zu gleicher Zeit telefonierten Mandy und Mona.

Mona erzählte von ihren Erlebnissen des Tages und sagte, dass sie nicht mehr nach Frankfurt fahren würde. Sie wollte nichts mehr mit der Firma Muster zu tun haben, von der sie bitterlich enttäuscht war.

„Abhaken hat Fred gesagt. Morgen werde ich Kontakt zu einem früheren Kollegen aufnehmen, mal sehen, ob ich vorerst als Springer tätig sein kann und nächstes Jahr wieder fest einsteige", berichtete Mona.

„Hast du es gut. Doch ich will nicht jammern", seufzte das Mädchen.

„Denn ich hatte heute auch ein kleines bisschen Glück. Ich habe mit meinem alten Chef gesprochen und kann zur Vertretung vorerst viermal pro Woche die Nachtschicht übernehmen", erzählte sie freudig.

Mona konnte die Freude deutlich spüren und den Stolz den Mandy in ihre Stimme legte. Deshalb sagte sie.

„Siehst du alles, wird wieder gut. Du darfst nur nicht aufgeben. In einem Jahr sitzen wir lachend in einem Eiscafé, schlemmen unseren riesenhaften Früchtebecher und lachen darüber."

Mona schaffte es immer, wieder Mandy zu ermutigen. Denn sie konnte ihr helles Lachen durch das Telefon hören. Sie ließ sich bereitwillig davon anstecken.

Am Abend saß sie wieder eng an Fred gekuschelt auf dem Sofa. Eine dicke Kerze brannte vor ihnen auf dem Tisch und verbreitete verschwommenes Licht. Im gelben Kerzenlicht erschien ihr die Welt viel wärmer und weicher. Sie konnte die Kälte und Herzlosigkeit der Menschen einfach draußen vor der Tür lassen. In Freds Armen fand sie Geborgenheit und Ruhe.

Spät in der Nacht als längst Stille in das Haus eingezogen war, lag Mona wach in ihrem Bett. Neben ihr schlief Fred und seine gleichmäßigen Atemzüge drangen in ihr Ohr. Franzi schlummerte friedlich im Zimmer nebenan und träumte mit einem Lächeln im Gesicht, von ihrem Uli.

In dieses Idyll drängte sich mit fortwährender Hartnäckigkeit das Bild eines traurigen Männergesichts. Mona wollte diese Gedanken beiseiteschieben, es wollte ihr einfach nicht gelingen.

Zweifel beschlichen sie, ob sie richtig gehandelt hätte. War es gut einfach das Telefonat zu beenden, fragte sie sich im Stillen.

Schon antwortete ihre innere Stimme natürlich, denn hättest du länger zugehört, wärst du nach Frankfurt gefahren. Du allein weißt, welche Macht dieser Mann über dich hat und er darf es nie erfahren. Er hätte dich nie wieder nach Hause fahren lassen und du hättest nicht nur deinen Mann, sondern auch dein Kind verloren. Genau das war der entscheidende Punkt, an dem Mona aus ihren Grübeleien wach wurde. Nichts und niemand würde sie von ihren Kindern trennen, das war schon immer ihr Lebensprinzip und nichts würde sich daran ändern.

In dieser Nacht schlief Mona schlecht. Sie schreckte immer wieder aus ihren Träumen auf und es dauerte endlose Minuten, bis sie wusste, wo sie war und sie sich zurechtfand.

Selbst im Schlaf fand sie keine Ruhe. Die Arbeit mit allen Erlebnissen begannen ihre Spuren in Monas Seele zu hinterlassen.

Denn sie fühlte sich in zwei Hälften gespalten, so als wäre sie zerrissen worden.

Die eine Hälfte war der Familienmensch und die andere wollte Karriere machen, im Glitzerlicht stehen und frei sein, für Christoph.

XIX

Am Morgen fühlte sie sich wie gerädert und dunkle Schatten lagen um ihre Augen. Mona war festentschlossen, ihr Leben wieder in die richtigen Bahnen zu lenken. Sie hatte immer noch auf ein Wunder gehofft, doch es wollte sich nicht einstellen.

Nachdem sie gefrühstückt und geduscht hatte, schrieb sie eine E-Mail an Stine. Sie teilte ihr kurzerhand mit, dass sie nicht mehr mit der Firma Muster zusammenarbeiten werde.

Dann packte sie alle Utensilien und den Laptop ins Auto und rief Hans an.

„Hallo Hans. Mona hier. Bist du zu Hause? Ich wollte dir schnell meine Sachen bringen und du nimmst sie bitte mit nach Frankfurt zu Stine."

„Hallo Mona. Ja ich bin gerade Heim gekommen. Wann bist du in etwa bei mir", fragte Hans.

„Ich glaube in ungefähr einer halben Stunde, ist das in Ordnung für dich", wollte Mona wissen.

Sie hatte gerade aufgelegt, als ihr Handy erneut summte.

„Mona Sieben", meldete sie sich.

Plötzlich zog ein Lachen über ihr Gesicht.

„Hallo Mathilda", begrüßte sie die Kollegin mit lachender Stimme.

„Schön dich zu hören. Na hattest du heute Telefon-dienst? Was hast du gelogen, saßt du wieder neben der Kaffeemaschine", scherzte sie.

„Mona, ich doch nicht. Du weißt ich bin immer lieb", antwortete sie mit unschuldsvoller Stimme.

„Schön dich mal wieder zu hören. Rufst du nur mal so an oder womit verdiene ich deine Aufmerksamkeit", fragte Mona.

„Naja ich vermisse dich und unsere schöne Zeit. Aber ich hörte auch, dass du die Brocken geschmissen hast. Warum machst du das? Kann ich dir irgendwie helfen", wollte Hilda ohne Umschweife wissen.

„Es ist wie immer und überall, wenn nichts geht, aber der Buschfunk klappt super. Ja richtig ich habe es satt und komme nicht mehr. Du kennst mich, ich kann nicht mit Menschen arbeiten, die nicht ehrlich sind", erzählte sie.

Dann berichtete sie Mathilda, was sich in den letzten Tagen ereignet hatte und warum sie so frustriert sei.

Hilda hörte einfach nur zu, sie redete nicht dazwischen. Es war eine der Eigenschaften, die Mona an ihr bewun-derte. Gute Zuhörer gab es nur wenig und Mathilda war einer von ihnen.

Als Mona sich alles von der Seele geredet hatte, sagte sie.

„In vielen Dingen gebe ich dir Recht. Das ist aber nur meine Meinung, die ich dir jetzt sage. Erstens Stine hat mir das Geld auch nur geschickt, weil ich einige Male gefragt habe. Sonst hätte ich nichts bekommen. Wie du sicherlich noch weißt, habe ich nur von meiner Kreditkarte gelebt. Mit deiner Ausstattung, das ist wirklich nicht richtig gewesen. Doch das solltest du Christoph ins Gesicht sagen. Überdenke alles noch einmal und gib nichts auf das Gerede von Mandy, du weißt ich halte nicht viel von ihr. Mandy ist naiv und selber schuld, wenn sie sich alles gefallen lässt. Sie hat sich ständig hinter dir versteckt."

„Ich kann dir nicht versprechen, ob ich wiederkomme. Denn ich bin völlig aus der Bahn gekommen. Du weißt, dass mir das Fixum zusteht, und ich sehe nicht ein um etwas zu bitten, was vertraglich vereinbart wurde. Das ist erbärmlich", erwähnte die Frau mit müder Stimme.

„Du überlegst in Ruhe. Bist du der Meinung, du hast einen Fehler gemacht und willst um dein Recht kämpfen, dann komm zurück. Doch für mich musst du es nicht tun. Ich mag dich als Mensch, egal wie deine Entscheidung ausfällt. Ich finde du hast das Zeug zum Verkäufer und könntest bei uns eine Menge Geld verdienen. Die Kollegen mögen dich und an Spaß hat es auch nicht gemangelt. Denk einfach in Ruhe darüber nach und melde dich mal wieder bei mir", beendete Hilda das Gespräch.

Mona verabschiedete sich ebenfalls. Sie legte das Handy auf den Beifahrersitz.
Nachdenklich saß sie stumm in Fahrzeug und musste über das Gespräch nachdenken. Sie gab Hilda insgeheim Recht. Denn oft genug hatten die Beiden zusammengelacht und herumgealbert. Doch wenn alles so gut war, warum versuchte die Firma sie dann um ihr Geld zu prellen. Die Frage musste vorläufig unbeantwortet bleiben, denn Hans trat aus der Haustür und kam auf sie zu.
„Guten Tag Hans. Es ist wirklich lieb von dir meine Sachen mit nach Frankfurt zunehmen", begrüßte sie den Mann und reichte ihm ihre Hand.
„Hallo Mona, wie geht es dir. Komm erst mal rein und trink eine Tasse Kaffee mit mir und meiner Frau. Die Sachen können wir später umladen."
Gemeinsam betraten sie das gemütliche Häuschen. Es war einfach und doch stilvoll eingerichtet, genauso hatte sie es sich vorgestellt. Mona wurde herzlich von einer schlanken Frau, mit kurzem blondem Haar begrüßt.

„Hallo ich bin Tina. Hans hat mir schon viel von dir erzählt. Komm rein und setz dich erst einmal hin. Ich komme gleich"

Während Mona wartete, hatte sie Gelegenheit sich umzusehen. Ein Blick durch die Fenster zeigte ihr einen Wintergarten und daran schloss sich der Garten.

Mona sah Kinderspielzeug herumliegen, und gerade als sie darüber nachdachte, kam ein etwa fünfjähriger Junge durch die Balkontür gelaufen.

Unwillkürlich musste Mona wieder in Christoph denken. Irgendwann einmal hatte er ihr erzählt, dass er einen Sohn hat. Etwa im gleichen Alter wie dieser kleine Kerl da vor ihr.

Kinder hatte Christoph ihr gesagt, gäbe es in seiner Gemeinschaft nur bis sechs Jahre. Dann sind es kleine Männer und Frauen und auch sie müssen lernen Produktiv zu sein, wie die Rekruten.

„Hallo wer bist du denn", wollte er mit kindlicher Neugier wissen. Er war das Ebenbild seiner Mutter Tina.

„Ich bin Mona eine Kollegin von deinem Papa und du bist sicherlich Marvin. Dein Papa hat mir schon eine Menge von dir erzählt", sagte sie.

Seine klugen Augen musterten sie und Mona dachte, was für ein aufgewecktes Kerlchen.

In diesem Moment betraten Hans und Tina den Raum. Hans trug ein Tablett mit Kaffeetassen, Tellern, Milchkännchen, Zucker und Plätzchen. Tina hielt die Kaffeekanne in der Hand. Sie wartete bis Hans alles auf dem Tisch arrangiert hatte und goss dann den Kaffee in die Tassen.

Schnell wie ein Pfeil schoss die kleine Kinderhand nach vorn und stibitzte einen Keks, der mit der gleichen Geschwindigkeit im Mund des Jungen verschwand.

Mona musste über diese Reaktion des Kleinen lachen.

Doch Tina ermahnte ihren Sohn.

„Marvin wir haben einen Gast und wie benimmst du dich?"

Sein Gesicht verzog sich zu einem Schmollmund und trotzig antwortete er.

„Da sind noch genug Kekse übrig. Außerdem ist Mona kein Gast, sondern eine Kollegin von Papa:"

Er hatte seine Hände in die Hosentaschen gesteckt und stand altklug vor seinen Eltern.

Mühsam mussten die Erwachsenen nun ein Lachen unterdrücken.

Deshalb sagte Hans mitgespielt ernster Miene.

„Junger Mann wolltest du nicht im Garten spielen? Dann aber los und wenn du reinkommst, werden erst die Hände gewaschen. Ich hoffe du hast mich verstanden."

Als wäre ein Schwarm Bienen hinter ihm her, stürmte Marvin aus dem Zimmer.

„Ein süßes Kerlchen!", lachte Mona.

„Da hast du Recht. Aber im Moment will er ständig beschäftigt werden, wir sind froh, wenn er eingeschult wird. Mitunter ist er ganz schön anstrengend", erwiderte Tina.

„Mona, du sagtest du willst aufhören, darf ich dich nach dem Grund fragen", wollte Hans wissen.

„Ich glaube es sind viele Faktoren, die dabei eine Rolle spielen", antworte Mona ehrlich. Dann erzählte sie Hans und Tina alles, was vorgefallen war.

Kopfschüttelnd sagte Hans.

„Eigentlich passt das nicht zu Muster. Ich bin jetzt zwar erst ein paar Monate dabei. Doch so etwas gab es noch nicht oder Tina, du bist doch schon einige Jahre da. Was sagst du denn dazu?"

„Ich weiß auch nicht, wie ich dieses Verhalten einschätzen soll. Mona, ich an deiner Stelle würde mich nicht einfach so geschlagen geben. Bist du dir sicher, dass Johann von diesen Vorfällen weiß. Ich könnte mir vorstellen, dass es da einige Unklarheiten in der Verständigung zwischen Christoph, Stine und dir gibt", sagte Tina.

Diese Frau gefiel Mona, ihre direkte Art machte es Mona leicht über ihre Vermutungen zu sprechen. Doch gleichzeitig hallte in ihrem Hinterkopf, dass Tina schon jahrelang bei Muster arbeitet. Gehörte sie auch zum Klub und würde Marvin dann etwa bald als Erwachsener rekrutiert? Nicht darüber nachdenken, rief sie sich in Gedanken zur Ordnung.

„Weißt du eigentlich, dass ich auch zu der Glaubensgemeinschaft gehöre“, fragte Hans sie plötzlich.
„Nein aber damit habe ich auch kein Problem. Mich stört nur diese Geheimniskrämerei. Es ist wie im Krimi. Die Spannung wird langsam gesteigert, um dich anzulocken und dann kommt die Ernüchterung. Genauso fühle ich mich derzeit.“

„Ich verstehe, was du sagen möchtest und von mir bekommt jeder eine ehrliche Auskunft, der mich fragt“, sagte Hans.

„Als meine Frau, vor einigen Jahren starb, war ich plötzlich mit zwei kleinen Kindern ganz allein. Die Vorstellung, dass ihre Seele auffährt in den Himmel und irgendwo, da oben sitzt, schien mir wenig glaubwürdig. Die Trauer, der Kummer und meine

Hilflosigkeit zwang mich dazu, mich damit zu beschäftigen und so kam ich zum Klub. Es war für mich eher nachvollziehbar, dass ihre Seele wiedergeboren wird und sich weiterentwickelt. Ich fand Hilfe und Verständnis in der Glaubensgemeinschaft."

Damit beendete er den Satz und schaute Mona an.

Mona hatte aufmerksam seinen Worten gelauscht und sah nachdenklich aus, doch kein Wort kam über ihre Lippen

„Niemand kam und sagte kann ich dir helfen oder wie geht es dir? Es gab nur Herr Müller sie müssen eine Tagesmutter für die Betreuung der Kinder suchen, sonst können sie nicht arbeiten, nur Auflagen, sonst nichts. Ich war als Vater sowieso mit der zusätzlichen Mutterrolle überfordert und musste mich völlig neu organisieren. Gleichzeitig sollte ich noch Geld verdienen damit wir überleben konnten, wie ich das stemme, interessiert keinen."

Hans versuchte sich zu rechtfertigen.

„Sicherlich hätte es auch eine andere Lösung gegeben. Ich gebe dir natürlich Recht, dass viel zu oft der Mensch hinter den ganzen Vorschriften nicht gesehen wird. Es ist als hättest du Husten und gehst zum Arzt. Du bekommst Hustentropfen, egal wie lange, nur auf die Idee die Lunge zu röntgen kommt keiner. Wir bekämpfen die Folgen und nicht die Ursachen. So denke ich darüber, doch das ist meine private Meinung", schlussfolgerte Mona.

Hans trank einen Schluck Kaffee, bevor er weiter sprach.

„Weißt du eigentlich, dass ich früher mal Messdiener war und Theologie studieren wollte?"

„Wie grotesk", stellte Mona fest.

„Du hast deine ganze Gesinnung umgestellt. Doch unterrichten könntest du glaube ich eh nicht mehr. Es ist dir vor dem Gesetz, als Anhänger der Sekte, nicht gestattet. Fehlen dir die Kinder nicht manchmal? Hast du mal darüber nachgedacht, was wäre heute aus dir und deinen Kindern geworden wenn du nicht den Weg zu der Gemeinschaft genommen hättest."

„Ich habe auch so meinen Frieden gefunden."

Als Hans dies sagte, glaubte Mona einen Anflug von Traurigkeit in seinen Augen zu sehen. Still nahm sie es zur Kenntnis, doch für sich dachte sie. Vielleicht ist er gar nicht so glücklich und zufrieden, wie er mir glaubhaft machen will.

Tina bemerkte die unfreiwillige Pause und versuchte nun die Situation zu überbrücken.

„Hans hat mich kennengelernt, als er Witwer war und wir heirateten einige Jahre später. Marvin ist unser gemeinsames Kind. Durch mich ist Hans zu unserer Glaubensgemeinschaft gekommen und lernte mit seiner Trauer umzugehen. Ich bin schon viele Jahre Mitglied und arbeite seit mehr als zehn Jahren für Johann. Doch etwas Derartiges wie du uns berichtest habe ich noch nie gehört. Natürlich habe ich einige Jahre ausgesetzt und mich der Familie gewidmet. Ich bin dabei wieder einzusteigen und hoffe du überlegst deinen Entschluss noch einmal. Es gibt immer eine Lösung, wie du ja selbst eben gesagt hast", betonte Tina. Ein warnender Unterton klang in ihrer Stimme mit. Mona verstand die unsichtbare Grenze, die ihr gezeigt wurde.

Danach erhob sich die Frau und ging zur Küche.

„Mona, ich mache kein Geheimnis um unsere Glaubensgemeinschaft. Jeder der mich fragt erhält eine ehrliche und offene Antwort. Ich habe einige CDs und auch DVs vielleicht hast du Interesse und möchtest einmal ganz unverbindlich reinhören. Dann werden dir bestimmt ein paar Fragen beantwortet."

Sofort wurden Monas Alarmglocken geweckt und ihre innere Stimme mahnte zur Vorsicht. Doch auch die Neugier der Frau war angestachelt worden und wollte mehr.

„Das ist nett von dir. Gern nehme ich dein Angebot an und werde dir die Unterlagen auch bestimmt zurückgeben", sagte Mona.

Tina hatte sich zwischenzeitlich wieder an den Tisch gesetzt. Sie hob den Kopf und schickte ihrem Mann einen Blick hinterher, der ihm zurief, was soll dein Verhalten, sie gehört nicht zu uns.

„Danke Tina, dass ihr mir ermöglicht mithilfe der CDs und DVs ein paar Antworten zu finden. Doch bis ich mir sicher bin, werde ich nicht weiter arbeiten. Ich komme mit dieser Situation nicht zu Recht. Außerdem haben die Kunden immer besonders sensible Sensoren und fühlen, wenn wir nicht bei der Sache sind. Ich hoffe du verstehst mich."

Während sie sprach, schaute Mona die Frau ihr gegenüber an.

Hans hatte alles in eine Plastiktüte gepackt und betrat den Raum. Genau diesen Moment nutzte Mona und erhob sich. Sie nahm die dargebotene Tasche und gab Hans und Tina die Hand.

„Vielen Dank. Ich möchte mich jetzt verabschieden. Ich hoffe ihr versteht meine Entscheidung. Können wir noch mein Auto ausräumen?"

Gemeinsam gingen sie zu Monas Pkw und holten die Kartons mit Werbegeschenken, die restlichen Präsentationsmappen und den Laptop aus dem Kofferraum.

Sie verstauten die Sachen im Hauseingang und verabschiedeten sich.

Mona winkte den Beiden noch einmal zu und fuhr davon.

Sie fühlte sich erleichtert, denn sie wusste ihre Entscheidung war richtig. Deshalb drehte sie gut gelaunt die Radiomusik lauter und sang laut mit.

Zu Hause angekommen parkte sie ihren Wagen und betrat mit leichtem Schritt das Haus.

Fred saß am Küchentisch und trank ein Bier. Ein Schatten überzog ihr Gesicht, sie runzelte die Stirn und fragte.

„Habe ich etwas verpasst oder warum trinkst du wieder?"

Dann stellte sie ihre Tasche ins Arbeitszimmer und setzte sich an den Küchentisch zu ihrem Mann.

„Nein, was sollte denn passiert sein? Ich hatte einfach Lust ein Bier zu trinken und sonst nichts", versuchte er die Situation herunter zuspielen.

„Aber ich habe ganz klar in Erinnerung, dass du nichts mehr trinken wolltest oder irre ich mich", fragte Mona enttäuscht nach.

„Mona mach kein Drama aus einem Bier", antwortete Fred schroff.

Verärgert stand Mona auf und suchte sich eine Beschäftigung. Sie musste sich ablenken, um nicht sofort unhöflich zu werden. Doch die Verzweiflung trieb ihr die Tränen ins Gesicht und sie musste heftig schlucken.

Auf keinen Fall wollte sie sich vor ihren Mann die Wut, über dem Schmerz den er ihr zufügte, anmerken lassen.

In der Nacht schreckte sie immer wieder aus ihren Träumen auf. Denn ständig sah sie Fred vor sich, wie er wieder rückfällig wurde und trank.

Seit langen tat Mona etwas, dass sie seit Ewigkeiten nicht mehr getan hatte. Sie betete still vor sich hin und bat um Hilfe. Denn sie wusste keinen Ausweg mehr, war bitter enttäuscht und fühlte sich verraten von dem Mann, den sie vor vielen Jahren aus Liebe geheiratet hatte.

„Hilf mir bitte!", schickte sie ihre Bestellung zum Himmel.

Dann holte die Müdigkeit sie ein und sie schlummerte ein.

XXI

Am nächsten Morgen setzte sie sich an ihren Computer und schrieb Christoph eine E-Mail. In der sie ihm mitteilte, dass sie ihren Abschied nahm.

Ein Stich in ihrem Herzen und Frankfurt mit Christoph wurde Vergangenheit, hoffte sie im Stillen.

Mona wollte Kraft haben und sich durch nichts ablenken lassen, ihr Leben wieder in Ordnung zu bringen. Sie musste sich ihren Problemen endlich stellen und nicht ständig davor weglaufen.

Mona begann das Haus zu putzen. Sie wollte die Woche nutzen in der Franzi sich auf Klassenfahrt befand. Dann wäre alles blitzblank sauber, wenn ihre Tochter zurückkam und sie hätte Zeit für ihr Kind.

Sie begann im Schlafzimmer, überzog die Betten neu und räumte die frisch gebügelte Wäsche ein. Als sie Freds Hemd in den Schrank hängte, bemerkte sie, dass seine Lederjacke völlig schief auf dem Bügel hing. Mona nahm sie heraus und wunderte sich über das Gewicht der Jacke. Sie griff in die Innentasche und entdeckte, zu ihrem Schreck, eine angetrunkene Flasche Korn.

Neugierig geworden räumte sie den kompletten Schrank aus. Das Ergebnis war deprimierend für sie. Denn zum Schluss standen zwei Flaschen Korn und eine Flasche Wein auf dem Boden vor ihr.

Mona nahm die Beute, ging ins Badezimmer und goss die Flüssigkeit in den Ausguss.

Danach stellte sie die leeren Flaschen auf den Küchentisch. Fred sollte es gleich sehen. Mona nahm sich vor, mit ihrem Mann ein klärendes Gespräch zu führen.

Vor Wut putzte sie, dass ihr der Schweiß über das Gesicht lief und sie völlig aus der Puste kam. Nachdem das obere Stockwerk sauber war, ging sie in die Küche, kochte Kaffee und stellte das Essen an. Ein Blick zur Uhr zeigte ihr, dass Fred bald heimkommen würde.

Schnell noch die Emails checken, dachte Mona bei sich. Sie haben Post, zeigte ihr der Bildschirm.

„Mona, ich möchte bitte noch einmal mit Dir sprechen. Diese Woche ist das leider aus Zeitgründen nicht möglich. Bitte gib mir die Möglichkeit dich nächste Woche anzurufen. Liebe Grüße Christoph", las sie.

„Gut, ich weiß zwar nicht, was es zu besprechen gibt. Aber du kannst mich gern anrufen. Liebe Grüße Mona", der Pfeil rutschte auf Senden. Klick, dann klappte sie den Bildschirm zu.

Mona deckte den Tisch, die leeren Flaschen standen direkt vor dem Teller. Fred betrat die Küche und sein Blick fiel auf die Pullen, dann wanderte er zu Mona.

Ihre schönen Augen waren fast schwarz und er sah darin ein Gemisch aus Wut, Trauer und Entsetzen.

Für einen Moment kam seine selbstsichere Art in wanken und er fühlte sich ertappt, wie ein kleines Kind, dass beim naschen erwischt wird.

„Was soll das", fragte er barsch ohne seine Frau zu begrüßen.

„Das frage ich dich", erwiderte Mona.

„Ich habe heute das Schlafzimmer aufgeräumt und dabei fand ich das Zeug. Jetzt sind die Flaschen leer, nachdem ich sie ausgegossen habe. Doch wie kommen sie in deinen Wäscheschrank?"

Aufgebracht hob sich ihre Stimme.

„Die stehen da schon ewig drin. Ich habe sie nur vergessen herauszunehmen. Was soll dein Verhör? Ich bin kein kleines Kind. Habe ich dir nicht versprochen mit der Sauferei aufzuhören", wütend verzerrte sich sein Gesicht beim Sprechen.

„Du willst mir doch nicht erzählen, dass du die Flaschen vergessen hast. Gestern stand eine Flasche vor dir und du hast sie getrunken. Ich bin doch nicht blind. Hast du noch mehr davon versteckt? Dann sag es mir besser direkt."

Monas Stimme wurde immer lauter. Die Enttäuschung stand ihr ins Gesicht geschrieben, rote Flecken liefen über ihren Hals und das Gesicht.

Fred stand auf und nahm die Flaschen vom Tisch. Dann brachte er sie in den Müll.

Die Eheleute sprachen kein Wort mehr miteinander und die Stille, die sich im Haus breitmachte, lastete schwer auf ihrer Beziehung.

Für Mona war es ein absoluter Vertrauensbruch. Fred fühlte sich dagegen von seiner Frau bespitzelt und ausspioniert.

Nach dem Abendessen zog er sich in seine Werkstatt zurück. Mona blieb allein in der Küche. Sie hatte den Kopf in die Hände gestützt und starrte vor sich hin.

Spät am Abend zog sie sich in ihr Bett zurück. Sie hörte nicht als Fred sich schlafen legte.

Am Morgen gingen die Eheleute noch immer noch schweigend durch das Haus. Fred beeilte sich seinen Kaffee zu trinken und fuhr zur Arbeit.

Mona ging wie tags zuvor ihrer Hausarbeit nach.

So verging die Woche. Endlich war Freitag und Franzi kam von ihrer Klassenfahrt zurück.

Mona war überglücklich und stand schon viel zu früh am Bus, um ihre Tochter abzuholen. Dunkle Schatten lagen unter ihren Augen, die Tage eisigen Schweigens mit Fred hatten sie viel Kraft und Beherrschung gekostet.

Franzi sprang aus dem Reisebus und ihrer Mutter in die Arme.

Die Beiden lagen sich in den Armen und Mona hatte Not ihre Tränen zurück zuhalten.

„Mama, du heulst doch nicht oder?"

Hörte sie schon die Stimme ihrer Tochter.

„Ich doch nicht", antwortete sie tapfer.

Kaum saßen Mutter und Tochter im Auto sprudelten die Reiseerlebnisse nur so aus Franzi heraus.

Mona ließ sich gern von ihrer Tochter ablenken und hörte ihr schweigend zu, manchmal huschte ein Lächeln über ihr Gesicht.

Doch dem aufmerksamen Kind entging nichts und plötzlich fragte sie ihre Mutter.

„Was ist los? Hat Papa dich geärgert oder ist es noch schlimmer?"

„Noch schlimmer, denke ich. Ich glaube Papa trinkt heimlich", schluchzt sie.

„Na toll. Das hoffe ich aber nicht. Mama dann fliegt er endgültig raus. Ich habe keine Lust, dieses Theater noch mal mitzumachen", sagt das Mädchen mit ernster Stimme.

„Erzähl mir doch noch ein bisschen von deiner Reise", forderte Mona sie auf. Sie versuchte wie so oft ein für sie unangenehmes Thema zu umgehen.

Franzi ließ sich nicht lange bitten und erzählte munter drauflos.

Zu Hause angekommen staunte das Mädchen nicht schlecht. Denn Mona hat ihr Lieblingsessen gekocht und frische Blumen, auf dem Tisch gestellt.
Franzi umarmte ihre Mutter und sagte glücklich.
„Mama, du bist die Beste. Denn kochen konnten die in der Jugendherberge nicht, das Essen war einfach grausam. Ich habe bestimmt zwei Kilo abgenommen."
Die Mutter musterte sie von oben bis unten und schlussfolgerte dann.
„Die Hose sitzt aber noch gut oder war das alles Kniescheibenfett und ich kann deshalb nichts sehen:"
Beide lachten herzlich und setzten sich an den Tisch. In diesem Augenblick öffnete sich die Tür und Fred kam nach Hause.
Vorbei war die gute Stimmung und schweigen machte sich breit. Franzi grüßte ihren Vater fröhlich und versuchte ein unbefangenes Gespräch zu entfachen.
Doch es wollte ihr nicht so recht gelingen. Denn die Kälte die sich zwischen ihren Eltern breitmachte lastete auch auf ihr.

Nach dem Essen verschwand Fred wieder in seine Werkstatt.

Franzi folgt ihm nach wenigen Minuten. Doch wie schrecklich war die Entdeckung, welche das Mädchen machen musste. Denn als sie die Tür öffnete, sah sie, wie ihr Vater gerade einen Schluck aus einer Schnapsflasche nahm.

Erschreckt verschüttete Fred den Inhalt auf sein Arbeitshemd und die Flasche ging klirrend zu Boden.

Der Fuselgeruch breitete sich aus und erinnerte an eine billige Kneipe.

„Was soll das?"

Das Mädchen starrte ihren Vater mit aufgerissenen Augen an. Mona eilte herbei und auch sie ist über den Anblick und Gestank völlig entsetzt.

„Jetzt reicht es mir. Entweder gehst du morgen zum Arzt und lässt dir helfen oder du ziehst aus. Das ist mein letztes Wort", nach diesen Worten drehte sich Mona um, ließ Fred stehen und ging.

Franzi folgte ihr wortlos.

Fred blieb allein und völlig entgeistert zurück. Sein Haus aus Lügen fiel klirrend zusammen und übrig blieb nichts außer einem Scherbenhaufen. Schlagartig wurde er sich seiner misslichen Lage bewusst.

Er lief hinter den beiden her in die Küche und versuchte sich zu rechtfertigen.

„Was macht ihr für ein Drama, nur weil ich mal einen Schluck getrunken habe. Die Flasche stand schon seit Monaten dort. Ich wollte sie nur austrinken und wegwerfen."

„Warum wolltest du sie austrinken? Du hättest sie weggießen können. Um das Zeug ist es nicht schade."

Monas Antwort war laut, ihre Stimme ist eisig und abweisend.

„Ich habe einen Fehler gemacht", gestand Fred ernüchtert. „Doch ihr müsst nicht immer so ein riesen Theater machen. Ich wohne auch hier und werde nicht gehen."

„Fred, wann wirst du es verstehen. Du bist abhängig von diesem Zeug. Lass dir helfen und setzte nicht leichtfertig deine Familie aufs Spiel."

Eindringlich versuchte Mona ihren Mann zu warnen.

Fred suchte sichtlich nach Ausreden. Er schaute seine Tochter Hilfe suchend an, doch ohne Erfolg.

Aus den Augen seines Kindes schauten nur Enttäuschung und Vorwurf zu ihm.

Mit hängenden Schultern verließ er die Küche.

Am nächsten Morgen versuchte er, noch einmal mit seiner Frau und Tochter zu sprechen. Doch auch jetzt bleibt er erfolglos.

Mit gebeugten Kopf macht er sich auf den Weg zum Hausarzt. Er war überzeugt, dass er nicht süchtig war und hoffte nun auf die Bestätigung durch den Arzt.

„Herr Sieben bitte", hörte er die Sprechstundenhilfe seinen Namen aufrufen.

Er folgte ihr in das Behandlungszimmer. Der Arzt, etwa in seinem Alter, saß an seinem Schreibtisch und schaute ihn durch seine kleinen Brillengläser mit wachem Blick an.

„Guten Morgen. Wie geht es ihnen", fragte der Doktor freundlich.

Fred sah ihn an und dann begann er, sich über seine Frau und seine Tochter zu beschweren. Er erzählte dem Arzt, dass die Beiden ihn zum Doktor geschickt hätten, weil er angeblich zu viel trinkt.

Der erfahrene Mediziner erkannte die Situation sofort und hörte schweigend zu.

Dann schaute er auf die Krankenkarte des Patienten und sagt.

„Herr Sieben, sie waren vor zwei Jahren das letzte Mal zur Vorsorgeuntersuchung, wie wäre es, wenn wir das gleich mit erledigen? Haben sie heute schon gefrühstückt oder können sie noch Blut abgeben?"

Dem aufmerksamen Blick des Arztes entging die veränderte Gesichtsfarbe nicht, die Haut war rotbläulich geädert und die Augen getrübt.

Nachdem der Arzt den Blutdruck kontrolliert und die Lunge abgehört hatte besprach
er den Termin für die Ultraschalluntersuchung. Dann verabschiedete er sich von Herrn Sieben.

Mit einem neuen Termin und der Krankenbescheinigung kehrte Fred nach Hause zurück.

Die beiden Frauen waren noch zu sehr verletzt, um ihm einfach zu verzeihen.

Fred mied die Gesellschaft seiner Frau und Franziska. Denn die Vorwürfe hingen noch schwer in der Luft und erschwerten das Familienleben.

Die Tage zogen sich träge dahin.

Mona hatte mit einem früheren Kollegen telefoniert und wurde als Vertretungsfachberaterin vermittelt. Dadurch war sie über Tag nicht zu Hause und konnte keinen Einfluss auf den Alkoholkonsum ihres Mannes nehmen.

Langsam begann sich wieder der Alltag einzuschleichen. Mona und Fred gingen sich aus dem Weg und vermieden dadurch das Thema Alkohol.

Noch immer hing es wie ein Damoklesschwert über der Familie. Christoph platzte mit seinem Anruf mitten in eine schwierige familiäre Situation.

Mona war sichtlich genervt und trotzdem freute sie sich seine Stimme zu hören.

„Hallo Mona ich wollte noch einmal nachfragen wie es dir geht und ob du deine Entscheidung abändern möchtest?"

In Christoph`s Stimme lag wieder diese vertraute Wärme. Obwohl sie ihn seit einigen Tagen nicht mehr gehört hatte, reagierte sie noch immer auf ihm.

„Danke mir geht es gut. Wolltest du mir mein Geld bringen?" Ihre Stimme klang distanziert und kühl.

„Was machst du jetzt", hakte der Mann vorsichtig nach. Längst hatte er den gereizten Unterton in ihrer Stimme wahrgenommen.

„Ich werde wieder unterrichten, auf jeden Fall für den Moment und dann werden wir sehen was die Zeit bringt."

„Möchtest du nicht wieder zurückkommen Ich hatte gehofft die Arbeit bei uns würde dir fehlen", sagte er ehrlich.

„Nein Christoph, diese Hoffnung erfüllt sich nicht. Die Arbeit und das Produkt waren gut, nur der Rest ist nichts für mich. Ich komme nicht zurück. Vielleicht hören wir uns mal wieder. Jetzt muss ich auflegen, denn ich habe noch ein paar wichtige Dinge zu erledigen."

„ Auf Wiederhören Mona." Christophs Stimme war leise und traurig.

Während Christoph darüber nachdachte, was Mona so verletzt haben mochte, dass sie sich so abweisend und beinahe feindselig verhielt, war Fred auf dem Weg zum Arzt.

Die Abhängigkeit des Alkohols hatte seine Sichtweise derart eingeschränkt, dass er in dem Glauben war, der Arzt würde nichts gefunden haben.

Doch grausam wurde er in die Wirklichkeit zurückgeholt. Denn als er dem Mediziner gegenübersaß, schwand sein Mut Zusehens.

„Guten Tag Herr Sieben." Freundlich grüßte der Arzt ihn.

„Ohne lange herum zu reden, möchte ich ihnen ehrlich sagen, dass auf Grund ihres hohen Alkoholkonsums ihre Leber- und Nierenwerte nicht in Ordnung sind. Die Frage ist nun, ob sie bereit sind etwas an ihren Lebensumständen zu ändern. Denn sie wissen bereits, dass ihre Lebenserwartungen nicht sehr hoch sind, wenn sie weiter trinken."

Fred stockte bei so viel Offenheit der Atem und die Worte wollten ihm nicht über Lippen kommen.

„Aber eigentlich trinke ich nicht viel.", stotterte er.

„Ich schlage ihnen vor eine Entziehungskur in Anspruch zu nehmen und zwar sofort. Herr Sieben, der Alkoholiker weiß meistens nicht, dass er süchtig ist. Deshalb ist es ja auch eine Krankheit, dessen sie sich nicht zu schämen brauchen. Doch unter der Krankheit leiden nicht nur sie sondern ihre gesamte Familie. Erst wenn der Süchtige alles verloren hat, erkennt er die Situation. Sprechen sie mit ihrer Frau und beginnen sie sobald als möglich mit der Therapie."

Aufmunternd klopfte der Arzt Fred auf die Schulter.

„Kann ich die Therapie nicht von zu Hause aus machen?"

Fred versuchte sich von neuem der Situation zu entziehen.

„Es ist wichtig, dass sie für einige Tage in der Entzugsklinik bleiben. Ich weiß sie sind Raucher, dass ist erschwerend für sie. Doch es gibt im Park Raucherecken, nur im kompletten Gebäude ist das Rauchen untersagt. Wissen sie überhaupt, dass Alkoholiker sehr oft Raucher sind", sagte der Arzt.

„Herr Doktor ich war noch nie in einer Klinik. Der Geruch dort macht mir wahrscheinlich schon zu schaffen", versuchte Fred noch einen Einwand.

Doch der Arzt gab nicht nach.

„Herr Sieben ich verstehe ihre Einwände. Es ist ihre Gesundheit und ihre Entscheidung, niemand wird es ihnen abnehmen. Ich kann ihnen nur dringend zu der Entziehung raten und werde die Einweisung für sie ausstellen. Ob sie sich am Montag dort melden, dass entscheiden sie."

Fred nahm die Einweisung und ein Schreiben des Arztes an sich. Dann verabschiedete er sich.

Während er sich auf den nach Hause Weg begab, konnte er an nichts anderes denken als an die Worte des Arztes. Seit vielen Jahren war er Patient in dieser Praxis und er schätzte den Mediziner. Bisher hatte er nie Anlass an seiner Diagnose zu zweifeln.

Doch heute wollte er sich nicht mit seiner Aussage zufriedengeben.

Was würde passieren, wenn er nicht in die Klinik ging? Seine Welt war komplett aus den Fugen geraten. Er war nicht fähig einen klaren Gedanken zu fassen.

Noch vor einer Stunde war er sich sicher, dass alles in Ordnung käme. Jetzt sagte ihm plötzlich jemand ganz ohne Umschweife, dass er Alkoholiker sei. Seine Frau und seine Tochter wollten ihm wegen genau dem gleichen Grund verlassen. Er fühlte sich elend und verlassen.

Eigentlich wäre er auch noch gar nicht zum Arzt gegangen, hätten Mona und Franzi nicht dazu gedrängt. Dann wüsste er nichts von den ganzen Voraussagungen des Doktors, der kann sich ja auch irren, schwirrten die Gedanken in seinem Kopf herum.

Zu Hause musste er sich erst einmal setzen. Mona war zur Arbeit, Franzi in der Schule und so war er mit seinen trüben Hirngespinsten allein.

Er ging in seine Werkstatt und setzte sich auf die Holztreppe, dann öffnete er den Werkzeugkoffer, holte die noch zu dreiviertel volle Flasche Korn heraus und nahm einen großen Schluck.

Beim ersten Schluck musste er sich schütteln, doch dann schmeckte es schon besser und er trank die Flasche fast leer.

Als Mona von der Arbeit kam, saß Fred schlafend und betrunken in seiner Werkstatt.

Nichts ahnend von dem Arztbesuch aber bitter enttäuscht, weil er wieder betrunken war, ging sie in die Küche und bereitete das Essen vor.

Später saß sie allein mit Franzi am Küchentisch und würgte das Essen mit den aufsteigenden Tränen hinunter. Sie wollte vor ihrer Tochter nicht jammern. Denn Franzi war eh schon wütend über das Verhalten ihres Vaters.

Doch das Mädchen konnte die Trauer ihrer Mutter fühlen, liebevoll strich sie ihr über den Arm und sagte.

„Mama lass uns nicht vor schnell urteilen, vielleicht war etwas beim Arzt, dass Papa soviel getrunken hat, dass er trinkt wissen wir ja aber heute ist es die Krönung, findest du nicht. Lass ihn seinen Rausch ausschlafen, morgen tut ihm der Rücken weh, vom krummen sitzen und der Kopf vom Fusel. Dann werden wir mehr erfahren."

Sie nahm die Teller und stellte sie in die Spülmaschine. Dann gab sie ihrer Mama einen Kuss und ging in ihr Zimmer.

Völlig verkatert kam am nächsten Morgen Fred in die Küche. Er fühlte sich schlecht und suchte im Schrank nach einer Tablette gegen seine Kopfschmerzen.

Mona hatte Kaffee aufgebrüht und das Frühstück vorbereitet.

„Guten Morgen. Tut mir leid." Fred flüsterte eine Entschuldigung. Dabei hielt er eine Hand an den Kopf gepresst. Mona drehte sich ihm zu und schaute sofort zur Seite.

„Vergiss es!", antwortete sie.

„Du hättest vorher darüber nachdenken sollen. Doch dieses Thema hatten wir ja schon ausreichend."

„Ja schon…" Fred verstummte, als Franziska die Küche betrat.

„Hallo", grüßte das Mädchen knapp und sah ihren Vater vorwurfsvoll an.

„Ich muss mit euch reden. Setzt euch erst mal", forderte Fred die beiden Frauen auf.

Mona hob kurz den Kopf. Dann setzte sie sich neben Franzi an den Küchentisch.

Fred überlegte sichtlich, womit er beginnen sollte. Er entschied sich, direkt und ohne Umschweife von seinem Besuch beim Arzt zu erzählen.

„Ich weiß, das ist keine Entschuldigung für meine Trinkerei gestern Abend. Doch ich war so niedergeschmettert. Mona."

Seine Augen hingen an seiner Frau. Dann wanderten sie zu seiner Tochter.

„Bitte Franzi." Seine Stimme unterbrach das Schweigen. Mutter und Tochter wechselten den Blick.

Genervt von seinen ständigen Versprechungen, die er doch nie eingehalten hatte, kam Franziskas Antwort.

„Papa, wenn du wirklich in die Entzugsklinik gehst, helfen wir dir, das ist selbstverständlich. Doch sollte es wieder so eine Macke sein ist dieses Mal endgültig Schluss. Wir haben es satt, von dir belogen zu werden."

„Ich verspreche euch, ich werde den Entzug mitmachen, ich schaffe es dieses Mal. Denn ich habe verstanden, dass ich euch sonst unwiederbringlich verlieren werde. Außerdem habe ich mir überlegt, dass sobald ich rückfällig werde, werde ich ausziehen. Ich brauche euch bitte."

Mona nickte zustimmend und schaute ihrem Mann an. Dann stand sie auf und legte ihrem Arm um ihn.

XXI

Am Montag packte Fred seine Tasche in das Auto und verabschiedete sich mit gemischten Gefühlen von seiner Frau und Tochter.

Im Rückspiegel sah er wie die Beiden wichtigsten Menschen in seinem Leben immer kleiner wurden als er davon fuhr.

Mona nahm ihre Tochter in den Arm und gemeinsam betraten sie, dass Haus.

Fred hatte versprochen sobald als möglich anzurufen. Er wollte sich zunächst in der Klinik anmelden und alle Formalitäten erledigen, dann könnten sie am Abend in Ruhe telefonieren.

Auf der Autobahn herrschte reger Verkehr und Fred hatte bereits mehr als die Hälfte der Strecke hinter sich.

Gut gelaunt bog er an der nächsten Raststätte ab und wollte während einer Pause eine Tasse Kaffee trinken.

Er betrat den Laden und reihte sich an der Kasse in die Schlange ein. Sein Blick wanderte durch die Regale und blieb an den Flaschen mit Wein, Sekt und Spirituosen hängen.

Endlich war er an der Reihe, er bestellte einen Kaffee to go, Zigaretten und eine Flasche Whisky. Dann bezahlte er und ging.

Im Auto hielt er die Flasche in seiner zitternden Hand und stierte darauf, mit der anderen trank er den Kaffee.

„Nur einen Schluck und das Zittern hört auf", rief ihm eine Stimme zu. Währenddessen sein Gewissen sagte, nein du hast es versprochen. Willst du alles riskieren und am Ende verlieren.

„Es erfährt doch keiner oder wer sieht dich hier", war da die Stimme wieder und lockte seinen Blick zu Flasche.

Fred fühlte sich hin und hergerissen. In diesem Zustand startete er den Motor und fuhr los.

Seine Geschwindigkeit war viel zu hoch. Der Pkw jagte über die Autobahn als wäre er auf der Flucht und so fühlte sich Fred auch.

Dann kam er bei einer Vollbremsung ins Schleudern und wurde über die Böschung katapultiert.

Seine Hände umklammerten das Lenkrad, dass seine Muskeln und Sehnen hervortraten und sein Mund stand angstverzerrt offen zum Schrei.

Als die Polizei eintraf, kam für ihn jede Hilfe bereits zu spät. Im Auto wurden die Scherben einer leeren Whiskyflasche gefunden.

Ob der Fahrer unter Alkoholeinfluss stand würden die polizeilichen Untersuchungen ergeben.

Franzi und Mona ahnten nichts von dem Unglück und warteten zu Hause auf Freds Anruf.

Langsam begann Mona sich Sorgen zu machen. Es war bereits spät und Fred hatte sich noch immer nicht gemeldet.

Franzi versuchte ihre Mutter zu trösten, die laufend zu Uhr schaute.

„Mama, vielleicht ist Papa in einem Stau geraten und erst viel zu spät angekommen. Er wird sicherlich gleich anrufen."

Mona deckte bereits den Tisch für das Abendessen, als es an der Haustür schellte. Als sie öffnete standen ihr zwei uniformierte Polizisten gegenüber, die ihr die Nachricht vom tödlichen Unfall ihres Mannes überbrachten.

Wortlos schloss Mona die Tür. Für einen Augenblick schwankte der Boden unter ihren Boden und sie musste sich an die Wand lehnen. Hinter ihr stand Franzi und hatte alles mit angehört.

Die nächsten Tage und Wochen vergingen für Mona wie in Trance. Sie erledigte die Formalitäten, kümmerte sich um die Beerdigung und Trauerfeier. Die tägliche Anspannung verhinderte, dass sie zur Ruhe kam. Doch der Zeitpunkt rückte unaufhaltsam näher an dem es nichts mehr zu erledigen gab.

So saß sie eines Tages am Küchentisch als das Bewusstsein sie mit aller Gewalt traf.

Fred war gegangen und kam nie zurück. Es gab keine Möglichkeit mehr über die vielen Dinge zu sprechen, die noch gesagt werden sollten.

Mechanisch stand sie auf und ging in seine Werkstatt, dort setzte sie sich auf die Stufe und starrte vor sich hin.

Dabei fiel ihr Blick auf eine Schnapsflasche, ein kleiner Rest befand sich noch darin.

Mona nahm die Flasche und schleuderte sie voller Wucht gegen die Wand.

Dann weinte sie bitterlich.

XXII

Franzi ging wieder zur Schule und war froh, dass die Herbstferien unaufhaltsam näher rückten.

Mona arbeitete wieder als Personaler, zwar vorläufig mit einem befristeten Arbeitsvertrag, doch sie hatte einen Job. Das Unternehmen für, welches sie tätig war beschäftigte sich mit gesunder Ernährung und Gewichtsreduktion bis hin zur Körperpflege und Fitness.

Die Belegschaft setzte sich aus Ernährungsberatern, Therapeuten und Fitnesslehrern zusammen. Mona musste sich völlig umstellen. Denn bei der Einstellung neuer Mitarbeiter wurden ganz andere Gesichtspunkte betrachtet. Außerdem hatte die Firma es zur Voraussetzung in ihrem Vertrag gemacht, dass sie an internen Weiterbildungen teilnahm.

Mona war nervös als sie sich an diesem Morgen von ihrer Tochter verabschiedete. Die Situation zu Hause begann sich gerade erst zu normalisieren und dazu kam die neue Arbeit. Heute fand die erste Inhouse Schulung statt. Wiederholt schaute die Frau in den Spiegel und prüfte ihr Aussehen. Das dunkle Kostüm stand ihr gut, das Gesicht wirkte noch etwas blass und ihre Augen waren dunkel umrandet. Sonst konnte sie an ihrem Aussehen nicht aussetzen.

„Mami du siehst gut aus. Sei doch nicht so nervös, du schaffst das schon", versuchte Franzi sie zu beruhigen.

Mona wusste selbst nicht warum sie so aufgeregt war. Seufzend sah sie zu ihrer Tochter.

„Du hast Recht Franzi. Ich habe auch keine Erklärung, was mit mir los ist. Ich bin heute Abend zurück. Die Veranstaltung dauert bis siebzehn Uhr, etwa eine Stunde Fahrzeit, bedeutet das ich gegen 18.30 Uhr wieder da bin."

Damit gab sie ihrer Tochter einen Kuss und verabschiedete sich.

„Franzi, ich hoffe es macht dir nichts aus, dass ich erst spät komme. Dafür habe ich am Wochenende für dich Zeit. Vielleicht sollten wir mal wieder ans Meer fahren. Ich habe dich lieb."

Franzi schob ihre Mutter sanft durch die Tür.

„Mama ich bin sechszehn und nicht sechs. Verstanden?" Das Mädchen schüttelte den Kopf und lächelte.

Mona lief schnellen Schrittes zum Auto, startete den Motor und fuhr los.

Sie wollte auf keinem Fall zu spät kommen und morgens war die Autobahn immer voll. Deshalb stellte sie im Radio den Stau Funk an.

Als Mona den Wagen auf den Parkplatz lenkte, sah sie bereits unzählige Menschen in Richtung des Gebäudes gehen. Sie suchte einen freien Platz und stieg aus. Auf dem Weg zum Schulungszentrum traf sie eine Kollegin. Frau Pelzer freute sich Mona zu sehen. Sie arbeitete nur wenige Monate länger im Unternehmen als sie. Gemeinsam betraten die Frauen das Gebäude und suchten ihre Plätze auf.

In den Pausen gingen sie sich einen kleinen Imbiss und Kaffee holen. Sie setzten sich an einen kleinen Fenstertisch und unterhielten sich. Frau Pelzer war etwa im gleichen Alter wie sie und so hatten sich die beiden Frauen eine Menge zu erzählen.

„Wie gefällt ihnen der Vortrag", erkundigte sich Frau Pelzer.

„Ich finde die Präsentation des Referenten sehr interessant. Obwohl für mich das ganze Gebiet noch neu ist und ich mich erst damit vertraut machen muss. Es ist kaum vorstellbar, wie viele Menschen sich ungesund ernähren und welche Krankheiten die Folge sind." Mona wirkte ernst und nachdenklich als sie das sagte. Sie nahm ihren Kaffeebecher und trank, dabei schaute sie gedankenverloren aus dem Fenster.

Ein Herr im Anzug mit gepflegtem kurzem Haar ging Richtung Eingangstür. Doch so schnell wie sie ihn wahrgenommen hatte, war er auch wieder verschwunden.

Mona blickte sich um und glaubte schon ihre Augen hatten ihr einen Streich gespielt. Da sah sie ihn, er stand, in eine Unterhaltung vertieft, bei dem Referenten und dem Firmeninhaber.

Als hätte Christoph Monas Blick gespürt hob er den Kopf und schaute direkt in ihre erschreckten Augen.

Ertappt senkte die Frau den Blick. Während er mit der Andeutung eines Kopfnickens, die beiden Herren verließ und sich einen Weg zu ihr bahnte.

Mit einem strahlenden Lächeln begrüßte er sie und ihre Tischpartnerin.

Mona stellte ihrerseits ihre Kollegin Frau Pelzer vor und Christoph reichte ihr amüsiert die Hand.

Dann wandte er sich wieder Mona zu und begrüßte sie.

„Schön dich zusehen Mona."

„Danke, wie kommt es dich hier zu sehen?" Mona versuchte ihre Beherrschung wieder zu finden. Ihre Stimme zitterte und sie schaute absichtlich zur Seite.

Christoph lächelte und schien die Situation zu genießen. Er wusste wie peinlich es für Mona war und fragte ganz scheinheilig.

„Warum hast du mich vorhin angestarrt? Dachtest du ich bin eine Fata Morgana. Du kannst mich gern anfassen, ich bin ganz real."

Damit hielt er ihr seinen Arm entgegen.

Mona stand auf und entschuldigte sich bei Frau Pelzer. Dann ging sie mit Christoph bis zu einem freien Platz im Foyer.

„Du hast meine Frage nicht beantwortet", zischte Mona ihn an.

„Du meine auch nicht. Aber ich antworte natürlich gern. Das Unternehmen gehört seit Jahren zu meinen Kunden. Sicherlich ist dir bekannt, dass auch eine IT Abteilung vorhanden ist und man nicht mehr auf Stein-platten schreibt. Ergo wer druckt braucht Tinte und Papier. Deshalb besuche ich sie ab und an oder werde so wie du heute eingeladen. Denn hier gibt es nicht nur Vorträge für Mitarbeiter sondern auch Zahlen für das neue Budget und damit zur Investition." Ganz gelassen unterhielt er sich mit der Frau.

„Ich wusste nicht, dass du hier beschäftigt bist." Ergänz-te er und trank an seinem Kaffee.

„Du wärst dann nicht gekommen und hättest uns die Wiedersehensfreude erspart", konterte Mona sarkastisch. Sie schauderte als hätte der Schüttelfrost sie gepackt. Christoph nahm es aus den Augenwinkeln wahr. „Fürchtest du dich vor mir", fragte er und hob seine Hand. Dann strich er ganz sanft mit seinen Fingerspit-zen über ihren Arm. Vorsichtig, als könnte er sie verlet-zen war die Berührung.

Mona sah in seinen Augen den Konflikt. Seine Hand war heiß und hinterließ auf ihrer Haut das Gefühl als hätte sie sich verbrannt. Erschreckt wich Mona einen Schritt zurück.

„Können wir uns irgendwo in Ruhe unterhalten?" Christoph ballte seine Hände zu Fäusten und verschränkte die Arme fest vor der Brust.

In diesem Moment ertönte der Gong und die Teilnehmer wurden wieder in die Räume gerufen. Mona blieb die Antwort erspart, denn sie ging zurück in den Schulungsraum.

Christoph sah Mona nicht wieder. Denn als die Veranstaltung zu Ende war, verschwand sie in der Menge der Teilnehmer, die dem Ausgang zustrebten.

Der Mann machte sich bittere Vorwürfe, dass er eine Gelegenheit so verstreichen ließ und er wünschte sich eine zweite Chance.

Mona lief fluchtartig zum Parkplatz. Sie drehte sich nicht um. Denn sie wollte Christoph nicht mehr begegnen und vor allem nicht mit ihn sprechen.

Gerade nicht zu diesem Zeitpunkt, sie litt unter dem Verlust ihres Mannes und brauchte keinen Trost von einem Glaubensbruder.

Als sie Christoph gesehen hat, fiel ihr augenblicklich auch das Gespräch mit Hans wieder ein. Sie erinnerte sich daran, dass er zu dieser Glaubensgemeinschaft kam als seine Frau verstarb.

Alles war natürlich reiner Zufall und so passend, dachte sie. So etwas durfte ihr keinesfalls passieren.

Endlich schloss sie die Haustür hinter sich und drehte noch einmal den Schlüssel. Sie seufzte erleichtert und fühlte sich sofort sicher und geborgen.
Franzi hatte bereits das Abendessen vorbereitet und begrüßte ihre Mutter stürmisch.
„Schön, dass du da bist Mama."
„Hallo Franzi." Nachdem Mona ihre Tochter begrüßt hatte, zog sie ihre Schuhe aus und hängte die Kostümjacke auf einen Kleiderbügel. Dann ging sie zu ihr in die Küche.
„Hm!", schnupperte sie. „Es riecht gut bei dir. Was gibt es denn?"
„Setz dich erst mal und wir trinken eine Tasse Tee. In der Zeit ist der Käse fertig. Ich habe Ofenkäse gemacht, dazu gibt es Baguette Brot und Salat."
Gemütlich saßen die Zwei an dem hübsch gedeckten Tisch und ließen sich das Essen schmecken. Endlich konnte sie sich entspannen und der Druck fiel von ihr ab. Das muntere Geplapper ihrer Tochter lenkte sie ab, nur von Zeit zu Zeit wollten ihre Gedanken andere Wege gehen. Mona zwang sich konzentriert und aufmerksam zu sein.

Seit Freds tot, hatte Franziska sich total verändert. Sie war noch enger mit ihrer Mutter verbunden, als fühlte sie sich für sie verantwortlich.

Heute lachte das Mädchen während des Abendessens vor sich hin. Endlich war wieder der unbeschwerte Ausdruck in ihren Augen und brachte sie zum Strahlen.

„Was ist heute so komisch gewesen? Erzähl es mir, ich würde gern mitlachen."

„Mama, wir bearbeiten in Deutsch gerade Kriminaler-zählungen und sollten im Team einen Mordfall lösen. Der dann vor der kompletten Klasse gezeigt würde."

Schon lachte Franzi wieder los und hatte Mühe schnell einen Schluck Tee zwischen durch zu trinken.

Da war es auch schon passiert und sie verschluckte sich. Husten, niesen und Tränen wechselten sich ab.

Mona versuchte ihrer Tochter zu helfen und klopfte ihr sanft auf den Rücken.

Endlich war es dem Mädchen möglich weiter zuspre-chen.

„Ja, also Alex war der Verdächtige und Miriam und ich die Kommissare. Wir mussten ihn nun vor der Klasse verhören. Miriam fragt ihn todernst, wo er zur Tatzeit war und Alex sagt ganz trocken, er sei Fische füttern gewesen. Dann fragt sie, ob er dafür Zeugen hat und da sagt er völlig ernst, ja fünf Karpfen. Mama alle haben sich geschüttelt vor Lachen sogar Frau Kaufmann hat gelacht."

Sogar jetzt beim Erzählen liefen Franziska die Tränen über das Gesicht.

„Du hättest sehen sollen, wie Alex da stand und hoch konzentriert geantwortet hat. Erst als die ganze Klasse vor Lachen brüllte, hat er gemerkt, dass er Karpfen als Zeugen angegeben hat."

Auch ihre Mutter wurde von der Situation angesteckt und stimmte in das Gelächter mit ein.

Ihre Tochter lag längst im Bett und schlief. Mona saß noch in der Küche und grübelte über das unvorhersehbare Treffen mit Christoph nach.

Allein der Gedanke an diesen Mann jagte ihrem abwechselnd kalten und heißen Schauder über den Körper und Mona rieb sich schützend ihre Arme.

Sie fühlte sich plötzlich schutzlos. Noch vor gar nicht allzu langer Zeit konnte sie sich hinter ihrem Ehering verstecken, wie hinter einem Panzer.

Jetzt war er zerstört und die Frau musste sich den all-täglichen Problemen stellen. Heute wollte sich Mona nicht mehr mit diesem Thema beschäftigen. Es war bereits spät in der Nacht und sie brauchte ihren Schlaf. Der morgige Tag würde ihre ganze Aufmerksamkeit erfordern.

Die Uhr zeigte bereits fast Mitternacht. In Windeseile zog sie ihre Schlafsachen an und legte sich ins Bett.

Die weiche Decke schmiegte sich um ihren Körper und hüllte sie ein, wie in einem Kokon.

Doch auch in ihre Träume drängte sich immer wieder das Gesicht des Mannes, dem sie eigentlich nicht mehr begegnen wollte.

Mona überkam eine Welle echter Panik. Sie schreckte aus ihrem Träumen und saß plötzlich kerzengerade im Bett.

Sie fragte sich, ob Christoph sie wirklich nur zufällig getroffen hatte oder ob es Berechnung war.

Müde und völlig durcheinander schaute sie zum We-cker. Es war gerade mal drei Uhr.

Sie war äußerst vorsichtig als sie aufstand, der Kreislauf, machte sie schwindlig und ihr Gleichgewicht war beein-trächtigt.

Dann ging sie zur Küche und trank ein Glas Mineral-wasser.

Ihre Nerven beruhigten sich langsam wieder und Mona begab sich erneut zu Bett.

Am Morgen fühlte sich keinesfalls ausgeruht und dunkle Schatten umringten ihre Augen.

Seit ihrem ersten Kontakt mit der Sekte gab es immer wieder erneutes Aufeinandertreffen mit ihnen.

Mona konnte sich des Gefühls nicht erwehren, dass es kein Zufall sei. Doch vielleicht waren ihre Nerven auch zu sehr gereizt und sie sah schon langsam Gespenster versuchte sie sich wieder einzureden.

XXIII

Monas Misstrauen war bei leibe nicht unbegründet. Denn ein paar Tage später traf sie Hans in der Stadt. Sie stand im Geschäft und kaufte eine Strauß Blumen, als sie ihn durchs Schaufenster sah. Hans winkte ihr zu.

Der Mann kam gerade von einem Kundenbesuch und kam rein zufällig vorbei, erzählte er.

„Bist du immer noch sauer auf die Firma", fragte er ohne sie anzuschauen.

Mona nickte und sah ihn an. Sie wartete auf seine Reaktion.

Hans lud sie zum Kaffee in die nahegelegene Bäckerei ein. Er hielt mit Leichtigkeit Schritt und öffnete ihr, beim Eintreten, die Tür.

Sie setzten sich an einem freien Tisch nahe an Fenster.

Als die Kellnerin kam, ein junges Ding, das während sie die Bestellung aufnahm, ihr Spiegelbild im Schaufenster betrachtete, bestellten sie Kaffee.

Hans seufzte. „Ich habe gehofft, du überdenkst deine Entscheidung noch einmal."

„Nein. Warum sollte ich das tun? Ich habe keine Veranlassung dazu und Johann hat nichts getan um meine Enttäuschung wieder gut zu machen", antwortete sie ehrlich.

„Wie wär's, wenn ich dir etwas wirklich Interessantes erzähle und du überlegst es dir dann noch einmal", versuchte er sie im Gegenzug zu locken.

Hans wollte ihre Neugier anstacheln. Mona war vorsichtig und überlegte in wie weit sie ihm trauen konnte.

In diesem Moment erschien die Bedienung und brachte den Kaffee. Sie stellte die Tassen wortlos ab und ging, ohne sich umzudrehen vom Tisch.

„Sehr Kunden freundlich", flüsterte Hans ihr zu und unterdrückte ein Schmunzeln.

„ Was möchtest du mir so Interessantes erzählen", fragte Mona ohne Umschweife.

Hans schaute sie strahlend an, wohl wissend um seinen Vorteil und kostete diesen Moment aus.

„Mandy ist wieder da", platzte es aus ihm heraus. Mona fühlte wie alle Farbe aus ihrem Gesicht wich und ihr Magen rebellierte verräterisch. Sie ballte ihre Hände verkrampft zu Fäusten, dass die Knöchel weiß hervortraten.

„Bitte?" Sie blickte ihn dabei völlig verstört an, sichtlich aus dem Gleichgewicht gekommen.

„Ja, soweit ich informiert bin, haben sich Johann und Mandy geeinigt, dass sie zurückkommen kann und noch einmal ausgebildet wird. Johann war sogar bereit ihr vom ersten Tag an, eine Unterstützung in Form von Aufbauhilfe zu zahlen."

Hans berichtete überschwänglich von der Großzügigkeit der Firma. Während Mona den Ansturm ihrer Gedanken nicht kontrollieren konnte. Sie versuchte verzweifelt wieder die Oberhand über das Chaos in ihrem Kopf zu gewinnen.

Dann atmete sie tief ein und sah dem Mann direkt in die Augen.

„War unser Zusammentreffen heute, wirklich so zufällig oder wurdest du geschickt, um mich zu finden und mir den Topseller zu berichten. Ist es dein Ziel mich umzustimmen?"

Ihre Stimme zitterte leicht und sie hoffte er bemerkte es nicht.

Dann öffnete sie ihre Handtasche und nahm ein Geldstück aus der Börse. Sie legte es auf den Tisch, stand auf und sagte.

„Danke aber meinen Kaffee zahle ich selbst. Bestell Christoph viele Grüße, der Versuch ist damit gescheitert. Ihr solltet euch schämen, die Unerfahrenheit eines jungen Mädchens auszunutzen."

Mona wollte gerade gehen, als Hans sie an der Hand festhielt und zum Bleiben zwang, sein mahnender Blick traf sie.

„Mona, es war nicht Christoph. Er weiß nichts davon. Überlege dir noch einmal deine Entscheidung in Ruhe und handle nicht unüberlegt."

„Was soll das werden?" Ungläubig starrte sie auf ihn herunter.

Das Gespräch machte ihr deutlich wie weitreichend die Verbindungen dieser Glaubensgemeinschaft waren. Sie verabschiedete sich, innerlich kochte sie vor Wut, als sie die Bäckerei verließ.

Mona ging mit schnellen Schritten zum Auto, ihr Puls raste.

Das Gespräch mit Hans hatte ihr den Einfluss und die Macht gezeigt, den diese Menschen in ihrer Organisation hatten.

Die Frage war nur, wie konnte Mandy sich darauf einlassen. Jetzt wurde ihr klar, warum der Kontakt plötzlich so abrupt abgebrochen war.

Was sollte sie tun? Noch vor einigen Monaten hatte sie mit Fred in solchen Situationen gesprochen und sich Rat geholt. Schmerzlich wurde ihr bewusst, dass sie allein war.

Doch bei wem konnte sie sich Rat holen, kein normaler Mensch würde ihr glauben. Denn Mona wohnte in einem kleinen verträumten Dorf, hier passierten derartige Dinge nicht.

Plötzlich gingen ihr die Augen auf, wie wollte sie diesen Wahnsinn einen Außenstehenden erklären.

Zuerst einmal nach Hause fahren und zur Ruhe kommen, sagte sie zu sich selbst. Die Sonne blendete sie während der Fahrt. Konzentriert schaute sie auf die Straße und die Bäume, die sie rechts und links säumten. Gut hörbar sog Mona den Fahrtwind ein und versuchte sich abzulenken. Sie spürte, wie sich Wut, Aufregung und Enttäuschung in ihr mischten.

Die Fahrt kam ihr diesmal viel länger vor und sie wurde ungeduldig. Endlich war Mona am Ziel, parkte ihr Auto und stieg aus. Eilig ging sie zum Haus.

Stille empfing sie als sie die Tür öffnete und erleichtert atmete sie auf. Ein Lächeln huschte kurz über ihr Gesicht. Auf der Fußmatte stand „my home my castle", wie wahr, dachte sie in diesem Augenblick.

Auf dem Weg in die Küche, streifte sie die Pumps von den Füßen und schleuderte sie Richtung Schuhschrank.

Sie drückte auf den Knopf der Kaffeemaschine und lauschte dem zischenden blubbernden Geräusch. Dampfend schoss die schwarze Flüssigkeit in die darunter stehende Tasse. Aromatischer Duft zog durch die Luft und bahnte sich einen Weg zu ihrer Nase.

Mona atmete tief ein und versuchte über ihre Gedanken zu ordnen.

Mehrfach hatte sie versucht Mandy zu erreichen und es war ihr nie geglückt.

Vieles fügte sich nun puzzleartig in ihrem Kopf zusammen.

Entschlossen nahm sie das Telefon zur Hand und wählte Mandy`s Nummer. Einmal wollte sie es noch versuchen. Sie wollte Gewissheit haben.

Doch bevor Mona ihren Gedanken zu Ende durchgehen konnte, läutete es bereits und am anderen Ende wurde abgenommen.

Ein helle Mädchenstimme meldete sich, die Mona allzu gut kannte und lange schmerzlich vermisst hatte.

„Hallo Mandy", begrüßte sie die junge Frau.

Stille trat ein. Mona konnte sich gut vorstellen, wie Mandy nervös eine ihrer schönen schwarzen Haarsträhnen aus dem Gesicht strich und nach Worten suchte.

Schon glaubte sie, dass Mandy einfach aufgelegt hatte. Da hörte sie ihre Stimme und konnte die Unsicherheit, deutlich spüren, die darin enthalten war.

„Hallo Mona. Wie geht es dir?"

Wieder Schweigen.

„Danke der Nachfrage mir geht es gut und bei dir? Ich habe lange nichts von dir gehört."

„Ich weiß, dass du oft versucht hast mich zu erreichen. Doch es gab so viele Veränderungen. Nach dem ganzen Krach als wir aus Frankfurt zurück waren, wusste ich keinen Ausweg mehr. Alles ging schief in meinem Leben. Ich habe dann noch einmal mit Johann gesprochen, habe mir von meinen Eltern Geld geliehen und bin zur Firma gefahren. Wir haben uns zusammengesetzt. Da du weg warst und nicht zurückkommen wolltest war dein Platz frei geworden. Johann und Marcel haben mir die Chance gegeben noch einmal zu beginnen."

Mandy seufzte zwischen durch und sprach weiter.

„Ich wohne jetzt nicht weit von hier und arbeite oft mit Mathilda. Sie spricht immer noch von dir und erzählt von euren Spielchen. Christoph sehe ich auch öfter. Er ist sehr eigen geworden, ganz verschlossen, obwohl seine Zahlen im Geschäft super sind. Weißt du überhaupt, dass er ein schweinemäßig hohes Geld verdient? Keine Ahnung was mit dem passiert ist. Mona verstehe mich, ich habe mich nicht getraut dich anzurufen. Ich wusste genau, dass du enttäuscht von mir wärst, weil ich diesen Schritt gegangen bin. Aber mein Freund hat mich verlassen, meine Eltern verstehen mich nicht mehr. Ich will doch auch einmal Geld verdienen und nicht mehr jeden Cent umdrehen müssen. Du hast immer schöne Klamotten an, super Schmuck, bist gepflegt und siehst gut aus. Ich will das auch und manchmal kommt es mir vor als würde mir das keiner gönnen."

Ihre Stimme wurde immer lauter und vorwurfsvoller.

Mona hörte schweigend zu. Sie musste die vielen Widersprüche und den Irrsinn, über das Gehörte, zurückdrängen um nicht los zu schimpfen.

„Mandy, es ist deine Entscheidung und dein Leben. Ich habe nicht das Recht mich darin einzumischen und werde es bestimmt nicht tun. Mich verärgert nur, dass du den Kontakt zu mir abgebrochen hast und hätte ich dich heute nicht versucht zu erreichen, ich bezweifle, dass du dich gemeldet hättest."

„Du hast Recht. Doch ich habe so ein schlechtes Gewissen gehabt wegen dir. Ich kam mir vor, als hätte ich dir den Job weggenommen."

„ Naja ich habe meine Arbeit und erledige sie gern, soviel zu deinem Gewissen. Dein Vorwurf zu meinem Outfit, dazu muss ich dir sagen. Erstens bist du halb so alt wie ich und zweitens, wenn du mal so viele Jahre und

Stunden wie ich gearbeitet hast, kannst du dir diese Dinge auch leisten. Außerdem sind mein Mann und ich immer zu zweit arbeiten gegangen, dass bedeutet zwei Gehälter. Du aber hast deinen Eltern und deinem Freund den Rücken gekehrt. Du bist von nun an allein und auf dich selbst gestellt. Versteh mich bitte nicht falsch, für mich ist und bleibt die Familie das Wichtigste im Leben und da liegt der Unterschied zwischen uns beiden."

„Ach Mona, bitte mach mir nicht auch noch Vorhaltungen. Es ist schon schwer genug, für mich gewesen."

So sehr sich Mona auch bemühte, irgendwie blieb Mandy eine Fremde für sie. Der Bruch war nicht zu überbrücken und sie fühlte, wie er immer weiter zwischen ihnen aufklaffte.

Sie sah ein junges Mädchen vor sich, das irgendwelchen materiellen Zielen nachrannte und konnte nichts tun um ihr zu helfen, so sehr sie sich auch bemühte.

Traurig und machtlos unternahm sie einen letzten Versuch.

„Solltest du einmal Hilfe brauchen, melde dich einfach bei mir. Vielleicht wirst du ja in vielen Jahren erkennen, dass du in eine Sackgasse gelaufen bist. Versprich mir, dann nicht zu zögern und mich anzurufen.", bat sie eindringlich.

„Versprochen Mona", antwortete Mandy und ein wehmütiger Unterton in ihrer Stimme war nicht zu überhören.

Mandy war der Sekte auf den Leim gegangen. Sie zappelte wie eine Fliege im Spinnennetz. Jetzt war der Riesengewinn noch verlockend. Denn Gewinnmaximierung war das oberste Gebot. Doch bald würde sie nur noch Werkzeug sein. Mandy hätte Traumverdienste und wäre in Abhängigkeit von der Gruppe.

Schade um einen so jungen Menschen.

Mona fühlte sich erschöpft und schlief auf ihrem Lieblingssessel ein.

XXIV

Mona schnürte ihre Laufschuhe zu und verließ die hübsche Ferienwohnung. Vor der Tür empfing sie der raue Wind der Nordsee, die Luft schmeckte nach Salz und Meer. Tief atmete sie den Duft ein und schloss die Augen.

Direkt hinter dem Haus begannen die Dünen, eine Mauer trennte sie vom Meer. Mona ging die wenigen Meter über den schmalen Pfad, kletterte die schräge der Mauer hinab und betrat den Strand.

Es war Ebbe und so konnte sie direkt auf dem weichen feuchten Sand laufen. Muscheln knirschten unter ihren Schuhen, Möwen schrien am grauen Morgenhimmel sonst umgab sie Stille.

Am Horizont, dort wo die ersten roten Wolkenfetzen den Morgen ankündigten, sah sie die Schiffe der Krabbenfischer im Wasser. Von weiten sahen die Fischerboote wie Spielzeug aus.

Die Frau liebte diese morgendliche Ruhe, nur das Meeresrauschen und die unberührte Einsamkeit. Sie wusste in nur wenigen Stunden würde der Strand sein Stillleben aufgeben und von Spaziergängern, Müttern mit Kindern, Vätern mit Söhnen und Windvögeln, Männern oder Frauen mit Hunden und stolzen Reitern zu Pferde überschüttet.

Surfer und Segler würden ihre Jollen und Bretter ins Wasser bringen und gegen Wind und Wellen losziehen.

Deshalb nutzte sie die Morgenstunden, um zu joggen. Die Stille war Balsam für ihre Seele, vor allem nach den ganzen Aufregungen der letzten Monate.

Franzi lag noch friedlich schlummernd im Bett und erholte sich. Denn auch für das junge Mädchen waren die Ereignisse und der Verlust ihres Vaters zu viel.

Während ihre Mutter, im Gegensatz zu ihr, laufen musste, so konnte sie am besten entspannen.

Mona war bereits auf dem Rückweg. Sie setzte sich auf die Mauer und schaute gedankenverloren auf das Meer. Langsam kroch die Flut heran und spülte alle Zeugnisse der menschlichen Anwesenheit weg.

Die Spuren, die tief im weichen Sand gut sichtbar waren, liefen voll Wasser. Schon schob sich die nächste Welle heran und zauberte sie weg.

Augenblicklich fiel Mona die Geschichte „Der Spuren im Sand" wieder ein.

Sie schaute auf die Wellen und in ihrem Inneren liefen die Bilder, wie im Kino ab. Sie sah erst zwei Paar gleich tiefe Spuren. Dann war nur noch eine Spur sichtbar, sie war ausgetreten und tief in den Sand eingestampft, als hätte der Besitzer eine schwere Last geschleppt.

Daneben sah sie einen Menschen und Gott und dieses Menschlein haderte mit seinem Schicksal. Er klagte seinen Schöpfer an, warum er ihn in seiner schwersten Stunde allein gelassen hat und zeigte auf die einsamen Fußstapfen.

Doch ruhig stand der Herr neben ihn und sah ihn an. Dann sprach er zum Menschen, in der schwersten Stunde habe er ihn getragen. Denn es seien die Spuren seiner Füße. Und deshalb auch so tief.

Mona liebte diese Geschichte, immer wenn sie Trost suchte, dachte sie daran. So wie heute, dabei starrte sie auf das Meer.

Der Wind trieb ihr die Gischt ins Gesicht und zerzauste ihr Haar.

Mitten in diese Idylle zwängte sich das Bild eines Mannes, der versuchte, sein Segelboot in die Flut zu ziehen.

Einsam hob sich seine Gestalt auf dem Strand ab. Er arbeitete konzentriert und musste seine Kräfte einsetzten, um gegen den Wind zu bestehen.

Er drehte sich Hilfe suchend zum Strand und hob eine Hand vor seine Augen. Mona schaute ihm zu, ohne ihn wirklich wahrzunehmen.

Der Segler schob die Jolle zurück auf den Strand und setzte sich in ihre Richtung in Bewegung. Seine Schritte wurden immer schneller, bis er heftig atmend vor ihr stand.

Überrascht sah Mona in seine hellen Augen als würde sie ihn das erste Mal sehen.

„Mona", drang eine warme tiefe Stimme in ihr Ohr und von dort direkt in ihr Herz.

Ungläubig fuhr sie mit einer Hand über ihre Augen, als müsse sie sich einen Traum fortwischen.

„Christoph", fragte sie vorsichtig.

Seine Augen strahlten vor Glück und er konnte nicht aufhören, die vor ihm sitzende Frau anzustarren.

Stumm sahen sie sich an, niemand wollte diesen Augenblick unterbrechen. Denn Angst machte sich in ihnen breit, es könnte ein Traum sein.

Schließlich griff er nach ihrer Hand und zog sie zu sich herauf. Mona war viel zu überrascht, um vernünftig zu denken.

„Wo kommst du her", fragte Mona schließlich mit tonloser Stimme.

„Ich habe mir eine Auszeit genommen, um mir über einige Dinge in meinem Leben klar zu werden und du", wollte er von ihr wissen.

„Wir haben unweit von hier eine kleine Wohnung und so oft ich die Zeit erübrigen kann, komme ich hier her."

„Wie geht es dir, Mona? Begleitet dich deine Familie", erkundigte er sich.

Ein Schatten überzog das schöne Gesicht der Frau und Christoph bereute bereits, die Frage gestellt zu haben. Er sah den Schmerz, als sie nach einer Antwort suchte.

„Mein Mann ist gestorben. Ich bin mit Franzi hier. Wir müssen erst einmal unser Gleichgewicht wiederfinden und etwas Abstand gewinnen."

Sie schluckte heftig und Tränen glitzerten in ihren Augen.

Christoph hätte sie gern einfach in seine Arme gezogen und den Kummer von ihren Augen geküsst. Denn obwohl die Nachricht Trauer und Schmerz beinhaltete, bedeutete sie für ihn auch Freude.

Er wusste, es war das Falscheste was er hätte tun können. Dieses Mal wollte er den Augenblick nicht vermasseln. Endlich saß sie vor ihm. Die Frau deren Bild er jede Nacht sah und die er sich von Herzen wünschte. Zum greifen nah und doch noch nicht anzufassen für ihn.

Deshalb sagte er leise.

„Entschuldige meine Taktlosigkeit. Ich wusste es nicht. Kann ich dir irgendwie helfen."

„Ist schon gut. Was gibt es bei dir Neues?", fragte sie vorsichtig.

„Ich habe viel über dich nachgedacht und festgestellt, dass du und deine vorlauten Bemerkungen mir fehlen. Als du weggingst, hast du die Sonne mitgenommen. Meine Zahlen waren trotz allem gut aber die Freude an der Arbeit war weg. Dann musste ich zu Johann und die Geschäftsleitung legte mir nahe, für ein paar Tage frei zunehmen und meine Gedanken zu ordnen. Das habe ich getan, ich habe die Organisation verlassen und jetzt bin ich hier."

Dann machte er Pause und sah Mona abwartend an, wie immer strahlte er diese selbstbewusste charmante Arroganz aus. Mit seinen Augen forderte er sie zum Sprechen auf und sein Blick wirkte wie früher auf sie. Nichts war von der Magie verloren gegangen.

Mona schaute zu ihm auf, seufzte und begann ganz langsam.

„Fred ist seit ein paar Monaten nicht mehr bei uns. Er hat wieder angefangen zu trinken. Wir hatten so gehofft, dass er es überwunden hatte. Doch als wieder anfing, war es schlimmer denn je. Auf dem Weg in die Entziehungsklinik hatte er einen Unfall. Er war sofort tot. Dann ging alles ganz schnell."

Dabei schweifte ihr Blick wieder in die Ferne über das Meer und sie verlor sich in den Weiten des Horizontes.

Mit wachen Augen hatte er sie beobachtet, nicht das Geringste war ihm entgangen.

„Mona, du bist eine starke Frau und wirst es schaffen. Denk an Franziska, gemeinsam findet ihr einen neuen Weg, auch wenn die Zukunft jetzt vielleicht noch grau und düster aussieht. Glaub an dich. Du hast schon so viel erreicht."

Als Mona den Namen ihrer Tochter hörte, schaute sie erschreckt auf ihre Armbanduhr.

„Franzi, sie macht sich bestimmt schon Sorgen. Ich muss zurück."

„Komm ich begleite dich ein Stück. Wohnst du weit von hier?"

Christoph schob ihr seine Hand unter den Arm und ging gemeinsam mit ihr zum Haus.

„Sehen wir uns wieder", fragte er mit verdächtig beruhigender Stimme.

Ratlos sah sie ihn an und überlegte. Dieses Mal wollte Christoph die Gelegenheit nicht ungenutzt verstreichen lassen.

„Mona, du sagst doch immer, man trifft sich zweimal im Leben", sagte er amüsiert.

Ein Lächeln huschte über das Gesicht der Frau und er erwiderte es.

„Das ist mein Spruch. Du hast Recht. Morgen früh zum Joggen", sagte sie und lief ins Haus.

Franzi war bereits geduscht und hatte Kaffee gekocht. Der Duft strömte durch die Tür als Mona die Wohnung betrat.

„Franzi, ich bin zurück", rief sie.

Das Mädchen streckte den Kopf aus der Küche, nasse Haare kringelten sich auf ihren Schultern. Sie sah ihre Mutter besorgt an und antwortete,

„Mama, wo warst du? Ich habe mir Sorgen gemacht. Das nächste Mal nimmst du dein Handy mit, dann kann ich dich erreichen."

„Wohin soll ich das Telefon stecken, ich habe keine Taschen in der Jogginghose." Lachte Mona und zeigt auf ihre verschwitzten Sachen. Dabei zog sie eine unschuldsvolle Miene.

Franzi schüttelte den Kopf und wollte schon etwas erwidern.

„Komm lass uns Kaffee trinken und sei nicht böse auf mich. Du weißt nicht wen ich getroffen habe", versuchte die Mutter sie zu beschwichtigen.

Neugierig schaute das Mädchen Mona prüfend ins Gesicht. Dann nahm sie die Kaffeekanne und goss ihnen die dampfende Flüssigkeit ein.

Sie legte ihrer Mutter eine Scheibe warmen Toast auf den Teller und setzte sich an den Tisch.

„Dann schieß mal los. Ich bin ganz Ohr", forderte sie ihre Mutter auf.

„Ich habe Christoph getroffen, aus Frankfurt. Weißt du noch", fragte Mona.

Doch Franzi schüttelte ungläubig den Kopf.

„Das ist nicht dein Ernst. Mama, ich würde mich freuen, wenn du endlich wieder ins Leben zurückfindest, aber der Mann gehört zu einer Sekte oder habe ich irgendeinen Teil verpasst?"

„Nein du hast Recht Franzi. Er gehört zu dieser Glaubensgemeinschaft. Ich habe mich einfach nur gefreut, ihn zu sehen. Etwas anderes stand mir gar nicht in dem Sinn."

„Gut dann ist ja alles in Ordnung", sagte ihre Tochter und goss Kaffee nach.

„Was hast du vor", fragte sie ganz beiläufig.

„Warum, hast du vielleicht etwas geplant", lauschte Mona. Sie hatte den Unterton deutlich wahrgenommen.

„Uli hat angerufen. Er hat dieses Wochenende frei. Du weißt ja Ostern arbeitet keiner in der Firma. Würde es dir etwas ausmachen, wenn er kommt?"

„Nein, ich mag Uli gern. Wann wollte er denn kommen?"

„Hm soll ich ehrlich sein? Eigentlich ist er bereits unterwegs und müsste jeden Moment ankommen."

„Aber ich muss trotz allem vorher duschen. Denn so wie ich aussehe willst du mich bestimmt nicht zeigen."

„Mama du hast Recht. Ich glaube du riechst schon etwas", schnüffelte Franzi an ihr und lachte schelmisch.

In diesem Moment hörten sie die Hupe eines Autos. Franzi lief zum Balkon und winkte. Sie strahlte über ihr ganzes Gesicht. Mona freute sich, ihre Tochter glücklich verliebt zu sehen.

„Mama, ich lauf Uli schnell entgegen", mit diesen Worten verschwand das Mädchen geschwind. Mona sah den Beiden vom Balkon aus zu.

Franzi flog förmlich in Olis Arme und wurde von ihm herumgewirbelt. Dann küsste er sie zärtlich auf die Stirn. Hand in Hand kamen sie ins Haus.

„Guten Tag Frau Sieben", wurde sie wenig später von dem jungen Mann begrüßt. Ein moderner Haarschnitt bändigte widerspenstiges dunkelblondes, Haar und seine Kleidung war wie immer makellos. Trotzdem wirkte er nie overdressed sondern eher sportlich zeitlos.

Die Beiden passten gut zusammen und ergänzten sich prima. Franzi war temperamentvoll und ein absolutes Energiebündel. Uli hatte dagegen ein ruhiges ausgeglichenes Wesen mit einer Spur trockenen Humor.

Als Uli und ihre Tochter die Wohnung verließen, lächelte sie ihnen hinter her. Die Beiden wollten einen Spaziergang am Strand entlang machen und dann durch die Stadt bummeln. Das Ende des Tages blieb offen.

Mona hingegen wollte es sich mit einem Buch auf dem Balkon gemütlich machen und lesen. Am Nachmittag plante sie, etwas an den Strand zu gehen und sich in den Dünen auszuruhen oder durch den Sand zu laufen. Bei dem schönen Wetter waren sicherlich viele Menschen dort und ließen ihre Windvögel steigen. Es war immer ein Spektakel dieser Farbenpracht und den verschiedenen Größen zu zusehen, wenn sie sich kraftvoll im Wind bewegten.

Drachen, Möwen, Matten und viele andere Figuren wiegten sich im Wind und zerrten an ihren Schnüren. Als wollten sie sich von ihren Fesseln befreien und der Sonne entgegen fliegen, froh endlich frei zu sein. Doch kleine Kinderhände oder kräftige Männerhände hielten sie fest und machten jeden Fluchtversuch zu Nichte.

Die Sonne wärmte bereits mit ihrem Strahlen und tanzte auf Monas Gesicht. Sie lag in einem Liegestuhl und faulenzte. Die Mittagszeit war bereits vorüber, als sie beschloss, zum Strand zu gehen.

Mona reckte die Arme in die Luft und schloss die Augen, dann atmete sie tief ein und aus. Mit einem Ruck schwang sie ihre Beine auf den Boden und erhob sich.

Bevor sie die Wohnung verließ, steckte die Frau ihr Handy in die Jackentasche. Dabei dachte sie an Franzis Mahnung und schmunzelte.

Der Strand war gut besucht. Kinder bauten Sandburgen, während ihre Mütter in Strandstühlen die vorsommerlichen Temperaturen genossen.
Väter ließen mit ihren Söhnen Windvögel steigen und Hundebesitzer spielten mit ihren Tieren. Sie warfen Bälle oder Stöckchen ins Wasser, die von bellenden schwanzwedelnden Hunden wieder herausgeholt wurden.
Obwohl rege Betriebsamkeit herrschte, wirkte der Anblick harmonisch. Mona hatte eine Decke unter dem Arm und suchte sich ein stilles windgeschütztes Plätzchen am Rand der Dünen. Sie breitete die Decke aus und machte es sich bequem. Die Jacke bot ihr Schutz vor der Kühle. So eingekuschelt konnte sie sie Sonne genießen.
Zu gleicher Zeit machte Christoph einen Spaziergang am Meer. Er hatte die Hände in die Taschen seines Windbreaker gesteckt und schlenderte über den Dünen Weg.

Als er zufällig Mona auf ihrer Decke liegend entdeckte.
Still beobachtete er sie. Ihr Gesicht war makellos und
auf ihrer sonst hellen Haut zeichnete sich sanfte Röte ab.
Ein paar Fältchen lagen um Augen und Mund, die ein-
zigen Anzeichen des Alters. Als einziges Resultat der
frischen warmen Meeresluft schimmerte die frische Farbe auf den Wangen.
Mona fühlte die Blicke auf sich und öffnete ihre Augen
auf der Suche nach dem Störenfried.

Plötzlich trafen sich ihre Blicke. Sie schauten sich
stumm an und Freude ließ ihre Augen blitzen.
Christoph setzte sich neben Mona auf die Decke.
„Siehst du, ich habe doch gesagt, man trifft sich immer
zweimal, erst heute Morgen und jetzt schon wieder",
grinste Christoph.
„Das ist eine Möglichkeit der Interpretation. Du hast sie
ganz zu deinen Gunsten ausgelegt. Wie hast du mich
gefunden", wollte sie wissen und lächelte.
Dieses Lächeln hatte Christoph so lange vermisst. Wie
schön sie ist, dachte er. Würde diese Frau jemals vergessen, zu welcher Glaubensgemeinschaft er gehörte und
ihm vertrauen.
„Das war reiner Zufall, ehrlich. Ich bin einfach nur ein
bisschen spazieren gegangen, um einen freien Kopf zu
bekommen.

Sein Blick wanderte über das Meer. Er sah die Wellen, die sich an der Mauer brachen und Tausende kleiner Wassertropfen, die in die Luft sprangen und wieder eins wurden mit den Wassermassen des Meeres. Sie glitzerten wie Diamanten im Sonnenlicht, jeder war in seiner Form verschieden und einzigartig.

„Mona hast du schon einmal den Wassertropfen zugesehen, wie jeder Einzelne sich mit anderen verbindet und als großes Ganzes zum Meer wird?"

Die Frau hob ihren Kopf und wendete sich ihm zu.

„ Wirst du zum Poeten oder was möchtest du mir sagen", forschte sie nach

„ Die Brüder Grimm sind gut aber, falls du es nicht weißt, ich habe das Alter dieser Fangemeinde überschritten."

„Wären wir Menschen Wassertropfen und die Schöpfung das Meer würden wir am Ende unseres Daseins doch alle wieder vereint", sagte Christoph ernst.

„Die Flüsse wären unsere Religionen und Glaubensrichtungen. Egal welcher Art, ob du Gott, Buddha, Allah, Manitu oder sonst wem anbetest, am Ende wären wir alle gleich vor dem Schöpfer. Genauso verschieden wie die Flüsse, ob wild tosend, von hohen Bergen in tiefe Schluchten stürzend, unterirdisch durch dunkle Gesteinsschichten fließen oder leise dahin plätschernd, alle enden sie im Meer."

„Es ist ein guter Vergleich, nur kann ich dir noch immer nicht ganz folgen. Christoph solltest du mich von deiner Organisation, Klub oder wie auch immer du es nennen möchtest überzeugen wollen, muss ich dich enttäuschen. Es hat sich nichts geändert, ich bleibe wie ich bin.", antwortete sie und forderte ihn zum Weitersprechen auf. „Mona, ich habe meinen Abschied aus unserer Glaubensgemeinschaft genommen, noch bevor ich hierher zum Meer kam und dich traf."

Christoph unterbrach sich und schaute sie fragend an. Er traf ihren Blick und sah ihre Augen.

„Das wollte ich dir sagen. Mir ist klar geworden egal, welcher Wassertropfen ich bin, enden werde ich bei dir im Meer. Wenn du mich willst."

Mona schluckte, sie war nicht auf ein derartiges Geständnis vorbereitet. Da war wieder dieser Blick, der ihr Herz berührte und eine warme Männerhand auf ihrer Wange. Unendlich zärtlich glitten seine Finger über ihre sonnengewärmte Haut. Ein Moment der Stille umgab sie. Keiner wollte das erste Wort sagen und damit vielleicht alles wieder zu Nichte machen.

„Ist es das, was du willst? Du würdest dein ganzes Leben ändern müssen und der Weg wird nicht leicht sein." Ungläubig sah sie ihn an.

Dann küsste er sie zärtlich.

Als Mona am Morgen ihre Laufschuhe anzog, waren ihre Gedanken noch völlig verwirrt. Sie dachte über das gestrige Gespräch mit Christoph nach.

Konnte sie ihm vertrauen oder war es wieder nur ein Versuch dieser Sekte sie zurückzuholen? War es wirklich möglich aus diesen Kreisen auszubrechen?

Christoph hatte ihr seine Liebe gestanden und die Organisation verlassen. Sie hatte erst vor einigen Monaten ihren Mann verloren. Die Wunden aus ihrer Ehe verheilten langsam. War sie bereit für einen neuen Schritt und wollte sie ihn gehen? Mit diesen Gedanken beschäftigte sie sich auf dem Weg zum Meer.

Dort stand einsam ein Mann und hielt nach ihr Ausschau.

Der Morgen kroch über das Wasser und schüttete seine rote Farbe ins Meer. Langsam rollte die Flut, mit winzigen Wellen an den Strand und eroberte sich Zentimeter für Zentimeter des Sandes zurück, den die Ebbe ihr zuvor abgerungen hatte. Als kleine Rinnsale lief das Wasser wieder Richtung Meer, um als Woge an den Strand zurückzukehren. Das ewige Spiel der Gezeiten.

Vier Fußspuren waren im weichen nassen Sand sichtbar. Mit jeder Welle die von der Flut zum Strand geschickt wurde, verwischten die Konturen, bis nichts mehr von ihnen übrig war.

Haftungsausschluss: